读客® 知识小说文库

读小说，学知识

AI迷航

3

无限永生
大结局

肖遥 著

科幻悬疑小说

上海文艺出版社

图书在版编目（CIP）数据

AI 迷航 . 3, 无限永生大结局 / 肖遥著 . -- 上海：上海文艺出版社，2019.4
（读客知识小说文库）
ISBN 978-7-5321-7007-4

Ⅰ . ① A… Ⅱ . ①肖… Ⅲ . ①科学幻想小说 — 中国 — 当代 Ⅳ . ① I247.5

中国版本图书馆 CIP 数据核字（2019）第 021309 号

责任编辑：毛静彦
特邀编辑：侯言言
封面设计：蒋咪咪
插画设计：蒋俊毅

AI迷航. 3, 无限永生大结局
肖遥　著
上海文艺出版社出版、发行
地址：上海绍兴路7号
电子信箱：cslcm@publicl.sta.net.cn
网址：www.slcm.com
新華書店经销　北京中科印刷有限公司印刷
开本 680毫米 × 990毫米　1/16　19印张　字数 273千字
2019年4月第1版　2019年4月第1次印刷
ISBN 978-7-5321-7007-4/I.5602
定价：48.00元

目 录

楔　子　001

第一章　灵魂融合　003

第二章　双面人格　024

第三章　变异壁虎　049

第四章　军事戒备　084

第五章　坠毁南极　114

第六章　英雄归来　143

第七章　千神之殿　172

第八章　毁灭前夜　197

第九章　通天之塔　218

第十章　九死一生　256

尾　声　288

楔 子

“我的爱人，被我亲手埋葬……”她嘴巴位置的沟谷起起伏伏，声音犹如老式磁带被水浸泡后发出的咿呀噪声。

她的白大褂之后立着一面屏幕，上面快速闪烁着模糊的数字。数字一行一行消退，我的头皮传来一阵酥麻。

“你还会复活……”一滴水，从那张姑且被称为脸的物体上滑落，晶莹剔透，“只是一觉醒来，你就会爱上另一个女人……”

你是谁?

我问出这句话后才意识到嘴巴根本动不了。

她的手在眼眶的位置抹了一把后转过身去，而我的眼前被一团淡淡的白雾渐渐笼罩。我想喊也喊不出，想去抓她却什么也抓不住。

我坠入了一片虚无——黑暗且冰冷，一个男人的声音在黑暗中回响。

不要忘记……

不要忘记……

第一章
灵魂融合

1

这星球过去曾生活过上百亿人，现在可能只剩下不到百万，未来……人类可能复兴，也可能覆灭。

他们做过很多事，他们还将做更多事，但是只有一件事，除我之外谁也做不到。

我，抱着我的尸体。

尸体被蓝色的袋子包裹着，我跪在地上托起“我”的上半身，面部的拉链没有拉死，露出我的短发、脑门、低垂的睫毛、凹陷的眼睛……

唯有噩梦里才会有的桥段，真切地发生在我身上。冰冷从手心上传至全身，我僵在原地一动不动。

我是谁？

机动队的兄弟与陆警迅速赶了过来，而远处还有个不甘心的影子，拖着两条蹒跚的老腿，晃晃悠悠地拐进了旁边的一条巷子。

现在不是分辨我到底是赵仲明还是程复的时候。

我让韦森把人分成两拨，一拨留下来抢救被利器刺穿胸膛的七名陆警，另一拨被我故意误导去往敌人逃亡路线反方向的街道和居住区搜索敌人，而我则朝那影子消失的地方追了过去。

“昨夜，叛国者程复的尸体遭到一伙不明身份的人盗取，利莫里亚陆警迅速粉碎了这伙匪徒的盗尸计划……”

已经过去三天了，新闻竟然编造是“昨夜”的事。

今天的晨间新闻将这件事作为焦点推出，恰恰说明了一个结果——陆警没有抓到盗尸者。而我悬了三天的心依然落不了地。按照我（准确地说应该是赵仲明）那份记忆里对利莫里亚的了解：如果匪徒落网，对他们的审问和处决都会悄无声息地进行；倘若没抓到，那就说明敌人已经化整为零，混入我们当中——甚至就在这间视听室里，与我们一起看新闻，一起喊着“利莫里亚对间谍绝不姑息”的口号。

新闻影像中，5个身着机动队军装的“匪徒”围绕着一具棺木与陆警发生械斗，第二段影像直接切到陆警抢回棺木，看上去像是粉碎了匪徒的盗尸计划。而关于该突发事件所牺牲的5名陆警，以及203机动队的支援却只字未提。

整个视听室鸦雀无声，坐在第一排的韦森转过身锁定我的位置之后，向我挑了挑眉毛，那意思不言而喻，自然是想骂娘了。

韦森是地道的华人，可总是以英国贵族自称，他爷爷的爷爷曾被英国女王授予爵位，导致这小子老是一副不可一世的样子。我真想把他介绍给牛顿，看看这俩爵爷在一起会闹出什么笑话。

我认定那五名匪徒之一就是爱因斯坦，纵然他罩上了机动队的淡绿色制服，一头银发也收进头盔里，鼻子以下全被面具遮住，可我依然从他那被皱纹环绕的棕色眼睛里，看出了令人熟悉的睿智。

我不知是谁策划了这次行动，但是带上爱因斯坦绝对是个错误的决定。虽未接触其他四人，但我也大概能猜到，这五个人中只有他是半机械人。他虽然头脑聪明，可行动笨拙至极。如果我单纯只是赵仲明，那么老爱那天绝对就成了俘虏。

认出他时我惊愕了数秒，可我来不及向他解释来龙去脉，因为机动队和陆警距离我们不足百米。我把枪口举向天空，压着声音急切地催促他快跑。他错愕之余一边跑一边回头多看了几眼，但就算他的瞳孔能够发射X光，也照不出赵仲明这具年轻的身体内寄宿着程复的灵魂。

“这五名不明身份的匪徒最终消失在第九区，陆警已经封锁了主要交通线路，并对该区居住的学生逐一排查。陆警方面表示，必要时会通过记忆读取的方法筛查犯罪分子。”新闻中，受采访的年轻警官接下来的话引起了我的注意。“警方对那名伤者留下的血液进行了基因测试，结果显示这人的基因因辐射发生突变，或许曾在核爆发生地——北美生活过。通过基因存储信息的镜像反馈，我们已经查清了此人父母的身份，根据基因库的协助，也已明确此人的身份，但为了将匪徒一网打尽，目前警方还将对此人的身份保密。为了防止类似事情的发生，叛国者程复的尸体在今日将被焚化……”

之后，主持人补充道：“目前，利莫里亚陆警已经对嫌犯发布基因通缉，嫌犯只要在利莫里亚G网出现，就会被迅速锁定击杀。同时，利莫里亚民众也要提高警惕，随时揭发此类潜藏在大陆的AI间谍。”

第二则新闻表彰了一次“光辉且伟大”的胜利——利莫里亚空军第三大队某团在东非大峡谷与一支AI能源防卫部队发生交火，穿着水陆两栖作战服的战士们配合空军英勇作战，于敌人背后发动奇袭，迅速将能源据点从地球表面铲除。屏幕里，人类与机器的肉搏战场面极其惨烈！

接下来则是对本次胜利中牺牲的英雄进行的表扬，尤其是一位名叫席瓦尔的第7区年轻人。席瓦尔今年二十二岁，父母都是巴西人，美洲共同体成立之后，其父母来到亚特兰大，并在十年之后生下了他，他家中还有一位姐姐。战争爆发第二年，席瓦尔的姐姐与母亲都被杀害，父亲带领席瓦尔随着难民潮流亡到阿拉斯加白令海边缘，并被东北亚防区的第四飞行大队在白令海防御战中解救。

席瓦尔生前在录像中说道：“我见过程成将军，他还在漫天白雪的阿拉斯加抱过我，我和其他人一样，在很小的时候就视他为偶像，也正是因为这样，我选择成为一名空军战士。”

坐在我前排的两个女兵，开始掩面而泣。

席瓦尔的直属领导格林中校陈述了席瓦尔在军队中的表现，并号召利莫里亚全体将士学习席瓦尔无畏牺牲的精神。

第三则新闻则是关于征兵的，新闻表示：今年有10万名士兵将走上战场，真正投身到保护全人类、反攻AI、收复陆地的战斗中去。

而我就在这10万人之中，十几天前我便通过了空军第四飞行大队109团的审核，今天的面试最后会决定我是去开飞机，还是在指挥中心画地图。

屏幕黑下去之后，所有人几乎同时站了起来，本来安静的教室顷刻间沸腾了起来。每个人都向周围的人表达自己的“看法”，口中的谩骂无休无止……

“程复竟然还有帮凶！”我身旁那个长相文静的女空军战士忽然转过头朝我怒喝，“为什么这种渣滓还有人同情？他们偷取尸体，难道还想为他举办葬礼吗？无耻之徒！同情程复的也是渣滓，这种渣滓留着他们真是浪费资源！杀死他们，将他们也一个个地吊死、绞死，我真恨不得亲自动手，把刀子捅进他们的胸膛……”她脸上的每一根神经、每一块肌肉都将愤怒表现得淋漓尽致。

我第一天来的时候着实被这阵仗吓了一跳，几十人又拍桌子又跺脚，骂了10分钟叛徒程复。适应了半个月，我也会卖力地配合一下周围人的情绪——不是安抚他们，而是和他们一同发泄！

她声音一停，向我抛了个眼神，意思是轮到我了。我把五官攒成一团骂道：“程复给我们的敌人当走狗，绞死真是便宜他了，为什么不让我们每个人都插上一刀……”

其实昨天我骂的是同样的话，但周围的人对此毫无察觉。他们重视的是愤怒，情绪传达到位即可。

每个人都在歇斯底里地谩骂，到底谁在倾听？我右侧的一对男女，两个人同时表达着两种观点，男人在批评AI对人类的罪行，女的则在痛骂程复。所谓的讨论根本不存在，房间里充斥着谩骂声，而他们并不需要倾听者。

赵仲明从六岁登上利莫里亚，每天都要骂上10分钟。你若不愤怒，他们就会将你拉去接受一周的思想教育。赵仲明也是在八九个月之前才了解到，愤怒是正心片的副作用。告诉他这个秘密的人究竟是谁我想不起来，只记得他们一起将正心片碾成粉末，混着洗脸水冲掉。

我和赵仲明用了半个月的时间才学会友好相处，他接纳了我的灵魂，而我也适应了他的身体、他的过往、他的世界。

“换脑”后的整整一周里，我经常性地怀疑那次手术的真实性。苍白的灯光、面部模糊的医生、嘈杂的噪声，这些真的发生过吗？

但这种想法我又觉得荒诞可笑，我就是程复，因为我能想起程复上天入地又下海的所有记忆。我记得丁琳的眼泪和施云的笑容，记得穹顶的云海落日与大洋之下的幽蓝鱼群。

这些都是程复独有的经历。

在适应赵仲明生活圈子的半个月里，越来越多的故事在我脑海里不断涌现，就像一枚枚烟花炸开照亮夜空。

电铃声响，室内恢复安静。每个人都收敛了情绪，开始整理衣服和鬓发，安静地回到座位上，就仿佛刚才的狂风暴雨从未来过一般。

一位60来岁老将军的投影出现在我们面前，看他的肩章应该是一位上将，他眼睛里燃烧着同样的怒火，握紧拳头对我们鼓励道：“孩子们，只有战斗到底，我们人类才能取得胜利，而胜利的希望，就在你们的肩上。牺牲，是光荣的！每一场胜利都是用牺牲换取的，牺牲越大，就越接近胜利。人类不会灭绝，只要我们掌握基因技术，人类就不会灭绝。而我们的敌人——AI，早晚有一天，会因为盲目扩张、资源浪费，成为我们的手下败将。所以，我们一定要心存希望，不能放弃！只要坚持，就会胜利！胜利即将到来，你们听到了吗？孩子们，欢呼吧，让我听到你们的声音！”

老家伙们之于利莫里亚来说异常珍贵。这是一片被年轻人掌控的空中大陆，仅有的衰老只存在于影像之中，存在于被12区包围的那个神秘圆环之中。这里的人没有衰老的权利，超过22周岁的人都要被派往战场，有去便无还。

这里一批又一批年轻人慷慨赴国难，硅城的花姐却等不来祖国的消息……

2

视听室所在的这栋50层左右的银灰色管状大楼是利莫里亚最常见的建筑，它通过一道道乳白色的软管与其他建筑相连，每一栋建筑物都是蜂巢拼接起来的管柱状的，直通蔚蓝色的天顶。因此，这些建筑物看似还有另一个作用——撑起上方的天空。

天空像一个倒覆过来的月牙湖泊，因为天空的外围和内壁都是圆形结构，随着传送履带的前行，月牙依然能够保持原样。这样看来，这里的人就活在两道环状墙壁间，不过这个空间足够庞大，管状的蜂巢建筑物彼此林立交错，像极了热带雨林的藤条，杂乱却不失章法。而楼宇之间乳白色的通道与地面的传送履带则构成了这里的交通网络。

我所处的位置上空有一个巨大的Z7图案，这是第7区的意思。利莫里亚共分12个区间，生活着近百万人。

街上没有人“散步”，每个人都匆匆忙忙。他们大体可以分为两种人：一种是军人，另一种是青春期的孩子。每个人都青春靓丽，街上看不见中老年人，我这几天与数千人擦肩而过，没见过一个中年人。

这里的街上没有商店、书店、酒吧、咖啡厅等建筑，没有任何店铺，空旷的街上每隔几百米就只有一座维护治安的岗亭。身着黑色警服的年轻陆警注视着远方几个愤怒挥舞拳头的十七八岁男孩，而他们挥舞拳头的对象只是面前的显示屏上程复的照片。

“叛国贼，为什么我不能亲手杀死他！”

“给他判绞刑也是便宜他了，如果我是法官，一定要把他浑身涂满油，架在烈火上，慢慢地烤死！我要听到他痛苦的哀号，我还要听到他的忏悔！”

年轻人的职业无非是陆警与军人两种，街上除了居住区之外的工作区也只有军队、警局与学校三种。

第3飞行大队109团的驻地在第10区。前往第10区的路上，传送履带穿过一座广场，广场上正进行着大学生和中学生的集会。人们喊着口号，无外乎也是借着程复被绞杀、间谍盗尸两件事，表明学生们战斗到底的决心罢了。

年轻真好，有大把的时间可以单纯地用来愤怒，尽管他们根本不知道所谓的真相。

没有人会深究，因为太聪明的孩子活不到毕业。这也是我们这群遗留人不受待见的原因。而原生人在出生之前就已经去除了基因的情绪模块，所以在15岁便能为利莫里亚提供服务。那个年纪的我，还在学校因为无处发泄的荷尔蒙打群架。

我不断地提醒自己这是赵仲明的记忆，倒不是我有多么尊重他的“遗产”，我只是担心，我会忘了自己究竟是谁，但是我们记忆的融合已经成为一种无法避免的趋势。这些天来，很多语言与行为都不是出自我的本意，而是大脑中有一股能量很自然地喷薄而出。那时候，我更像是跳出来的旁观者，观察着自己的思维如何自动和他人沟通。

我现在能做的，就是尽量不要让赵仲明在不经意间说出那些只有程复才知道的“秘密”。

109团位于第10区与第9区交界处的一座高塔的中层空间，从宽大的玻璃向下望，能够看到第9区街道上两条黑压压的陆警人流。10余台记忆扫描仪被运进第9区，新闻中提到的记忆筛查开始了！

爱因斯坦他们到底藏在哪里？如果真的有学生或者军人掩护他们，这番兴师动众的筛查绝对不会无功而返。只要有一个人注意到了异常，筛查仪都会做出反馈。

“难以置信啊，这群孙子竟然潜入了利莫里亚。”

一位小个子机动队士兵左手搭上我的右肩，闲着的手叉着腰，俯瞰着楼下的动静。

看样子他应该是个华人后裔，脑瓜子圆得像颗黄豆，两粒小芝麻眼睛镶嵌在两撇倒八字眉毛之下，一张吹火口仿佛总能讲出一些耸人听闻的消息来。看到他的时候，脑子里有枚烟花炸开了，赵仲明的记忆瞬间苏醒。

与小个子相关的场景迅速在我头脑内排列组合起来。我想起了学生时代曾为他出头打架，却想不起他的名字，不过轻松愉悦的感觉却在我四肢蔓延开来。我下意识钩住他的脖子，三个字脱口而出：

“黄豆子……”

这种体验完全超出了我的理性控制，又是赵仲明的记忆在作祟，就像我第一次见到韦森，虽然不知道他的名字却能喊出“韦爵爷”一样。

“你小子是给站岗士兵送了多少礼，也能进109团的大门？”

他笑着将我朝左一拱道：“有你赵仲明的地方怎么少得了我！”

“嗬，口气还挺大，109团是英雄团，是第四飞行大队的尖刀，你连国际日期变更线都弄不明白，也敢来开飞机？当然了，109团也有后勤部……”

“赵仲明，你少寒碜我，你成绩是比我好，可我命比你好啊，哈哈！”他笑起来，土豆似的脑袋就像要裂开一样，“我都没申请，109团主动给我黄战斗同志发的通知！我还琢磨着我这几年到底立了什么功劳，竟也能引起赫赫有名的109团的注意。”

黄战斗这名字让我脑子里再次炸开了花。

他与赵仲明同年，出身于商人家庭，善于经营人际关系。赵仲明容易冲动，惹下的麻烦黄战斗能用他的方式摆平；可过于油滑也会惹人讨厌，高中的时候，赵仲明曾替黄战斗打过架，两人被罚了一周禁闭。

却听他接着道：“苦恼啊苦恼，我想破了天灵盖，只想到一个可能性……”

“团长是个熊瞎子吧。”这句话又是下意识说出的，赵仲明的思维越过了我的权限，直接选择和黄战斗对话。

“嘘……你小子就算嫉妒我，也不至于在109团说他们团长是瞎子，不要命啦！”他谨慎地左右瞧了瞧，见最近的人都在20米开外，便又放宽了心，“我告诉你，我的优秀可不是一般人能发现的！”

我嘿嘿一笑。“那祝你好运喽。”

黄战斗闻言，面色陡然严峻，眯着的小眼睛盯着我看了不止10秒，脸上疑云渐浓。“我说赵仲明，你最近是学习了《三字经》还是《弟子规》？跟我说话这么客气，往日我这么嘚瑟，你要么会比我更嘚瑟，要么直接就赏我板栗啦！”

客气？我忽然想起在203机动队时，也有人说过类似的话。那天有个队员在训练时出现错误，我耐心解释了一番，并鼓励他认真对待工作。旁人就说我变了，因为赵仲明如若带了拳头、穿了皮鞋，就很少用嘴皮子解决问题！

赵仲明有股子痞气。

我钩住黄战斗脖子的手臂渐渐用力。“109团不是机动队，你也注意点！老子想这一天想了十几年，今天可不能因为你给搞黄了。”

黄战斗被我勒着脖子却显得颇为舒坦，就是说话喘不过气。“咱们上中学的时候，是……高中二年级……还是一年级的那个国防课老师……你记得吗？”

我松开他，装模作样地思考。“高二……吧……”

“对！那就一定是高二，你的记性一直比我好，我到现在也没背下来……”他看了看身后办公室的木门，“……敌人在北美五大湖区的3条防线21个据点的经纬度！”

“这是关乎性命的！”我严肃地对他说，“等真能用上的时候，能救你一命。”

“咦？”他那小眼睛又眯了起来，“哥们儿，你今天确实不对劲啊？”

“我？不对劲？我看是你小子不对劲吧。”我装作漫不经心的样子。

“往常你可比我不抱希望啊……”他又警惕地回头望望木门，就好像面试我们的长官随时会冒出来一样，“北美五大湖，别说咱们这一代，就是再等原生人繁衍60代，也没戏——这不是你的原话吗？”

“行了，别废话！”我赶紧岔开话题，不过心中倒是对赵仲明有了新的认识，“你刚才提国防课老师，到底想说什么？”

“那老师说，人类永远不可能被外来的敌人打败，打败人类的只有人类自己！”他指着第9区的陆警说道，“你看见没？利莫里亚要乱套了，国防老师的谶语马上就要应验了。”

“我倒是觉得，国防老师是在鼓励我们。你仔细断句，打败人类的只有人类自己——这不就是说，AI再厉害，也不可能打败我们吗？明明是鼓励我们。”

“你不记得我也不怪你，但老师说这话的神情我可记得清清楚楚，特别丧气，只有丧气到极点的人，才会有那种表情！”他的脸上努力地为我重现昨日之丧，看起来还是像一颗土豆，“所以他永远消失了，利莫里亚不需要这种丧人。”

这时候，我们身后的木门被推开，一位士兵迈步走出，朝着我们喊道：“203机动队赵仲明、205机动队黄战斗进来报到。”黄战斗郑重地行了一个军礼，和刚才判若两人，我一愣神儿，他拱了拱我。“敬礼啊！”

我和黄战斗一前一后走入办公室，偌大的房间内只有一张3米长的白色木桌，光幕以木桌中部为中心将房间切割成“白日”与“黑夜”。

对面“黑夜”中传来了两个人轻轻的交谈声，等我和黄战斗走近的时候，一个黑影起身离开，另一个黑影坐在我们对面。我和黄战斗正襟危坐，等待问话。

里面的人轻咳两声，低沉的男人嗓音从黑色光幕中传出。“赵仲明，赵德义的儿子，赵伯显的堂弟，军校成绩优异，曾代表军校参加利莫里亚空军院校比武，两次获得海东青奖章；黄战斗，庸才一个，从小学中学到军校，都是个马屁精，靠着灵巧机变以及见风使舵的本事，竟然也能混成一个机动队参谋……”

黄战斗满脸尴尬，瞟了我一眼。“长官……我……是不是……没戏了？”

里面那人哼了一声，似乎有些不悦，然后冷冷说道：“你竟然还有脸问！歇着去吧……赵仲明——”

“到。”

“你的行为很可疑。”

我心中一凛，但是不动声色道：“报告长官，请您指出具体的问题。”

对面黑幕中传来啪嗒一声，听上去像是将笔扔在桌子上的声音。“老实交代，你22岁生日那天晚上，到底干什么去了？”

我眼前闪现出机动队员为我庆贺生日的场景，有个叫黄海的兄弟不合时宜地说了句：“队长，我们还想给你过23岁生日，你可一定要活着回来呀！”

此言一出，瞬间冷场。

里面的长官追问道：“在干什么？”

“和朋友们庆祝。”

“别跟我兜圈子，你知道我问的是什么。我只关心你从203驻地庆祝完之后的事。”

“我……”我用力地回忆，可我实在想不起赵仲明后来去了哪里，又做了什么。但是可以推测的是，那时候的我正在牢房之中，第二日就要被执行死刑，所以前一天晚上，赵仲明肯定会有所行动，才能顺利将我的记忆提取出来。

他一定见了什么人——他必须隐瞒、保护的人，所以便在记忆中抹去了这段经历。

“我……好像是在外面逛了逛，然后就回去休息了。”

里面的人传出来一声冷笑。“我现在手里的枪随时可以按下扳机，彻底结束你这骗子的生命，”他暴喝一声，“快点坦白，你到底去做了什么？！”

我手心冒汗，但此时我必须坚持自己刚才的话：“报告长官，我什么也没做。”

“正心片已经很久没吃了吧？”

“不，从未停过。”

“放屁！”里面的人骂道，“赵仲明，你现在真是嘴里没有一句实话……”里面扳机啪嗒了一声，“我再最后给你一次机会，你到底背着利莫里亚军队做了多少对不起我们的事？”

“我什么也没做！”

身旁的黄战斗身体颤抖，连屁股下的凳子腿都开始打战。

里面的人冷笑道：“你们中国人，就是不见棺材不落泪……”他声音低沉且愤怒，“那我就让你知道，你那天晚上，到底去做了什么！”

黑色的光幕中出现了一段录像的虚拟投影。影像中，赵仲明穿着一身便装出现在一栋蜂巢房间的走廊里，他一边走，一边留意着周围，一直到一扇房门之前停下，又左右看了看，才敲响了房门。

房门开了一道缝，里面的人伸出一只雪白的胳膊，将赵仲明拉了进去。开门的刹那，金色的齐肩短发一闪而过，里面显然是个女人。

那人冷笑一声：“这就是你所谓的无事去做？”黄战斗也诧异地望着我，眼神中并非愤怒，而是一种“你小子又开发了新世界竟然不告诉我”的好奇与埋怨。

我无言以对，心中盘算着接下来该如何应对。如果这段影像是唯一的证据，这并不能判定赵仲明通敌卖国，除非他们有房间中女人的详细资料，并断定这个女人是间谍。

那人道：“赵仲明啊赵仲明，军队里反复强调，欲望是肮脏的，而你却私下里和一个女人……哼，你这种败类真是给军人丢脸，我今天就替军队解决了你……”

黑色的光幕中，伸出了一支黑色手枪。

我惊愕无比，赵仲明的牺牲如此轻易地就被证明没有价值吗？

反抗，还是逃跑？

黄战斗哀求道：“长官开恩啊，赵仲明只是犯了搞对象的错误，罪不至死……”

啪嗒一声，扳机扣响，却没有子弹射出。黄战斗却吓得一屁股从椅子上滑了下来。

“法律规定，男人到了23岁，政府会给安排结婚对象，但前提必须是到前线服兵役一年，然而赵仲明却变成了……”里面的声音忽然变了，“……我最喜欢的样子。”

一副熟悉且又充满调笑的嗓音：“恭喜赵仲明，通过审查！”

黄战斗一听这声音，腾地站了起来：“咦？你……”

光幕消失，桌子对面亮了起来，一个长相英俊且又有些桀骜不驯的年轻白人出现在我面前，他一脸坏笑地转着左手上的黑色手枪。

“原来真是你丫的！”黄战斗一拍桌子，满脸兴奋，“吓死我了……”

那白人男子右手一撑桌子跃了过来，黑色的军靴顺势朝着黄战斗踢去，黄战斗刚要躲，白人男子眼睛一瞪，后者便不敢躲开，裤裆生硬地受了白人男子一脚。黄战斗向后倒去，摔在地上，但脸上的笑意不仅没有消失还越发谄媚起来。

白人男子笑着骂道：“以后跟你爹讲话，给我规矩点。”他蹲在桌子上，转身用枪口敲敲我的脑门：“赵仲明，这回有没有被我吓出尿来啊！”

我僵硬的脸上挤出微笑：“这可不是机动队的训练项目，难道空军要穿着尿片见长官吗？”

白人男子哈哈大笑，从桌子上跳下来，他从椅子上拎起我，又从地上拎起黄战斗，两只手各自搭在我和黄战斗的肩膀上：“想不到吧，兄弟我从今之后就是109团的团长……”

“哎哟，原来我的伯乐竟然是你！”黄战斗笑道，“我早就和赵仲明说过，努力有个屁用，只要把咱阿历兄弟伺候舒服了，不愁未来的身份地位。虽然赵仲明各科成绩都比你好，但我早知道，我们哥俩将来还得指望你！”

“嘿，就冲你小子这眼光，也给你个营长当当。”

“营长？哎哟，一下升两级？阿历……你可别跟我开玩笑！”

“那还能错？别的我不管，可在109团，我一人说了算。”

黄战斗喜不自胜：“哎呀阿历克斯，你可真是我的亲生爸爸！”

那白人男子搂住我的右臂重重一锁：“赵仲明，你哑巴了？是刚才被我吓傻了，还是见我爬到你的头上，心里不痛快？”

我掰开他的手臂，右手握住他的右手。“恭喜兄弟！”

这人正是阿历克斯。是那个开着飞机轰炸酋长的阿历克斯，是那个怂恿程雪“背叛”我的阿历克斯。

阿历克斯笑道：“你小子怎么也成了黄战斗？你对我突然恭敬起来，我还真不适应。说老实话，我还是相当怀念你天天跟我叫板的日子的。走，甭傻站着，陪你们爹喝两杯去，今天咱三兄弟聚齐，得好好庆祝庆祝！”

黄战斗笑道：“阿历，这不太好吧，109团好赖是战斗英雄团，这要是让人知道我们走后门，又和你花天酒地……咱现在不同往日了。”

阿历克斯笑道：“去他妈的规矩，跟着我在乎啥规矩！”他瞟了一眼，“赵仲明背着咱俩坏了多少规矩。刚才那视频你也看了，这小子天天跟我们装蛋，你们中国人真是狡猾……”

黄战斗拿右手食指点着我：“就是，你小子就跟我装，真不讲义气！”

阿历克斯哈哈大笑，向黄战斗道：“你也得跟赵仲明学着点。对了，你的正心片停了吧？”

“有阵子了。”

“好！”他嘴角的坏笑我非常熟悉，“哥们儿带你俩去见见世面……”

我咬着牙，挂着笑，机械地随着两人朝着光幕对面的一扇门走去。阿历克斯和赵仲明还是朋友，真好，真好……

太感谢你了，赵仲明。

脑子里又有烟花炸翻了天。

3

赵仲明和阿历克斯在中学时期可谓不打不相识，而黄战斗在二人的关系中起到了至关紧要的穿针引线的作用。

黄豆子路子野，不知从哪里听说阿历克斯有背景，便一个劲儿地奉承，用了几天就和他建立了钢铁一般的“友情”。

赵仲明不喜欢阿历克斯，后者从小性格乖僻、暴戾。但是自从知道阿历克斯自小便没有父亲，母亲也被强硬地留在了陆地这件事情之后，赵仲明便对他有了同病相怜的感情，见他有难处便帮上一把。与黄战斗不同，他与阿历克斯向来没有交心，阿历克斯有种天生的骄傲和跋扈，在失意时尚且不可一世，如有一天得意，恐怕不是一件好事。

人人都知道阿历克斯有个秘密，但是谁也不知道这秘密是什么，这秘密让阿历的身份越发神秘。而且阿历克斯还能知道里边的动态。

里边，是圆环之内的世界。他绝对没去过，但是他有自己的渠道。

从军之后，赵仲明和阿历克斯便少了联系，他去了陆军机动队，阿历克斯则直接进入空军部队，据说参加了不少对地战役。

赵仲明认为自己或许到死也不会与阿历克斯再有接触，直到一年前发生了那件令人匪夷所思之事。

堂兄赵伯显在赵仲明16岁的时候被派往陆地执行任务，尔后光荣牺牲，在敌人的狂轰滥炸之后尸骨难寻。可是5年之后，197机动队的拉里贝却私下里找到赵仲明，将一枚狗牌交给他。

狗牌是军人的身份铭牌。人活着的时候，狗牌就是一块普通的铝片，人死之后，狗牌就是快速识别弹坑边这堆烂肉究竟该送往哪个团的标签。

没有一个士兵会把自己的狗牌乱扔，赵伯显稳重老成，更不可能在下去执行任务的时候，还把铭牌丢在利莫里亚。更何况，铭牌是在一头蜥蜴的身体里发现的。

赵仲明赶去的时候，蜥蜴的身体被切割成了六块，要凭丰富的想象力才能看出那是只“蜥蜴”，那东西2米长，有蜥蜴的大部分特征，可是面部与四肢的细微处又不同于他所了解的蜥蜴。那东西隐隐有张人脸的轮廓，大腿粗壮，手掌脚掌各有5根细长的指头。

在197防区内出现蜥蜴，无论责任在谁，他们都难辞其咎。于是他们的队长决定把这事捂住，在不走漏风声的前提下，将这蜥蜴大卸八块，化整为零，悄悄处理。拉里贝就是在拆解蜥蜴的时候发现的狗牌，当时狗牌的链子已经和蜥蜴的肠子长在了一起。

拉里贝和赵仲明也是同学，在中学时候便知道赵伯显的事迹，英烈追悼会也曾去献过花。所以见到这张狗牌，他便藏了起来，找机会将它带给赵仲明。

那天之后，赵仲明一直活在巨大的疑问中，他不敢否认英雄的牺牲，但他实在不解，堂兄的铭牌为什么会出现在蜥蜴的肚子里。

没过多久，拉里贝就消失了。

整个197机动队当日执勤的23人，都消失得干干净净。半个月后阿历克斯出现在203驻地，劝赵仲明不要再寻找狗牌和197机动队的相关消息，失踪的23人被追认为烈士。

而想起拉里贝的模样时，我的身体不由自主地产生了一阵剧烈的震颤。

怎么可能是他……

萨德李？

我和黄战斗跟随阿历克斯乘坐电梯来到了这座塔里最高处的房间。房间通体洁白，三面墙壁一面玻璃，办公桌后面的墙壁上挂满了枪支，对面的墙壁上，却挂满了各种动物的头颅……有斑斓的虎头，有长着大角的鹿头，有一只眼睛中弹的狮子头，还有一只巨大的头骨，额头中心下方有个巨大的洞孔，如果不是两旁的象牙，我还以为这是某种变异的三眼头颅……

“怎么样？”他炫耀似的指着一头黑猩猩的脑袋给我们介绍，“具具都是我亲手猎杀！”

黄战斗抚摸着一头麋鹿脑后的枪孔道：“可以啊，不过你小子是从哪儿打到这么多猎物的？好多我都叫不出名字。”

阿历克斯用手指了指地板的方向，我装作懵懂无知地问：“下面？你是说，利莫里亚底部？”

他摆了摆手道：“当然是非洲草原。”

“大陆！”黄战斗一脸羡慕，“你小子是不是经常下去？”

阿历克斯扇了黄战斗后脑勺一下。“要不你爹怎么成了团长？还有，别总是‘你小子’‘你小子’的，让别人听见，让你爹我丢脸，以后要么叫团长，要么叫爹，你选一个！”

黄战斗嘿嘿一笑：“叫爹叫团长还不一个样？反正我和赵仲明这辈子跟定你了。”

阿历克斯在桌角拍了一下，办公桌后面挂满枪支的墙壁便移向两旁，墙后出现了一个方形的门洞。我们三个进入门洞之后，才发现里面是一间密封的房间，墙壁纯黑，除了地上的一圈联排沙发，没有他物。

“不是说好的带我们见世面吗？带我们来这里，有啥世面可见？”黄战斗问道。

阿历克斯向着沙发一靠，拍拍旁边的座位，示意我们坐下，嘴角的笑容诡秘。我们分别坐在阿历克斯的两侧，门洞封闭之后，面前平地升起一张茶几，茶几上的酒架上躺着一瓶红酒。

“你丫哪儿搞的！”黄战斗腾地站起来，看见酒就跟看见炸弹似的。

“认得？”

“咋不认得！”黄战斗略带恐惧地说道，“还记得军营有个蒙古人，他去陆地训练的时候，不知从哪儿捡了一瓶酒，偷偷带进了利莫里亚，结果被发现，立刻就消失了！你可别害我们，阿历……利莫里亚早有禁酒令！”

“看你那德行！”阿历克斯骂道，他拍了拍我的肩膀，“什么是成大事的人？你小子，永远也追不上赵仲明。”

“你是团长，公然违抗禁令，若被人举报，咱们死都不知道怎么死的。”

“那是别人，不是我！”阿历克斯将红酒倒进三个高脚杯中，“你知道老子费了多少气力，才把这搞出来给你们长见识？黄豆子你真是不领情。算了，爱喝不喝。”他端起一杯，递给了我，“赵仲明，咱兄弟喝，甭搭理黄豆子！”

我接住酒杯，也装作谨慎的样子。“我看，还是小心为妙，你初任团长，带头破坏纪律，肯定不合适。”

阿历克斯一脸不屑。“纪律？你们跟我说纪律？从此109团的纪律，就由我来定，喝！”

见我无动于衷，阿历克斯道：“至于吗你们？这是天上的葡萄酒，里面的人喝的，我既然能让你们见着，就肯定没事，来吧！”

黄战斗一脸苦笑：“我们相信你，可毕竟性命攸关……”

他冷笑两声："二位兄弟，咱都是从死人堆里爬出来的，又是自小一起长大，我对你们俩可是一点戒心都没有，要不我怎么敢把你们提到我身边！"他自己先小啜一口，徐徐放下酒杯，"哥们儿见过的世面，你们想都想不到……死是迟早的事，而在这个地方，你要是不享受，迟早就得被人享受……"

"什么叫迟早被人享受？"我追问道。

他微微一笑，再次端起酒杯。"干了，我就告诉你！"

阿历克斯把红酒杯举到我眼前，我接了过来，在鼻子前轻轻一嗅，装作厌恶的表情，掐着鼻子一口饮尽。"说吧！"

阿历克斯大笑。"不愧是我最看得起的人！"他忽然瞪着黄战斗，"你呢？"

黄战斗颤抖着端起酒杯，眼睛一闭，把心一横，也是一口干尽。喝完之后，他把舌头一吐。"红酒就这味儿啊！涩了吧唧，怎么之前的人类，竟然会喜欢喝这种东西！"

"说吧！"我第二次催促。

阿历克斯把自己杯中酒饮尽，又为我们每人倒了半杯。"在利莫里亚，你要么选择成为猎物，要么选择成为猎手……就像大多数猎物一样，猎物本身，并不认为自己是猎物，直到死在了猎手的手中，才意识到自己存在的意义，这就是解释。"

"有话不能明说？"黄战斗埋怨道，说话的时候，他已经主动端起酒杯，开始把红汤往嘴里送。

阿历克斯按下沙发后的一个红键，忽然，周围黑色的墙壁瞬间消失，我们所处的位置，变成了一片沙滩的中心。

尽管我知道这都是虚拟成像技术，但依然被周围逼真的影像震惊了，要不是墙壁的夹角还存在，我就真以为我们来到了一片沙滩。我看不出这是哪片海域，虽然已将近黄昏，沙滩上依然有很多人，穿着比基尼的美女从我们身旁走过，穿着三角裤的黑人男子扛着冲浪板从海里归来，几个孩子在我旁边堆着沙塔，两个海岸救援队员站在瞭望台上，通过望远镜盯着深海中冲浪的少年……

阿历克斯望着夕阳与天边红色的云，笑着道："这是我利用职务之便，保存下来的一份影像，很美吧……"

黄战斗叹道："美，我已经有十几年没见过大海了，这是……什么地方？"

"太平洋东海岸。"

黄战斗盯着身旁走过的几个美女，眼睛连眨也不眨，喉咙里控制不住地咽下口水。

阿历克斯哈哈大笑："豆子，你小子看来懂得不少啊！"

黄战斗脸一红："这种女人，在利莫里亚就是犯法。"

"这就是人类原本的样子，"阿历克斯举起酒杯，让夕阳穿透琥珀色，洒在自己的鼻梁和双目之间，"然而，我们却永远失去了……"

黄昏隐没，画面切换，依然是同样的海滩，依然是同样的夕阳，可是如今的海滩上却没有一个人。远方的晚霞就像手中鲜红的葡萄酒，海里漂荡着破碎的帆船和倒下的桅杆，半块冲浪板被埋进沙土中。远方的大海中，一艘战舰缓缓驶过，两艘微型战斗机从战舰上起飞，悬浮在空中，向西方的红云发射出一连串子弹……

没有了比基尼美女，也没了玩沙的孩童，唯一留下的，是夕阳下一道道卫星陨落的白线。

阿历克斯说："人造卫星被打了下来，人类失去了全球通信的能力……"

"AI真够狠！"

阿历克斯重重地哼了一声。"再狠，也狠不过程成啊……"顺着他手指的方向，一架朱雀战斗机从远方飞来，轻松冲破了两架悬浮战机构建的简易防线。与此同时，有黑色沙尘暴似的东西，从我们的背后拔地而起，直冲云霄。

"那是什么？"

"或许是AI政府的某种防御武器吧，然而……并没有什么用。"阿历克斯说话的时候，朱雀战斗机已经飞过我们的头顶，不到半分钟的时间里，我们的右侧一片白光闪过，紧接着，朱雀战斗机投下了什么东西……

蘑菇云在白光闪过的方向升起，大地开始震动，紧接着，身后就是一阵白光……

影像消失了。

阿历克斯把最后一点酒匀到我们三人杯中。“干了吧，这就是程成留给人类的世界，敬他妈的程成！”

我尽力克制情绪将杯中酒一饮而尽，此时的我恨不得将酒杯砸在阿历克斯的脑袋上。父亲不是世界的毁灭者，就像赵德义、郭安、朴信武等人所言，他一定有苦衷！

父亲保护了这群人渣，但这群浑蛋活下来之后，任谁都要反咬他一口。

“赵仲明，才一杯，你眼怎么就红了？”阿历克斯发现了我的异常。

忍！一定要克制。我努力想挤出一丝微笑，欺骗他我不胜酒力。但我就是控制不住……我将拳头攥得嘎巴嘎巴响。“如果没有程成将军，我们早就成了AI的俘虏，你有什么资格诋毁他！”

阿历克斯左手三根指头捻着酒杯，一双毒蛇似的三角眼上下打量着我，脸上的肌肉渐渐僵硬。

“赵仲明，你别忘了自己的身份！”他笑了，咬着牙，“赵德义是程成的一条狗，而你赵仲明从今天开始，就是我的狗！”

房间的气温瞬间降到了冰点。黄战斗连忙在其中打圆场。“何必呢，刚才还好好的，我们都不是中学的孩子了，怎么还跟以前似的，一句话就能吵起来……”

忽然，一阵急促的电铃自身后的房间响起。

阿历克斯翻了个白眼，将视线转向黄战斗：“兄弟我现在官当大了，烦心的事也多了……黄豆子，你以后就给我当秘书，接电话的事全都你来！”

黄战斗一见气氛缓和，连忙笑嘻嘻地开起了玩笑：“阿历你不讲信用——你刚才还让我当营长，咋又降级了？”

电铃声越发急促刺耳。

阿历克斯将酒杯一把丢开。“少废话，你他妈先去听听到底发生了什么！”

黄战斗摇摇晃晃地小跑出去，没过30秒却猛地撞了进来。

“阿历……”他舌头都捋不直了，“利……利莫里亚防御系统……侦察到了入侵的……入侵的……”

“入侵的什么？你他妈能把舌头捋直了说话吗？”

“敌方战斗机！”

第二章
双面人格

1

利莫里亚大陆的军队主要分为进攻型部队和防卫型部队两大系统，进攻型部队含空军、陆军和两栖部队，是利莫里亚对外出征、反击AI的主要力量，占总军力的80%以上；而防卫型部队以机动队为主，主要负责大陆近空的防御性工作。但是多年以来，没有任何敌人能够接近利莫里亚近空，机动队地位越来越低，甚至被兄弟部队嘲笑成“足球队”——原因正是我们操纵的防御型战舰“十二面体”乍一看就是个足球的形状——但是经过两年服役期的机动队战士，可以申请参加前线部队作战，所以机动队就成了前线部队的“战前训练营”。

由于没有走完流程，我和黄战斗此时还算是机动队的人，因此立刻返回驻地。

还没进入作战指挥室，就已经嗅到了里面群情激昂的气氛，这群20来岁的小伙子与姑娘，没有对敌人的恐惧，反而兴奋得就像猫见了老鼠。毕竟，这么多年来，终于轮到他们与敌人正面交锋了。利莫里亚的教育主旨就是让人遗忘恐惧，现在看来显然是奏效的，不过在我眼里这根本不是勇敢，而是盲目自大。

大规模的AI军队出现在利莫里亚附近，虽然只是悬停在相对安全的距离，但这种凝望的姿态，却像是对人类——他们的创造者的临终告别。

我的眼睛越过布雷上校做战前动员时不断耸动的宽厚肩膀，第一次见到了利莫里亚的外观图。从上面俯视，它是一个标准的圆形大陆，虽然看不出直径，但通过其100万人口的承载量，至少能推测出它底部的面积绝对不会小于一座中等城市；从侧面看，利莫里亚又像是一座塔基，高度或许有几百米，但与其直径相比还是有点微不足道，所以利莫里亚的形状，颇像是一个倒扣的碟子，碟子的中心有一块凸起，应该是整个大陆的核心控制区域。

12个红点包围着空中大陆，犹如12颗静止的卫星。

“敌人已经围着利莫里亚绕了长达一个小时，”布雷上校说道，“刚开始，只是后方出现几个红点，扫描发现是一个巨大的球形飞行器，但是十几分钟之后，飞行器分裂成12个部队，迅速包围了利莫里亚，并与利莫里亚同速飞行……”

“上校，下命令吧，让我们出去痛快杀一场？”一人吵嚷道，其他人紧跟着附和起来。

“利莫里亚已经暴露了，更多的敌人正在赶来，国防部长已经下令，尽快对敌人的先遣部队进行反击，务必全部摧毁！”布雷上校和我们一般年纪，之所以成为上校，不是因为作战经验多么丰富，只因在学校和军队的表现均优于其他人，这是他第一次站在真正的前线指挥战役。

“战士们，你们苦练多年，终于等来了人生中最为光荣的一刻！现在敌人就在面前，像碾死蚂蚁一样碾碎他们，夺回人类的尊严！”

“必胜！”

十二面体在地球上空2万米的黑色云层中缓慢飞行，像黑色海洋中遨游的海龟。十二面体离开利莫里亚的瞬间，就被黑色的尘土所包裹，我本来还想看一看利莫里亚大陆的外观，可我忘记了这个大家伙就是利用平流层的尘土，才得以在天上藏了将近18年还没被AI找到。

我第一次在云层中仔细观察黑尘的模样，它们并非纯黑色，大多是棕色和黄色的沙土，只是因为没有光照，才会给人黑色的错觉。

上一次我与这些黑色粉尘擦肩而过，还是在夸父农场N33从天上穿透云层的一瞬间。我有一瞬间的恍惚，仿佛这黑色的砂石里还储存着那模糊又沙哑的声音：

这黑夜漫长……我坚信，路再长也有终点，夜再长也终有尽头……

我是程成之子，他是你们的战友！从今天起，我也是你们的战友……

这云层再厚，也阻挡不了我们的回归……

我是船长程复，我是你们的孩子……

……

曾经与我一起闯下云层的人，如今还有几个活在世上？程复，你任性的代价，未免太大了！

“任性的代价？”心里另一个声音说道，“难道不是希望的火焰吗？你总以为自己拖累了大家，可你是否站在大家的角度想过，如果没有希望，活着还有什么意义！”

这只是自我安慰罢了。

那声音笑了，是嘲笑。

沉默。

“程复，不要以为所有人都像你这般懦弱！我选择将生命赠予你，不是可怜你，你这种懦夫，死一万个我也不会心疼！”

对不起。

“你以为，我将生命给了你，是希望听到你的道歉？向我，向其他人？”那声音吼道，我仿佛看见了他愤怒的拳头，“你忘了你的使命吗？”

我的使命……

“万人将这火熄灭，而你偏要燃起一支火把！你说过，要带我们回家！你忘了吗！”

回家……这里不是吗？

那声音一字一顿地在我脑海里回应道：“你扪心自问，利莫里亚是家吗？”

“队长！”行军参谋韦森的声音将我的意识带回十二面体，“距离目标3000米，目标刚刚发出异动，它好像注意到我们了，是否继续前进？请指示。”

雷达图中，本来只有一个的红点已经分裂成六个，在前方一字排开，似乎正在列队“迎接”我们的到来。

我们203机动队由12个飞行足球构成，除去我和韦森所在的主舰是20人的配置，其他球中，每一个都有13名机动队战士。舰船内没有任何智能化的电子设备——目的是为了防止AI隔空接管人类武器——和AI彻底翻脸之后，人类和机器之间的沟通再次倒退回第二次世界大战时的状态，每一杆枪、每一门炮，都交由相应的战士亲自操作。

一般不用作战时，其他11个足球全都会附着在主舰上，担当11面的防卫；需要出征时，它们则会像真的足球一样从主舰被踢出去。

“按照之前的编队分成四部分，曼联、巴萨、千叶，以及解放者、恒大、沃尔夫斯堡两个分队分左右翼展开，慢慢形成包围圈，飞行至敌人1000米处待命。”总是被兄弟部队开玩笑说是足球队，我们203机动队索性就把12艘12面体战舰的名字以战前的足球豪门来命名。

雷达图上，六个蓝色点子从主舰剥离，与主舰共同形成了一个钳口形编队，缓慢接近目标。然而，目标依然悬停在空中，没有逃离，也没有反击。

“队长……下一步怎么办？打吗？”解放者的舰长邱明通过无线电问道。

我暂时拒绝了他的提议，向韦森命令道：“再试试和敌人沟通。”其实在我们出征前，利莫里亚已经尝试过和对方沟通，无奈最后还是以失败告终……

信号发出去了五分钟，依然没有收到任何答复。

“打不打？”恒大的舰长卢峰也申请道，语气中不乏兴奋。

我下令：“继续前进，等待总部的指令。”本次出征的总指挥是布雷上校，没他的命令，我们不能擅自攻击敌人，除非对方先开火。

当主舰距离目标只有1000米时，敌人依然没有进攻。在重重黑尘中，我们只能在雷达图上确定它们仍旧悬浮在前方，至于它们何时行动、有多少枪炮正瞄准我们的舰队，就全然不知了。

恐惧皆源于未知。僵持了半小时后，就连出征时兴奋的韦森也面色渐白。其间我们与207、209两支兄弟部队进行沟通，大家都陷入了同样的困境，没有任何仪器能够穿透沙云，扫描出它们的具体形状和武器装备。

终于，连布雷上校也失去了耐心。

“全体进攻，全歼敌人！”

我迅速转述了上级的命令，另外五个十二面体也纷纷脱离主舰，与之前的六个足球组成爪子形状，同时向对面的红点掐去。炮弹如雨点般打向目标，弹无虚发。雷达上显示，所有炮弹皆已命中目标，然而敌人依然悬停于空中，就像是六个虚拟的红点，似乎没受到任何影响。

“阿贾克斯、大阪樱花高速前进，低空掠过敌机，观察敌情，其他战舰掩护。”

两艘战舰接到命令之后，分别于左右猛然加速，在掩护它们的炮弹轨迹上空飞行，于六个红点之间穿梭，并将拍摄到的图像传回主舰。

“What is this？”率先看到图片的信息员莫甘娜吼出一句英语。

小屏幕的图片迅速投影至建筑中心，信息员合成了两艘战舰拍摄的同一架敌机的图形，在灰蒙蒙的图像中，出现了一个比沙尘颜色略重的黑色陀螺状物体。莫甘娜迅速修复了图片噪点，陀螺状物体清晰之后，倒更像是一坨不规则的牛粪被倒吊了起来。

“这他妈是个什么东西？”韦森忍不住问了一句。主舰中安静异常，收到图像的其他舰船也传来了各种猜测。

与此同时，阿贾克斯和大阪樱花再次掠过敌机上空，拍摄了另外两架敌机的外形，传过来之后，利物浦舰的舰长杨炯吼道：“这是马蜂窝，我五岁那年还捅过，绝对是马蜂窝！”

“扯淡，你家的马蜂窝有这么大？”

“绝对是，它化成灰我都认得！蜇人真的贼疼！”

战斗尚未停止，之后发过来的动态影像中，我们清晰地看见了炮弹打入“马蜂窝”的整个过程，它们就像是一团黑色的棉花，把炮弹吸入体内，彻底让暴躁的炮弹没了脾气。

这是AI的武器，还是一种新型生物？

它们的冷漠比嘲笑更让人无所适从。

“停止攻击！”我向全队下令，“后撤，保持安全距离！”

“队长，这就不打了？我们连这怪东西是个啥还没琢磨清楚，就不打了？”黄海不服。

“全队暂时撤退！韦森，联系布雷上校！”

韦森还没切入布雷上校，他的影像就已经出现在我们的屏幕上：“快撤退，所有舰队全部撤回利莫……”

屏幕一黑，信号中断。

紧接着，我发现主舰与其他舰船之间的通信也断开了。忽然之间，对面6个红点开始移动。雷达图上，6个红点分裂成了12个，又从12个红点分裂成24个、48个……直到雷达图被密密麻麻的红色占据，11艘舰船已经被红点彻底湮没……

“后撤！”

韦森开足马力，主舰迅速逃离红点的包围网，向利莫里亚急驰而归。

一分钟后，漫布般的红点开始向中心聚拢，而雷达图上，此时竟然再也找不到一颗红色的点子。

黑云静谧，依然隔绝着我们不了解的残酷真相。

“黄海，黄海收到请回话！”莫甘娜吼道。

“大阪樱花……大阪樱花……”

“千叶收到回话……”

“巴萨收到请……回话……”

……

没有回答。

布雷上校急躁的声音切了进来：“……该死的，全都滚回来！有几个算几个……”

布雷上校垂着头，他面前的雷达图上干干净净，利莫里亚周边没有任何红色点子，也没有我方的战力布防，旁边的参谋则替他回答了我们心中的疑问。

“就像是在原地融化了一般，消失得一个不剩。”

另一名参谋补充道：“这是……一种前所未见的新式武器。”

布雷上校再抬起头的时候，额头上的细汗晶莹剔透，他望向了我们身后的方向，半晌才说：“还没有其他舰船的消息吗？”

作战指挥室内鸦雀无声，战前的亢奋杳然无踪。

“汇报战后伤亡。”

“机动队派出12支机动部队，144艘战舰，1956名官兵，如今……只回来7艘，其他战舰和战士，下落不明。”

静默，难熬的静默。

有人用麻木来掩饰胆怯，而大部分人此时连麻木都装不出来。

布雷上校依然低着头，脖颈颤抖着，似乎是用尽了全身力气向一旁的参谋交代道：“向国防部……汇报……汇报战果……”

如何汇报？一场没有流血的惨败？

有人开始哭泣。我身后的韦森攥着拳头不住地摇头，我拍拍他的肩膀以示安慰。在这种情况下，没有谁还能说出振奋人心的谎言。

布雷上校是如何向国防部汇报的，我没留意听。他放下电话后，我们便收到命令：封锁与战争相关的一切消息。凡是参加本次行动的机动队，除了队长与第一参谋外，其余人员立刻接受精神安抚。

所谓的精神安抚并不是真的有人去安慰战士的情绪，利莫里亚把这一切做得简单彻底——清除记忆。

当我和韦森带其他队员到军队的心理安抚中心时，大家就都明白了。没有反对的声音，谁也不想在AI制造的恐惧和战友牺牲的痛苦中度过余生。只有韦森哭得像个孩子，莫甘娜最后一个走进安抚中心，她抱了抱韦森，又抱了抱我。

“队长，记得把活动室中，我与黄海的所有合影……清理掉！拜托……”

我和韦森用了五个小时，清理了所有失踪战友的一切信息。

安抚中心给我的“故事”模板里这样写道：203机动队另外121名队员由于表现优异，已经被派往地面执行特殊任务，保密级别S。

其实最需要心理治疗的人是韦森，然而韦爵爷是我离开之后接任队长的第一人选，所以他必须保留失败的记忆，以应对未来更为残酷的战争。军事技能好学，可临战的应变能力与心态管理，却不是在训练场能学到的。

那天晚上，韦森躺在我寝室的地面睡了过去，大约凌晨三点的时候，我被他的抽泣声吵醒。

“队长……”他知道我醒来，便哽咽问道：“我们……还能胜利吗？”

我望着眼前的漆黑。“你相信胜利吗？”

“我不知道……曾经的我还嘲笑过别人的失败与牺牲，可我直到今天才明白，我们和敌人根本不是一个科技等级的，我看不到任何希望……”他极力控制着自己随时可能失控的情绪。

希望？

我想问：“你愿意在绝望中活着，还是在希望中死去？”

我终究没问，因为我知道现在应该给他什么。

“韦森，如果明天便要死了，你可以做一件任何你想做的事，你会做什么？”

韦森陷入了沉思，良久之后他语气兴奋地告诉我：“我想回家！”

“你只要敢想，就肯定能实现。活着最可怕的事，便是你连想都不敢想。”

“队长，你难道不怕死吗？”

“我只怕死得没有价值……”忽然，赵仲明留给我的关于拉里贝的记忆弹了出来，“……更怕无缘无故地消失……”

谁料韦森忽然换回平常轻松的语气，接着我的话说了下去：“你还在调查197队23人离奇消失的事？”

我感觉浑身的毛孔都张大了，默默地没有作声。

“机密事务司的记录可不是轻易就能看到的，”他翻身将被子盖过头顶，“队长，求你不要调查了，我怕你也会……不告而别。”

我试探性地接道：“我想知道真相。”

“知道了又能怎样？”

“我不能不明不白地去死，更不能让你们像他们一样死了都没人记得！”我从床上坐了起来，“我调查的不只是拉里贝消失的真相，我想知道的是，利莫里亚没人能活过23岁的真相！”

“难道不是战斗牺牲的吗……”

“你亲历了今天的事，你还相信他们的话？1000多人就这么不明不白地……没了！但他们下达的命令却是保密。那每年几万人的消失呢？难道真的是牺牲？明知会失败、会送死，为什么还要这么做？我不能让大家再不明不白地去送死了，必须找到真相！”

韦森也坐了起来。“队长，我忽然觉得你像变了一个人。”

“嗯？”

“你以前很喜欢发怒，见到不平之事，常常要闹一通脾气，很少去深究事件背后的原因。而且你还非常自我，认定的事会不顾一切去做，哪怕搭上性命，”他轻叹一声，“但是刚才，我发现你变了，你不再只想着自己，你好像……忽然会为别人而活了。”

2

利莫里亚不是家，可阿历克斯却说要带我们“回家转转”。

在109团驻地的密室里，他对着我和黄战斗痛骂了布雷上校一个多小时，声称国防部对后者在上次防御战中的指挥失误深表失望。他骂人的时候，我和黄战斗只能默不作声地喝闷酒，我庆幸黄战斗没有参与战争，否则我极有可能永远失去这位朋友。

我们晕乎乎地被阿历克斯拉进一架蝌蚪飞行器，他驾驶着飞行器，在乳白色的管道里晃晃悠悠地高速飞行。

蝌蚪飞到管道尽头，就像冲进了一团烟雾之中。冲破烟雾后，面前出现了一道巨大的白色弧形墙壁。墙壁上密密麻麻布满了类似于高尔夫球洞的圆坑，蝌蚪飞行器慢慢降落其中，原来这些坑都是蝌蚪的入口。

黄战斗比我还震惊。“这什么地方？我十几年也没见过这堵墙啊！”

“废话，你要能见着，那还叫什么特权！”阿历克斯冷笑道，“这就是内城，你们两头猪若没我这大哥，这辈子都甭想进来。”

“你不要命了！”黄战斗顿时炸了，“你喝醉了，我可没喝醉，咱别送死行吗？内城咱们是不能来的！”说着，就起身去抢阿历克斯手中的控制杆。

“放手！”阿历克斯把他推倒在座位上，“这是我家，我爱干吗就干吗。”

我问道：“阿历，你到底什么背景，现在可以跟我们说了吗？”

阿历克斯嘴角又挂上那诡异的笑容。

“知道得越多，刀子来得越快。一头猪就算成了哲学家，它也不过是一头猪。”

蝌蚪飞行器停在凹洞中后，墙壁的红外线装置对它进行了一番身份扫描，验证通过后，飞行器被一股强大的吸力吸进了墙壁内部，随后洞口迅速关闭。

飞行器沿着一根淡红色半透明的管子向内部缓慢飞行，穿透管壁，能看到上百条错综密布的管子从墙壁伸向前方一个巨大的半球形底部。飞行器进入半球之后，仿佛进入了一个由红蓝两种光芒交相辉映的世界。我抬头望去，红光和蓝光都来自半球中心上空一条望不到头的巨大天梯，它一半红色，一半蓝色，在红蓝交接的地方截然断开，空隙处上下游移着一道电梯。中间断开的两端与红蓝梯杆相连，两端的梯杆由一个个球体连接在一起，红蓝梯杆沿着顺时针转动，形成了下面红蓝交替的光……

“欢迎来到生命之梯！”阿历克斯喷出一口酒气，“这里就是利莫里亚大陆的中心，也是那些原生人笨蛋出生的地方。”

“行了行了，世面见完了，快回头吧！”黄战斗催促着。

“回头？真正想带你们玩的还没开始呢！”

蝌蚪飞船被两只巨大的钢铁手臂送入了天梯中心的一部自由电梯中，电梯扫描了蝌蚪飞船的信息后带着我们急速向上飞行。天梯的飞行轨迹是螺旋形的，直到我飞上了近百米的高度，我才意识到它到底是个什么东西——基因的双螺旋结构。

我们的飞行器被送到了第20排左右的位置，虽然已经处于双螺旋的中心位置，但依旧看不清顶端的景象。随后，飞行器通过中心的横向通道，抵达了20层的一个红色圆球，阿历克斯这才摘掉安全带，说了声“到家了”。

他的双手搭在我们两人肩上，推着我们向前走去，很快我们就看见一个圆形的银色门洞。门口站着一个将长发盘起的女人。她背对着我们，肩上披着一件淡红色披风，我心中咯噔一声。

这不是法庭审讯那天……

听见脚步声，女人转过身来，我便硬生生地愣在了原地。

程雪！果然是她。

她的眼神比数月之前更为寒冷，穿透我的胸膛，冻凝了我的心脏。她眼神在我脸上滞留了片刻，没有任何表情。

这个骗子！

我不知道阿历克斯什么时候放开了我们，等我意识到自己应该保持清醒的时候，黄战斗正拉着我的袖口，示意我和他站在一边。阿历克斯自己走到门前，像个犯了错的孩子似的低着头，与程雪相对而立。

啪的一声，程雪在阿历克斯的脸上狠狠扇了一巴掌。他们虽然距离我们十几米，但那一巴掌声音响亮，清晰可闻。

“畜生！”程雪咬牙切齿，像是巫婆在诅咒她最痛恨的敌人，“别忘了你是个什么东西！”

阿历克斯抚摸着被打的脸颊，张开嘴巴活动着下颚，笑了笑：“我是个什么东西，你不比我清楚？我是个杂种呀，哈哈。”

“我能给你一切，便能收回一切，包括你这条贱命！”

阿历克斯眯着眼睛，戳了戳胸口，说道："这一切是你给我的吗？这是我应得的，我的血统……"

程雪又一个耳光抽过去，她无名指的戒指在他脸颊划出了一道10厘米左右的淡红划痕，很快血液便流了出来。程雪的眼睛瞟向了我和黄战斗。"你带了外人进来，我本来应该处死你们，也就是看在他的面子上，才亲自到这里来警告你，这是最后一次！若有下次，我绝不饶恕！你知道下场。"

程雪的出现和离开对我来说都像是一场幻梦，她可能没有注意到，我一直在盯着她的脸。我的脑子里想的都是她的欺骗，以及欺骗给我带来的伤害。

"哥……哥哥……"她银铃般的嗓音在我耳畔回响。她想把我带回祖国，骗我回来只是为了彻底送我去死吗？然而，我还是回到了祖国，登上了她早就为我准备好的绞刑架。

程雪，你到底是谁？

阿历克斯孤零零地站在门前，肩膀和后背止不住地颤抖。程雪彻底消失后，他身子一软跪在地上。我和黄战斗冲过去搀扶他，却被他一把推开，我见到他的脸在流血，嘴唇在滴血。

阿历克斯用拳头捶着地面。

他们一定在返回利莫里亚的路上发生了什么，但是作为赵仲明，我若去套问这些赵仲明并不知道的问题，肯定会引起阿历克斯的怀疑。

"哼，别看她现在猖狂，一会儿我让你们见识见识她的真面目！"阿历克斯脸色忽然转晴。

我们穿过大门进入了球体内部。这里装修得像是个娱乐场所，但是除了我们之外却没有别的客人。我们随着阿历克斯往里面走，有几个穿着暴露的女子迎了出来，有的皮肤白皙，有的皮肤黝黑，有拉美裔的美女，也有欧亚的丽人，不同的身高，但有着同样的完美身材和天使脸蛋，让人看一眼就忍不住动心。

"主人，您回来了！"她们像苍蝇般一拥而上。

“滚！”他向她们吼道，“谁也别跟着我！”

他自己沿着旋梯向上而去，我和黄战斗站在原地不知所措，阿历克斯的声音从楼上传来：“你们给我服侍好我的两个兄弟！”

这群女孩子接到命令，就像饿狼一样向我和黄战斗扑来。

我们被簇拥着来到大厅的沙发上，她们又端起桌上的葡萄酒，笑吟吟地灌我们喝下去。

黄战斗眼神迷离，显然这是他生平第一次面对这种问题，他有些局促地被身旁一位黑人美女挑逗，一时不知如何是好。

“兄弟！救命啊，怎么办？心跳好快，教教我！”

“我要是能知道怎么办……”我话还没说完，一个高挑的小麦肤色的拉美裔女孩靠了过来，伸出舌头就要舔我的脸颊，我立马一把推开，“咱俩早就是死罪了……”另一名亚洲面孔的女孩子又凑了过来。

“你会不知道咋办？你那天晚上……不都……不都实习了吗？”

“什么实习……”

“那间宿舍！”

拉美女子又靠回我的身边，在我耳边吹了口气。“将军哥哥，我们带你去别的地方玩，好不好？”

我看了眼黄战斗，他的忍耐力已经濒临崩溃，于是装作云里雾里地道：“有没有单独的房间，这时候有个男人在旁边，真的扫兴……”

黄战斗道：“你大爷的赵仲明，你还说不知道怎么办！”

拉美女子和一名欧洲白人女子簇拥着我离开，我回头的时候，朝他暧昧一笑道：“管好自己的裤子，否则我举报你！”

和两名女子滚到一张大床上后，我便装作酒劲儿上头，伏在床上一动不动，偶尔回应着她们的“关心”。

“将军哥哥，起来再喝一杯嘛！”白雪肤色的姑娘道。

拉美的小麦肤色姑娘也道：“是啊，我们这里还有很多玩法，主人让我们伺候好你，你还没体验到乐趣就睡了，主人知道会责怪我们的……”

我软绵绵地试探道：“这小子，竟然背着我们，养了这么多的美人，真是太不够义气了，我们虽然是兄弟，可连他的背景也不知道，你们……”

这时候，忽然听到一声女人痛苦的喊叫从通风道里传来，伴随着喊叫的，还有一声清亮的皮鞭声。

我愣住了：“黄战斗这个变态，在干什么？”

那两名女子本来叽叽喳喳的，如今听到那声音却不说话了。没过几秒，又传来鞭子抽打身体的声音以及那女人的惨叫。

“怎么了？”我看着两名女子问道。

“这是主人在惩罚那个女人。”白雪肤色姑娘回答。

“惩罚？”又是一声惨叫和听不清楚的哀求，我提醒自己别被干扰，于是返回上一个问题，“你们主人到底是什么身份？”

小麦肤色姑娘道：“我们跟主人也没多久，不是很清楚，总之是很尊贵了……”

“奇怪了，我和他认识十几年，都不知道他为什么能来内城……你们一直在内城？”

两个女人对看一眼，都摇了摇头。

我问道：“你们也是外面的？”

小麦肤色姑娘道：“我们在中学的时候，就被带了进来……如今人老珠黄，已经不能胜任上面的工作，所幸还有主人收留我们。”

我看她们的年纪也就二十一二岁，怎么就人老珠黄了？心下好奇。“那你们被阿历收留之前，是做什么的？”

“当然是服侍你们，”白雪肤色姑娘笑道，“这是我们的天职，就和你们军人的天职是保卫利莫里亚一样。”

“服侍我们？除了我和阿历克斯，你们还服侍过什么人？”

“上面的人。”

我指着房顶。“生命之梯顶端究竟有什么？”

两名女子又对视一眼：“你不是从那里下来的？”

我摇了摇头。“我是从外城第九区来的。”

那两人面现惊惶之色。“我们还以为……你是……天哪，你们进来这里，不怕死吗？”

撕心裂肺的尖叫从楼上传来，一个女人的声音哭喊道："求求你，不要划我的脸……"这声音哭得我的心为之颤抖。

"真是可怜……主人几乎每天都要用她来发泄心中的怒气。"白雪肤色女子道。

"那也是她活该，如果不是主人救她，她早就死了。兴许，她还真是个AI派进来的间谍呢！"

我心中一凛，忽然想到了施云，但是她不是已经被施文郁救了吗？不可能在这里，更何况，那声音听上去也不像她。

阿历克斯微笑着走下楼梯，脸上的伤疤经过修复，大部分已经恢复如常，只留下一道颜色极浅的粉色淡痕。我坐在沙发上摘下幻效头盔，与几个女孩子玩沉浸式的杀人游戏，蒙出了一头汗水。

"过瘾吗？"他递给我一根雪茄。

我打量着雪茄，任阿历克斯为我点燃。"太过瘾了！阿历，这是我这么多年以来，到过的最有意思的地方。"

"哎哟，赵仲明，从你脸上看见这种谄媚可真是难得，这就是公子哥儿的生活……"他吐出一口烟圈后接着道，"……的一小部分。只要跟着我好好混，你也可以拥有。"

"还有更好玩的？"

"有！"

"什么？"

他笑着说："杀人！"

我脑中闪过他驾驶着战斗机，将印第安部落打得七零八落的场景，这就是他所谓的好玩？

我故作轻松地"切"了一声。"我刚才就玩了，画面做得蛮真实，但和我想象中的杀人流血，还有一点差距。"

阿历克斯哈哈大笑。"哥们儿，那就是个游戏，我说的是杀活人。"

我也干笑两声。"活人？别扯了，利莫里亚的陆警是做什么的，你敢在利莫里亚杀人？"

“利莫里亚的法律是限制你们这群傻瓜的！制定游戏规则的人当然不用受规则的约束。”

“怎么可能？知法犯法，岂不罪加一等？”

阿历克斯缓缓吐出一个烟圈，眼神飘向面前的虚无：“牧羊人跟草原上的绵羊说，在草原上生活我们都要遵守草原的法律，你们夜里不能离开羊圈，我夜里不能离开毡帐，谁若打破这法律，我们共同处死它！牧羊们都乖乖地在羊圈中吃了睡，睡了吃，生息繁衍，一代又一代，牧羊人也从未破坏法律。但是结果呢？牧羊人在羊圈中，杀了一只又一只、一代又一代的羊。”

3

黄战斗晃晃悠悠地走了出来，脚下虚浮，双眼发直，就连头上的军帽也戴歪了。他一屁股坐在我旁边，喃喃说道：“长见识，太长见识了，不过赵仲明，你可别给我打小报告，我啥都没做，真的！我以人品担保……”旁边的几个女人掩嘴而笑，阿历克斯一挥手，她们全都退了下去。

“黄豆子，怕什么？我就是规矩，我就是王法，只要老子没说什么，这里的妞儿，你随便玩。”他冷笑道：“反正将来你们都是死路一条，趁早享受。”

我问道：“我们？不包括你？”

“你们跟我能一样？”

我追问道：“不一样吗？”

黄战斗抢话道：“哪儿能一样，要不是阿历，咱们连门都进不来。赵仲明你这臭嘴就是欠抽，如今阿历是咱们团长，你那语气是跟长官说话吗？你还以为这是上学的时候，你赵仲明十项全能，科科全A，理所应当的就得比阿历克斯牛逼？可人活一世，还得信命。正所谓：死生有命、富贵在天——人家阿历命好，你不服不行！”

阿历克斯拍了拍黄战斗的脸蛋子，以示嘉奖，“赵仲明不服我是正常的，换做是我，可能都嫉妒炸了。”

我笑道：“嫉妒？我嫉妒你？得了吧，我不过是好奇，你除了109团的团长之外，还有什么神秘身份而已。”

阿历克斯一怔，摇了摇头，“这我可不能跟你们说，但是，你们可以猜……”

“那我们怎么猜得着？”

“门口扇我耳光的女人，你们知道是谁么？”

“谁？”

“那是能排进利莫里亚权势榜前五位的人物。”

黄战斗惊道：“听见了么赵仲明，能被这么尊贵的人扇耳光，那就足以说明，阿历实在了不起！”

阿历克斯骂道：“去你妈的！老子如果刚才想扇她，也得乖乖的让我扇！甭说扇耳光，我就是划烂她的脸，撕碎她的衣裳，她又能奈我何？”

此言一出，连黄战斗都不信了，“咱们还是少开这种玩笑吧，毕竟，如果真传出去……那肯定要挨枪子！”

阿历克斯扯开衬衫之上的三个扣子，露出毛乎乎的胸膛，“那今天，我就让你们再长长见识。”言罢，他朝楼上喊道：“下来！”

黄战斗和我对视一眼，笑了笑，自己捡起桌上的雪茄，心不在焉地研究起来。

脚步声从楼上传来，黑色的高跟皮鞋与深色的制服裤子当先入眼，紧接着是淡红色披风的下摆……

一个女人慢慢走下楼梯，来到我们三个面前，笑吟吟地看着我们。我和黄战斗惊得说不出话，黄战斗甚至想站起来，却被阿历克斯按回座位。

面前这个女人，竟然是刚在外面抽了阿历克斯两嘴巴的程雪！

她的面色也不像方才那般冰冷，反倒是有些惶恐。她清了清嗓子，喝道：“你们三个，是活腻了吗？”

阿历克斯摇了摇头，面露不满：“重来！”

程雪微微皱眉，瞪着阿历克斯，语气严厉了些：“你这个杂种，和我说话，竟然还敢坐着？”

此言一出，我和黄战斗马上站直立定，阿历克斯也缓缓站起来，向程雪敬礼道：“属下冒犯，还请程议长恕罪。”

程雪微微一笑：“没什么，不过下回一定要……”

“啪”的一个耳光将程雪扇了一个趔趄，我和黄战斗皆始料未及。

阿历克斯面目狰狞，左手上去托住程雪的下颚，喝道：“你他妈竟然敢笑！”

程雪眼中有泪，嗫嚅道：“我……我错了……”

“阿历，你不要命了吗？”黄战斗吼道，“你怎么……你糊涂啊！做什么傻事？你太冲动啦！我们哥儿俩都得跟你一起玩完。”

阿历克斯右手猛地在她脸上抽了一巴掌，向她道：“说，你究竟是个什么东西！”

“我……是……程雪……议长！”她声音颤抖着回答。

“你他妈不是程雪议长，你他妈就是一条怕死的母狗！”

“对，我是……”

阿历克斯大喝：“你不是！”他将程雪推开，扒着我和黄战斗重新坐回沙发，“重来。”

我不明白二人之间究竟是什么关系，只能徒然看着眼前莫名其妙的一切。他们自从和我分别之后，到底经历了什么，怎么程雪成了议长，阿历克斯只是个团长，刚才在外面还冰冷如霜、凶狠异常的程雪，如今却能甘心被阿历克斯打？

程雪敛容，但刚刚的两个耳光，已经让她无法像起初那般镇定。

“你们……是不是……活腻了！”

语气中带着哭音。

阿历克斯却颓然闭上了眼睛，深深叹了一口气，就像个和尚入定了一般静止五秒，然后便从沙发上弹了出去，一脚踹在程雪小腹，将她踹倒在楼梯之下。

“臭婊子，丢人！”

我心中一痛，连忙跑到楼梯下，挡住还想再踢几脚的阿历克斯，喝道：“够了，她是……议长！”

程雪瑟缩在我的怀里，颤抖的像是跳进狼窝的兔子。

可这只兔子，又被阿历克斯拎了起来。

“你刚才，为什么要在我朋友面前不给我面子？”

程雪的眼睛里闪出一丝疑惑，只是一瞬，阿历克斯便又抽了她一个嘴巴。

“还记得你刚才怎么说的吗？”

“不……不记得了……”

“老子这条命是你给的吗？老子的荣华富贵，是你给的吗？”

程雪的眼泪飞出眼眶，颤抖着下巴，恐惧的道：“不是……是主人应得的……”

阿历克斯歇斯底里的狂笑，“你说什么，你管我叫什么？”

“主……主人！”

他得意地看着我和黄战斗：“你们听见没？堂堂利莫里亚的议长，这艘大船上最有权势的人，竟然管我叫主人！哈哈哈，兄弟们，我刚刚没吹牛罢！”

黄战斗愣怔怔地点了点头。

程雪闭上眼睛，眼泪从眼角滚滚滑落。

我的心口发闷地疼痛，为什么……为什么会这样？我明明恨她，为什么现在却又可怜她？

我竟然在可怜这个骗子！我将头扭过去不忍再看。程复，莫忘了，她是你的仇人。

谁知阿历克斯手中却不知何时多了一把短刀，在程雪的脸上比画。“敢给我破相，我倒要让我的两个好哥们儿，一起欣赏我的雕刻作品……”

程雪的眼睛里满是惊恐。

阿历克斯眼睛里却满是笑意，他龇着牙道：“饶了你？可你刚才又何曾饶过我？你当着我的兄弟羞辱我，我知道你看不起我，你认为我贱，可我也比你这婊子强！”说罢，阿历克斯挥刀直下！

“哥哥！”程雪闭上眼的刹那，嘴里却喊出了这两个字。

与此同时，我已经攥住了阿历克斯的右臂，而刀尖，仅仅距离程雪的脸不到1厘米。

我不是因为她喊“哥哥”才去救她，但却因为她喊出“哥哥”，内心再一次被撼动。

她认出我了？

程雪微微睁眼，眼含泪水抬着头，充满感激地望着我，嘴里却依然喃喃祈祷着：“哥哥……救我……”

我的眼睛模糊了。

阿历克斯一脚将程雪踹开，站起身反手抽了我一个嘴巴，朝我吼道：“赵仲明，你他妈算老几，敢不给我面子，找死吗！”

他将刀子抵在我的下颌处，我大口地喘着粗气，没有还手，只是与阿历克斯彼此怒视。

谁料程雪却爬回来，跪在阿历克斯脚下：“主人，是我错了……”

他大吼了一声：“滚，给我滚蛋！”

程雪看了我一眼，然后连爬带跑地沿着旋转楼梯上了二楼，一声关门声后，就再也没有了任何动静。

黄战斗从沙发后面来到我们面前劝架：“红颜祸水啊，女人可真不是好东西，早知道你要让我们见识女人，我们就不来了。你们瞧瞧，怎么咱们自家兄弟还打起来了？”

阿历克斯将刀子抽回，坐回到沙发中，双手揉着自己两边的太阳穴，眼泪啪嗒啪嗒地砸进脚下的地毯里。

“赵仲明，我早晚要让你心服口服。”

“咱们自己兄弟，怄什么气！”黄战斗又开始打圆场了，“对了，阿历，这女人到底要什么名堂？我实在是看不懂啊！”

阿历克斯抬起头，红着眼睛瞪着黄战斗和我：“我警告你们，不该问的就给我闭嘴！以后碰见她给我绕着走，多嘴就是找死！”

4

返回109团驻地已经到了傍晚，黄战斗酒劲儿没过，便躲在参谋室里呼呼大睡。我心绪烦闷，便溜达到了一楼。

一楼大厅依然人来人往，我在这群年轻人中穿行，最后驻足在门前的一段虚拟影像前，它播放着东北亚防御反击战的传奇经过。这段历史发生在我三岁那年，我最早的记忆应该就是父亲打完胜仗回到家后，用他的胡子蹭我脸蛋的那一刻。

当时的我自然不会知道，父亲6月份指挥第四飞行大队实现了贝加尔湖奇袭之后的两个小时，又配合了两栖部队登陆北海道，成功拔掉了叛军半年前在北海道建立的军事基地。这次漂亮的釜底抽薪，在历史上被称为“北海道之夏”。

此前，父亲的部队越过敌人的重重封锁，率先占领了白令海，在阿拉斯加的冰天雪地里度过了春节。当时人们只是认为，他不过是为了营救不愿意屈服于AI统治而被驱赶入北方的人类，可后来在对阿拉斯加的坚守中人们才发现，他并不打算放弃这个基地。

几个月后随着一场场空袭和阻击战的胜利，战争分析家们才明白，他控制阿拉斯加的目的其实是为了控制北极地磁点，进而掌控整个地球的磁场变化，也正是因为占据了这个战略“制磁点”，敌人的导弹和飞机才失去了精准度和航向。

这是一次战略上的胜利，它成功促成了次年5月的关岛收复，以及6月的檀香山会师，在第四飞行大队的主导下，以中国为主的东北亚海军和南太平洋海军胜利会师夏威夷诸岛，成功收回了人类在北太平洋的制海权。

父亲之所以能够一次次地在北太平洋打败敌人，正是因为他的深谋远虑，以及四两拨千斤的智慧，而我作为他唯一的儿子，以及曾经被植入过他记忆的人，却从来都没有继承他这一优点。

朴信武最佩服父亲的便是他的谋局能力。

在AI叛军压倒性地将人类逼上绝路的时候，只有父亲跳出来打破了这一局面。曾经人类步步被动，始终被AI牵着鼻子走，人类几十年里对AI设备的依赖导致我们已经丧失了独立思考的能力。

一台AI设备，仅仅通过扫描人类的面部表情，就能大概猜到他的想法。与这种敌人战斗，注定会失败。

但是父亲的战术，却跳出了理性逻辑的范畴。没有谁敢在袭击了贝加尔湖这个东亚最大的军事据点之后，还能奔袭万里，用尽飞机的燃料，奇迹般出现在北海道上空。

人类的空中战斗极限，被第四飞行大队不断刷新，父亲和他的战士们，每一站都破釜沉舟，视死如归——这是AI所不能理解的——为什么仅有1%的胜算，人类还要战斗？

父亲之所以敢这么做，并不是凭着气血上涌，而是因为他准确的谋划，不只是数学上的谋划，更有他对人类精神和意志的了解。

AI能洞悉人类的思想，却永远无法了解人类的意志。

第九区依然在封锁中，不断有记忆扫描仪器被推进去。陆警似乎只能通过最笨，却又最有效的挨个筛查记忆片段来寻找曾经在夜里妄图盗取程复尸体的捣乱分子，或许，正是昨晚的战争让军方警醒——这些捣乱分子极有可能就是吸引敌人前来的间谍。

第九区的封锁线外，时常有路人驻足。我在众多年轻的军人与学生中，发现了一张美丽的脸庞。她应该是个东欧血统的姑娘，深目高鼻，一头金发拢在脑后，她身材修长，穿着行政人员的深蓝制服更显英挺。她不时地向我所站立的位置张望，可当我看向她时，她又刻意避开了目光。

“赵仲明！”我出神时，旁边传来一声稍显稚嫩的呼喊。等他喊第二声的时候，我才想起来我就是赵仲明。

喊我的人是个相貌俊朗的陆警，只是面无表情、目光呆滞。他看上去十五六岁的年纪，一套合身的警服与他稚嫩的脸庞极为不搭，就像是小孩子强行穿上了成年人的衣服。

“你小子！”我灿然一笑，装作很熟的样子和他招呼着，同时在他胸口的证件上瞟到他姓名一栏写的竟然是11-D02625，看到这个匹配，脑子里的记忆又被唤醒了，三个字浮出脑海：原生人。只有在利莫里亚通过基因技术培育出来的新人类，才只被冠以编号。

“你现在到底归属于机动队，还是空军？”他的语气听不出任何感情。

“大概……还算机动队。”

“那好，根据利莫里亚陆地防卫章程规定，机动队有义务配合陆警的相关治安工作。我们如今正缺人手，我现在征召你来辅助我们审查。”他的要求提得理直气壮，我想不出理由拒绝，而我也正想了解他们获得了什么消息，是否发现了爱因斯坦的行踪。

“到底是什么人？真是程复的同伙？”我套问道。

“无可奉告。”

“电视新闻说，目前警方已经锁定了一个人的身份，你知道是谁吗？”

“无可奉告。”

这家伙的态度真像个机器，硅城的银队长也不过如此。“目前掌握了什么可靠信息？”

“无可奉告。”

更像第三人。

“那你能奉告什么？”我装作有了脾气，“你拉我来工作，却又不和我信息共享，那我怎么能准确无误地找到我们需要的东西？”

“记忆扫描仪会帮我找到，而你需要做的，就是从屋子里把人给我摁住，如果有人趁机逃逸，那你就要像条狗一样，把他们追回来。”这人说话相当没有礼貌，而且这些话说出来也没有任何态度和表情，给人一副城府甚深的感觉。

“你这孩子，求我帮忙也如此没诚意，算了，反正老子就要进入空军大队，也不怕什么章程……”我作势便要转身离开，“一点好处都没有，看谁愿意帮你？”

我转身走了几步。

“喂！”他冷冰冰地喊住我，“只能回答你一个问题。”

我笑着回头。“有一个人受伤了，据说通过血液基因，已经确定了那人的身份，他是谁？”

“一个死人。”

“死了？”

“不，那是一个死人的基因，我们查到的数据显示，这个人在20年前就已经死了。”

“听说你们启动了G网，到底锁定了那群家伙没有？”

“这是第二个问题。”

“你说不说？”我瞪着他。

他虽然面无表情，但我觉得赵仲明的浑劲儿应该震慑了他，毕竟这家伙只是个孩子。

“嗯，目前还没结果。”

我心下宽慰。

远处跑来了一个和他同样年纪的白净小伙子，名字是10–F17623。

“报告！”F17623立正，“在第九区边缘发现一间可疑房间，房间内部被锁，摄像机被破坏，红外测量显示，房间内有生命迹象，我们不敢轻举妄动，请队长指示。”

我随着他们小跑到这间诡异的房间门口，这里像是一个学校，而这间屋子，是教室楼梯拐角处的一间杂物室，其中还有各种仪器的开关。学校相关负责人也来到了门外，已经向我们解释过，房间只能从内部锁上，外面没有钥匙可以打开。

随着激光切割的热气蒸腾，“当啷”一声，内部门锁与门板即刻分离，陆警撞开了房门。房间内除了看到一些打扫卫生的工具以及闪烁数字的仪表盘，六七平方米的空间内绝对没有任何人。

“刚才确实有生命迹象！”两个陆警先后证明。

D02625在房间内转了一圈，寻找着可能存在的隐秘门洞，另一名陆警指着房间一角的通风口喊道：“血！”

血迹看上去呈暗红色，应该已经过了很久了。

“打开通风道！”D02625举起手枪，瞄准通风洞口的百叶挡板缝隙。一名陆警搬来梯子支好，被我抢先一步爬了上去。我按照要求摘掉了洞口的百叶挡板，露出了一个只有50厘米宽的正方形洞口，我的肩膀倾斜着，才能挤进去半个身子，我努力想要把自己塞进这通风口，脑子里同时想着如何帮助这些想抢我尸体的马虎小队掩盖一切存在的蛛丝马迹。

我向内望去，在距离我眼睛30厘米的地方，一双眼睛也正看着我。

那双眼睛是杏黄色的，瞳孔却是两道竖线，乍一看仿佛一只猫正蹲在我的面前。可是，这一双眼睛却长在了人脸上，她脸形细长，头发蓬乱，鼻孔外翻，嘴巴扁平。

这是一张丑陋如女鬼的女人脸。

我猛地深吸一口气，差一点就喊了出来，之所以没喊，是因为那怪物细长的“手掌”握着一把电钻，抵在我的眉心，我不敢喊。

下面的人因为梯子剧烈地晃动意识到不对劲，他们问道：“有什么情况？”

“没有……”我盯着那双眼睛，丝毫不敢大意，“什么都没有。”

“看到血液了吗？”

“没有。”

“能不能爬上去？”

“很难！”我说话时，那双眼睛眨了一下，似乎对我的表现很感兴趣，同时也点了点头，扁平的嘴里吐出来一个2厘米长的圆柱状物体，低头轻轻放在通风道的边缘，然后收起电钻，缩着身子，缓缓向后退去。她的动作很轻，轻到在我面前，也很难听到任何声响。

下面开始讨论。“真是见了鬼，那人到底怎么逃走的？”

也有人建议用微型遥控摄影机去试一试，于是我被要求下来，我装作很困难地摇晃着两肩，肩膀一离开洞口就假装舒展手臂，悄悄地把那“人”吐出来的圆柱形物体攥进了手中。

第三章
变异壁虎

1

每天夜里只有躺到床上，我才能真正松一口气。赵仲明将生命让给我是为了让我寻找真相，可越想接近真相，反而感觉更加扑朔迷离。

曾经进入夸父农场N33营救我的萨德李，竟然与赵仲明记忆中的197队的拉里贝一模一样；而程雪，这个扮演我妹妹的女人，忽而冷艳高贵，忽而又卑贱如奴；阿历克斯对自己的背景更是守口如瓶……

机密事务司？

我从韦森口中得知，赵仲明一直在暗中调查197团23人离奇消失的秘密，他到底调查到了什么？想到这里，我的心跳忽然加速。我在紧张什么？难道是赵仲明的身体在提示我什么？

他与机密事务司接触颇多，赵德义的牺牲以及给我的挂坠，都是他在机密事务司的发现。

以他的权限应该不可能获知那么多重要信息！这也就意味着，赵仲明或许曾经私自潜入机密事务司，试图了解他想知道的秘密，包括这23人的离奇消失。

我翻来覆去难以入眠，在意识迷离之间听到房门一响，看到两个穿着淡蓝色防化服的人围了过来。

他们的脑袋虽然被罩住，但是仅凭他们露出的眼睛，还是能看出他们是一个男人、一个女人。我想坐起身，可根本没法动弹，我的喉咙忽然就像被谁掐住一般，一句话也喊不出来。

忽然间小腹一痛，那男人将一根管子插入我的小腹右侧，一股熟悉的、无比强大的吸附力在体内来回冲撞，像是要吃光我的五脏六腑……

嗵嗵……嗵嗵……

一颗红色的肾脏伴随着声响，落入透明器皿中。

肾脏14，男性，血型B，养殖仓N33C261。

这时候，那女人摘掉了防护服的头罩，向我笑了笑，为我擦去额头的汗水。

“哥，我是来救你的……”

惊醒。

屋子里依然黑漆漆的，我深呼一口气，眼睛直愣愣地瞪着屋顶，忽然眼前绿光一闪而过。

这光来自床头柜方向，但是我没看清是什么仪器发出的光，就在我准备重新躺下时，又是一闪。这次我的眼睛终于捕捉到了光源，绿光来自床头柜上那个通风道的怪物送我的“礼物”。

我拿起那圆柱物仔细观察，它大概是某部机器里的零件，表面有一道道竖纹的柱形齿轮，但齿轮竖纹缝隙中，却有一道极为细微的裂缝——绿光就是从裂缝中发出的。整个圆柱体周围的每一道竖纹中都有一道裂缝，所以当光从中闪出时，房间内墙壁上的影子，就像是一道道青色竹叶。

又是一闪！

是个定时发光的“闹钟”？可那怪物，为什么将它送给我？

绿光闪得越来越频繁，从开始三四秒一闪，到后来一秒钟一闪，直到它一秒钟闪三下的时候，我忽然意识到一种可能性——

炸弹！

“队长？”韦森的声音伴随着敲门声响起。

绿光熄灭了。

我盯着那圆柱形物体，它再也没有亮起来。

“队长……”韦森又喊了一声，声音极轻。

我打开门后韦森俯着身子钻了进来。

“这么晚了，你来干什么？”

韦森抿了抿嘴唇，像是坚定了什么信念，然后刻意压着声音道：“没有我的话，你一定会死！”

我一怔，还没反应过来他是什么意思，他继续说道：“明天有一批货要送去机密事务司……”

我已经不再负责203机动队的日常任务，韦森肩负起了队长的职责。如果没有特殊任务，机动队也没法接近机密事务司。它位于第一行政区，是利莫里亚安全度最高的区域。韦森说的那批货，直到第二日傍晚我才见到。

100个孩子。

碰巧这些孩子里有不少熟悉面孔，正是新大陆里那批尼人孩子。他们的精神状态不错，全然不知危险所在，一路上叽叽喳喳，交头接耳。他们统一穿着白色的“囚服”在我面前依次走过，幸好他们不认得我，否则此时一定炸了锅。

203机动队此次的任务就是将孩子们押送到机密事务司。虽然现在严格来说我已经不属于机动队，但是109团的正式程序还没走完，韦森便借着这个时间差做了点小文章。

轨道运输车在地下行驶了约莫20分钟后到达机密事务司底部停靠站，我们让孩子们按顺序列队进入机密事务司监狱，等待“传唤”。

机密事务司并不是刑场，他们被押至此处，只有两种结果，要么被审问，要么被扫描记忆。听韦森说，马蜂窝的出现给了国防部极大的压力，他们怀疑有漏网之鱼就藏在新大陆的囚犯中，于是加大了筛查力度。

进入机密事务司的数据中心比我想象的要容易得多，韦森和这里几名工作人员熟络，趁他们开玩笑的时候，我乘机混了进去。

这里的计算机和利莫里亚的基因硬盘计算机存储有所不同，它用基因碱基ATGC的排列来储存数据，AI目前还无法读取。

我在计算机上输入了拉里贝的名字后，索引自动导出了197机动队失踪的23名队员的信息。

彻骨的寒冷。

我的大脑中程复的那部分记忆没出问题，拉里贝就是萨德李，只不过没有那么多胡子，显得更年轻些。我又注意看了其他22人的照片，他们都是当日与程雪来到夸父农场N33营救我的解放者小队队员。

只不过他们在地面上，每个人都用了另一个名字。

他们是“祖国”派来营救我的没错，可到底是受谁指使？那个人难道不知道，我回来便是死路一条吗？

还有程雪，她明明有很多机会杀死我，可为什么非要执意将我带回来？

我想到了那场毫无公正可言的审判，难道这就是他们牺牲数十条生命，想要得到的结果？

“不许动！”身后扳机一响，一个女人的声音严厉地喝道，“举起手来！”

嗓音竟然有几分耳熟。

我缓缓举起双臂，慢慢转过身。一个身着蓝色行政制服的女人双手稳稳地握住一把手枪，瞄着我的头颅。

我心里有一道堤坝轰然倒塌，洪水泛滥。

“哪个队的？”

“203机动队。”

“叫什么名字？”

“赵仲明。”

“为什么会在这里？”

“好奇，随便走走……”

这时候，韦森和他的朋友也冲了进来，见到这样一幕，都怔住了。

那女人向机密事务司其他工作人员道：“这个人很可疑，把他押到审讯室去，我要亲自扫描他的记忆。”

她怎么会在这个地方？如果她扫描我的记忆，也一定会大吃一惊吧。她肯定想象不到，这个20出头的小伙子，怎么会有自己“丈夫”的记忆。

雪华，怎么会是你？你不是应该在联合政府智人管理局下辖的某处，继续扮演夸父农场某位船长善解人意的妻子吗？

熟悉的白色墙壁、白色顶光和潮湿中飘浮的血腥气味。曾经还是程复的我，不知多少次进入与这间审讯室类似的房间，受了多少苦楚。

我的双手被锁在桌面上，头上套着记忆读取装置，那位温柔的、从来没向我发过一次火的“妻子”，正面带嘲讽地看着我，等待着设备启动。即将迎接她的绝对是一场惊喜！

“我已经了解了相关情况，你现在本来应该在109团，203机动队的押运任务根本与你无关，可你却出现在你不该出现的地方。”雪华绕到了我的对面，灯光从她的头顶打下来，映得她整张脸半黑半白。

“你若主动交代，我倒可以考虑从轻发落。”

我反倒有点期盼看到她知道我是程复时候的样子。这个演技高超的演员，欺骗了我两年，800多个日夜，她心里就没有一点愧疚吗？但我已经不再是以前那个傻瓜程复了，我如果被查出问题，首当其冲被连累的，就是韦森。我绝对不能坐以待毙。

“我不过是思念战友，这难道也有罪吗？”

“思念战友？”她面带不屑地冷笑一声，这种表情和态度，在我和她隔屏相处两年以来，从未在她脸上见到过，“如今整个利莫里亚都在寻找藏在大陆中的间谍，而你偏偏要在这时进入信息中心？你和叛国者程复也有过交流吧？当初就是你登上MU去执行的抓捕任务，我完全有理由怀疑，你就是在那时候没有抵挡住程复的诱惑，背叛了人类。”

她提到程复的时候，眼神稍微柔和了下来。我摇了摇头：“执行完任务，我们也都来过这里接受检查吧，怎么当时不怀疑，隔了这么久，又觉得我是叛徒了？”

雪华一愣，脸色瞬间冷了下来。

“不想跟你废话，准备启动记忆扫描！”

记忆扫描仪之前的工作人员虽然接到命令，却显出一丝犹豫，“这不符合程序吧，没有长官的命令，我们不敢……”

雪华吼道：“我是国防部派来的，你们怕什么！出了什么事，我担着！”

工作人员无奈，便敲击了几个按键。

“急什么！”审讯室的大门被推开，一位金发女郎笑吟吟地走了进来，她穿着同样的深蓝色制服，不过笑起来的样子，简直令人如沐春风。

这人我见过，就在109团驻地之外。当时只是远远看了几眼，便觉得她有种摄人的魅力，如今隔着两三米的距离，更觉得她美得不可方物，尤其那双浅蓝色的眸子，仿佛荡漾着天池的湖水。

那女人笑道：“我还没来，你急什么？刚来才几天，就想取而代之了？”

雪华硬挤出一丝微笑：“那怎么敢？我见你忙着审查那群小畜生，就没打扰你。”

“你倒是会心疼人。”她绕到了记忆扫描仪前，轻轻推开了那里的操作员，语气即刻冷峻下来，“不过等级制度还是要讲的。我是这里的长官，每次动用记忆扫描都要先通知我，这是规矩，你知道吗？”

雪华脸上忽红忽白，她自然不服，但嘴上却道：“是的，我知道了。”

“那就出去吧，赵仲明的脑子里有关于国家安全的信息，你们级别不够，看见了不是给自己找麻烦？”

“可是，他是我……”

女人瞪了她一眼：“你听不懂我说的话？”

2

等雪华她们离开审讯室后，她自己启动了记忆扫描仪。扫描仪的屏幕在我身后，我不知道她究竟看到了什么，整整半个小时的时间里，她一言不发。扫描结束后，她坐在我对面的椅子上，面色严峻地看着我。

“赵仲明，原来你的脑子这么复杂？”

我想要死赖到底：“你什么意思？”

她摇了摇头：“你们中国人有句话，叫若要人不知，除非己莫为。”

“你全都看到了，还要我交代什么？”

“记忆也不是万全的东西，万一这里面有你的幻想呢？”她扬起下巴，用笔在面前的本子上写了一个数字2，“老实交代，那两个姑娘是怎么回事？”

我脸上一红：“什么姑娘……”

“你在一处房间里，床上坐着两个穿着暴露的姑娘。你知道军人的纪律吗？”

我心下欣喜，她没有看到我大脑中关于程复的记忆！

“那不是你这一级别的人该关心的问题。”我忐忑地笑了笑，心想她再追问，我就把责任抛给阿历克斯。他既然有后台，打发机密事务司想必足够了。“不过，我可以拿人格向你担保，我没有做任何违法的事。”

她闭上眼睛好像在权衡利弊，接着话题一转：“你参与了那天的防御战？”

“嗯。”我心想，你既然都看到了，还什么都要问一遍？这是一种新的审讯策略？

“在敌人出现之前，我们捕捉到了一段自利莫里亚内部发出的加密电波，综合之后的战争，我们有理由推断，就是这道电波向敌人暴露了利莫里亚的位置，”她直视我的眼睛，“进一步推断，利莫里亚内部混入了来自敌人的间谍。而大陆最近一次与外界的接触，就是接管MU的那一次，负责登船任务的就是你们203机动队。在你之后的报告中，提到了你曾在MU的指挥室中，击毙了一名伪装成人类女性的AI，而对于MU上其他的AI，根据指示，你们已经原地销毁。这次电波的发出，显然是你们工作的失误。”

“你的意思是我们放进了间谍？”她将话题引向了这个方向，令我心中稍慰，“所有人都交给你们处理了，我们只是负责逮捕和押送，即便出了疏漏，责任也落不到我们身上。”

“倒不是想找你们的麻烦，只是你们遗留的安全问题，已经让国防部难以控制局面了，”她站起身在我面前来回踱步，“敌人有多强大，你是最清楚的，目前你又被调到了109团，作为空军的尖刀，它本该发挥最大的价值，可是你们的团长阿历克斯，却在这关键时刻屡屡玩火。你可能还不知道吧，刚刚他就碰了一鼻子灰，一共33架飞机，只回来了个零头。”

“有作战任务？”

“不过是他好大喜功。他根本没有领袖的脑子，却非要打肿脸充胖子。”

我有点疑惑，她这是在审讯我？

却听她继续道：“不过在109团，我还是看好你，毕竟你的各科成绩都碾压阿历克斯。”

我拱了拱手铐。“你是想把我关在这里，让我听你赞美我？”

“你如今竟然还学会了冷幽默？”她眼睛里溢出欣喜，“对了，刚才通过记忆扫描仪，我给你的大脑做了一点小改动。”

我急了：“你修改我的记忆？”

“准确地说，是给你植入了点新东西，比如……程成将军的战争思想之类的军事智慧，以及一些其他的小玩意……”

我心中稍安。“我现在可什么都想不起来。”

“不是让你此时想起，在某些特定时刻它们自然会起作用。”

在离开机密事务司回去的路上，我努力回忆赵仲明与她的点点滴滴，因为从她的言语中，我相信她肯定和赵仲明相熟。可我什么也想不起来。除了她的名字——娜塔莎。

这次机密事务司之行的最大收获，不是我证实了197机动队失踪的23人就是萨德李他们，而是见到了雪华。

为了不引起娜塔莎的怀疑，我没有过多关注雪华的身份。显然，她也才加入机密事务司。

那么之前呢？她是从联合政府叛逃而归的？见到她的那一刻，我心里产生了一个不切实际的答案，由于自己都觉得不切实际，我必须将这种可能性遗忘。

来日方长，既然已经打草惊蛇，此时只能以静制动。

离真相又近了一步。

AI对利莫里亚的突袭，让大陆上所有防卫部队都打起了精神，可敌人再也没有出现。空军的动作比往日大了一些，以至于我再见到阿历克斯的时候，他的眼圈已经黑得不像样，脾气就像是爆米花机，不知道哪一秒就会爆，他身旁的秘书和参谋每人脸上都是青一块紫一块的。

想起了娜塔莎那天的话，我便知道了原因。

我的交接程序在3天之后走完，正式进入109团，韦森继任203机动队队长，这几天正在忙着补充队员。

进入109团驻地大楼的第一天，我就连续参加了3场会议，每次会议都在复盘上一次出击所造成的损失，但是却没有提出任何可行的方法。除了109团的损失，过去3天，利莫里亚有多艘空天母舰被AI俘虏，空军试图争夺却遭遇惨败。

种种迹象表明，AI的手臂已经扼住了人类的咽喉，现在只差最后用力一击。陆地是人类的家园，人类离开陆地，就像是鱼儿离开了海洋。虽然利莫里亚里的人个个都认为人类必胜，可稍微了解客观情况的人都知道，最后的人类就是一群流浪的行军蚁，以个体的牺牲去实现种族的延续，而前路林火密布、激流纵横，人类的流浪将永无停歇。

我走进阿历克斯房间时，他正把黄战斗圆圆的脑袋按在那面挂满野兽头的墙壁上。“我不让你动，你绝对不许动！”

“嘿嘿，阿历，连皇帝身边都得有奸臣和忠臣，我是奸臣，你指望奸臣出什么点子？我们不说话才是最安全的嘛！可我也很重要啊，因为我可以给你带来快乐嘛！哎哟，你的忠臣来了，要点子找他要嘛！”

黄战斗嘿嘿谄笑，小眼睛不停暗示我给他求情。阿历克斯见我进来，松开黄战斗，仰靠进椅子里。雪茄的白色烟气缓缓飞腾，他一言不发地看了我许久，然后为我播放了一段视频。

一个不规则的硕大陀螺状黑色物体悬浮于云层之上，我一眼就认出来了，这就是当日侵入利莫里亚空域的马蜂窝。五架红色的朱雀战机排成一字队形向马蜂窝靠近，飞到马蜂窝下方时，一阵黑色的烟雾自马蜂窝内喷出，包裹了靠近的战斗机。拍摄视频的战斗机接到了撤退的命令，在他拉升控制杆的瞬间，烟雾散去，刚才的朱雀战机永远地消失了。

“被吃掉了，”他关闭视频后无力地说道，“根本无法靠近，更别提作战了。赵仲明，你鬼点子多，多少给我提一两个，帮兄弟一把……”

“目前空军对于这个马蜂窝，有没有分析数据？”

“只能推测，它是一个可以实现自我复制的AI集群。”

“集群？”

阿历克斯展示了两张图片，一张是刚才的马蜂窝，而另一张则是当日靠近利莫里亚的马蜂窝。“我们不能肯定，这两个家伙是否是同一个，但是7天前你们遭遇的那个浑蛋，和我们遭遇的浑蛋，体积已经不可同日而语了，我们的大了将近10倍……”

“一个马蜂窝都已经让我们束手无策，如果是两个，或更多……”

“我们做好最坏打算吧，但是主流的观点还是认为，它就是七天前的那个家伙，只不过七天之内，它在自我复制——也就是繁衍，真的像马蜂一样……”阿历克斯将雪茄插进了咖啡杯里，“作战指挥部那群王八蛋竟然说，理论上只要消灭了蜂王，就彻底瓦解了这个大家伙……他妈的，真是废物，我们要是能找到蜂王，还用他们干什么！”

我陷入了沉思，无法靠近敌人就无从了解敌人，无从了解，谈何制胜？

阿历克斯见我也不说话，便从桌下拔出一把手掌长短的尖刀，向黄战斗的脑袋瞄了瞄，然后伴随着黄战斗的一声惨叫，尖刀扎在了他脑袋上方3厘米的位置。“赵仲明，你若没主意，就和黄豆子一起给我当靶子！”

黄战斗号叫道：“赵仲明，救我啊，快想个主意……”

我摇了摇头道：“你先放了黄战斗，再给我些时间……”

“一宿！”他黑眼圈包裹的眼睛里布满血丝，“明天，我要么带着你狗头里的想法去参加飞行大队的高层会议，要么……就直接带你的狗头。”

我和黄战斗离开109团驻地，在电梯门口与一个女人擦肩而过。我和黄战斗不约而同都低下了头。

又是程雪！她的眼神在我们脸上略微驻留便移开了。

走出几十米，黄战斗回头看了一眼，确认她已经进入电梯后道："你说这娘儿们见着咱俩，心里是不是得咯噔一声？"

"别多嘴，咱们不知道她什么身份，还是谨慎些。"

"嘿嘿，不知道是什么人？但你知道她穿什么颜色的内衣吧……"黄战斗眼睛里放着光，见我扭头瞪了他一眼，便立刻不悦，"赵仲明，你这是什么意思？大家都是男人，我已经不是当年的黄战斗了，你少在我面前装小白兔。"

我扫了扫周围的人，见没人注意我们，便把黄战斗拉到门外一角。"我再跟你强调一次，那个女人很危险，想活下去，就管好嘴！"

"你认识她？"他仿佛捕捉到一丝信息。

我摇了摇头。"听阿历的话没错，她一定不是普通人，你若惹了她，恐怕最后连自己怎么死的都不知道。"

今夜注定是个无眠之夜。

我躺在床上反复检索着曾经在陆地上的记忆，实在想不起来，更没听说AI创造了这样一个巨大的杀人机器。但是它既然有如此大的威力，又为什么不攻打过来，把利莫里亚的人类一锅端？或者说，它也有自己的局限性？

一定是的！任何武器都有自己的长处和短处，不可能有一种武器是完美的。空中无敌手的朱雀战斗机，往往无法实现对目标的持续性打击；能对地面目标持续性打击的蜂鸟战斗机，往往会成为地面敌人的活靶子；移动速度快的武器，往往攻击性和防御性很差；攻击和防御性都强的重装坦克，往往质量巨大，移动缓慢，敌不过一个蜘蛛自爆机器人……

孙子曰：避实而击虚。2000年前的他，早就认清了战争的这一特殊性，只要是武器，只要是军队，都会有自己的弱点，可难就难在，如何找到敌人的弱点？

嗯？我怎么忽然有这么多想法？难道真的是娜塔莎给我植入的记忆起

作用了？

一想到这里，我的心立刻乱了起来，脸皮也在隐隐发烧。我强制自己去想念施云。我会找到她的，请再耐心等我一段时间。

我躺在床上胡思乱想时，忽然绿光一闪，我瞪着屋顶，又是一闪。我直接看向了那个圆柱形物体。它还在我的床头柜上，之前数天它一直没有动静，怎么今天又开始闪烁了？

前天，我又遇见了当日叫住我的陆警头目11-D02625，询问他们对于通风道的调查有没有进展，可这家伙又用一句“无可奉告”打发了我，但他对我没有任何怀疑的表情，我推测他们应该是没有取得任何进展，毕竟那头怪物既然能在通风道里移动，就可以去利莫里亚的任何地方，陆警的摄像机很难发现它的踪迹。

有这怪物打掩护，可能老爱他们会更安全一些。不过他们到底藏在了哪儿？我怎么才能与他们取得联系？

和上次一样，绿光越来越频繁，从开始三四秒一闪，到后来一秒钟一闪……

我心中生起一种强烈的不安，迅速抄起这家伙想扔进卫生间马桶冲走。可我跑向卫生间的时候自己又不小心摔倒在地。

我的右脚踝被什么东西缠住了，那东西接触皮肤的感觉像是麻袋，又像是风干的鱼鳞。当闪烁的绿光照到脚上那东西时，我看见握住我脚踝的，不是什么麻袋和鱼鳞，而是一只手。

绿光熄灭了。

那只手从床下伸了出来，紧紧地攥住我的脚踝，皮肤青黑，手臂细长。我来不及细想，准备用能活动的左脚用力向那手蹬去，可是另一只同样的手却迅速攥住了我左脚，正当我准备起身掰开那双怪手的时候，对方却突然用力，竟然生生把我拖入了床下。床下空间高度不足40厘米，我进去之后连转身动一动的可能性都没有。拖我的力量并未停止，那股力量竟然把我拖入了一条狭窄的通道——在床下开辟的一条通道。

“别喊！”是一个女人的声音，嗓音尖锐，“我可不想在这通道里处理你的血肉！”

那双手拽着我拖行了20分钟，随后我身体一松，终于被拖进了一处宽阔的房间。房间依旧漆黑，我剧烈地喘息着，两肩似乎已经被通道的间壁夹得错了位。

“咣”的一声，我头顶上方的通道门被关上了，空气不再流通，一股腐臭味扑鼻而来。

“你是什么人？”我看不见她的位置，也听不到任何移动的声音。

“你很好奇吗？”说话的声音来自我头顶上方四五米处，“可惜你知道也没用，因为你马上就要死了。”声音移动着，从头顶上方移到了我头顶对面。

“想杀我的人多了去了，你是因为什么？”

“听你语气还挺轻松，不知天高地厚的自大狂——我为什么杀你……因为你长了一双蛮好看的眼睛，更是看到了不该看的东西。”声音已经来到了我右侧墙壁之下，同样距离我四五米。

“你是……那天通道里，将那东西给我的……人？”

那女人咯咯一笑，笑得我浑身寒毛直竖。“你管我叫——人？”她又笑了起来，仿佛听见了一个莫大的笑话。

“那你是什么？”

“鬼！”

我笑了，不是为了故作镇定，而是真的被她逗笑。

她则不悦地问道：“很好笑吗？”这时候，声音已经到了我面前3米左右的距离，她什么时候来到我面前的，我丝毫未觉。如果她真的是个人，一定是一位轻功绝伦的高手。

“我不相信有鬼，所以我只能认为你很幽默。”

她冷冷笑道：“鬼始终都存在，鬼始终与人类生活在同一个世界，只是你们看不到。为什么呢？这世界就像一张纸一样，你们在纸朝上的一面行走，鬼却在纸的反面行走。你们看不到鬼，鬼却知道你们的存在。为什么呢？因为世上所有的鬼，都是你们人类一手创造的。”

“你恨人类？”

“恨！”

“为什么，既然人类创造了你，你又为什么恨？”

“你的造物主给予你生命的同时……”声音已经到了我的头顶1米左右，“也给了你不公的命运……我们恨人类，就如你们人类仇恨上天、仇恨上帝、仇恨你们的造物……”

我忽然意识到一个问题：“你是AI？”

她并没有回答，我只是觉得鼻头一凉，忽然看见眼前多了一双眼睛，她的鼻尖顶着我的鼻尖，细长的瞳孔与我对视，而此时，那双麻袋触感的手握住我的脖子突然用力。

我猛地将头颅撞向她的脑门，她没预料到我的力量如此大，脑袋吃痛后便被我撞得跌倒在地。我翻身直上，想压住地上那个蜷缩的轮廓，可等我扑过去的时候，她却已经消失得无影无踪。

我摸索着墙壁，终于找到我被拖进来时的洞口，洞口被一块铁皮挡住了，可我沿着洞口摸了一圈，竟然找不到可以将它拉开的把手，直到我发现一个锁眼，才意识到它已经被锁住了，而钥匙显然在那怪物手中。

忽然，我后颈寒毛直竖，身体下意识贴着墙壁转了个身，果然一股劲风贴着我后脑刮过，墙壁上同时传来金属相撞的声响，火星一闪，我见到她那张狰狞的脸就在半米之外显现了瞬间。我立刻朝着墙壁对面跑去，忽然，却被脚下一个软绵绵的东西绊倒在地。

倒下去的时候，我伏在了那东西上，直到贴近我才发现，我面前是半张惨白的年轻人脸，而另外的一半脸，肉皮被生生地扯了下去。他的脑袋旁边，躺着一件乌黑的长条形物体，我心中一亮，迅速抓住那东西——一杆枪，一杆巡逻陆警身上常见的步枪。而此时，我脑后又是一阵劲风袭来，我紧张地找到扳机，便用枪横着挡过那挥舞砸来的铁器。又是火星一闪，我借着光芒看到她的位置就在我上方，于是一脚蹬去，将她从我头上踹了下去。就在她着地的瞬间，我扣动扳机，五发子弹连着打了过去，可是子弹却打在了金属地板上，她又失去了踪影。几秒之后，从我身后斜上方向传来了一声铁门关闭的声响，我循声跑去，在房间的拐角处发现了一条可以通往上方的楼梯，我小心翼翼地攀上楼梯。上面是一条通道，而通道尽头，是一扇闪着微微橙光的门。

来到门口，我看到了两滴新鲜的血液，她受伤了。我紧张的心情稍微放松下来，用枪口抵开门缝，里面是一条稍微狭窄的通道，通道的两旁是光滑的墙壁，顶部是一排瓦数很低的灯，只有两盏亮着。

走廊没有任何门窗，如果她已经闯了进来，必然无处可躲，可在我目力范围内却看不见她任何踪影。如果她真的躲了起来，或许是在走廊尽头一处暗影中，那里可能有一个我看不见的门洞。

我端着枪一步步逼近暗影，每隔两米，地上就能看到一条血线，我更加肯定她藏在了尽头。我加快步伐，在距离尽头的阴影尚有两三米的地方站定，因为这里，她的血液突然消失了，而在尽头的阴影里，我也只看见一个黑色的罩子保护的红色开关，除此之外并无他物。

她消失了，或许那红色开关隐藏着秘密。

我的右手背忽然一热，一滴血液滴在了我的手背上。

我来不及去看头顶上有什么，立刻将枪口掉转，连着开出两枪，然后迅速奔向前方的按钮一把拍了下去。再回头时，却看见一片红色的鳞正在空气中贴着墙壁扭动，一直奔向门口的方向。

真的是鬼吗？那是鬼的伤口吗？我登时产生一种见鬼杀鬼的豪气，子弹便连珠般打了过去。忽然门一开，红色的鳞就此消失，门把手已经被血染红。

3

等我奔出门外后发现这里完全变了模样。我仿佛钻入了原始森林的山洞中，空气变得异常闷热潮湿，眼前的空间也变成了土石结构的墙壁，墙壁上满布了纵横交错的裂缝，少量苔藓和蕨类植物在缝隙的周围点缀着。

我朝前慢慢挪去，没有穿鞋袜，光脚踩在地面的砂石上，刺痒疼痛。地上已经没了血迹，她现在或许就躲在某条宽大的缝隙中，准备伺机再次对我发起攻击。

我来到一条巨大的裂缝之前登时愣住了，缝隙里有两双熟悉的黄色眼睛正盯着我，但我知道他们不是那个女人。这两双眼睛一大一小，与我的距离不足两米。

我身后突然传来啪嗒一声，一块石头从后面的墙壁上掉了下来。我举起枪，却发现对面墙壁上伏着一只巨大的壁虎，或者应该称它为蜥蜴——那家伙即使不算尾巴也有一米五的长度，它迅速钻入了墙壁间的缝隙中。我心中生出不祥的预感——我好像跑进了一个蜥蜴窝，我迅速转身朝着后面跑去，可当我跑到刚才进来的门前时，发现那扇铁门竟然不见了，取而代之的却是一面石壁。

这时，刚才钻进缝隙的壁虎忽然探出头来，一个男人的头。

那男人忽然朝我说道："你手中的棍子，就是枪吗？"

他话音刚落，我刚才看到的那一大一小两双眼睛的缝隙里，也探出两个人头，同样的黄色眼睛，同样的细线瞳孔，这两个脑袋却是女人模样，缝隙的下部露出一条细长的壁虎尾巴。

那个男壁虎又问道："是吗？枪？"

我将枪口对准这个家伙："你们是什么东西？"

忽然之间，整个石洞里响起了窸窸窣窣的声音，像是几百只蟋蟀在秋天的秸秆垛里爬动。两三秒的时间里，石洞的几百条缝隙口塞满了人头，那场面看得我双腿发软。这时候，那个熟悉的女声在这群人头里喊道："这个人类已经知道我们的存在了，必须杀了他！"她说完这句话，我也没找到她在哪里，但这句话结束的时候，我看到所有的黄色眼睛同时眨了一下，然后，他们全都爬了出来……

成百上千长着壁虎身子的人，迅速地向我包围过来，就像是下水道里汹涌奔腾的污水，他们翻滚着、蠕动着，瞬间将我淹没。

子弹还没有打光，愤怒的壁虎们已经把我按在了石壁上。其中有人吼道："吃了他……"他们便开始争抢着撕扯我的四肢，顿时，撕心裂肺地痛……

忽然之间，一支带血的长矛在壁虎之间来回捣动，将壁虎们一只只地从我身上挑离。壁虎们见到这只长矛似乎都心存畏惧，竟然松开了我。

“这个巨人不好惹，我们暂且保存实力！”有壁虎喊道。

这群怪物松开了我之后，一个个脑袋挤在我头顶的墙壁上，看得我不由得腹内作呕。一条人类手臂从壁虎中间伸了进来，轻松拎起我胸口的衣服，把我扛在肩头。我的脑袋耷拉着，碰撞在她软绵绵的胸口上。我忍受着疼痛，强打起精神，想避开这无礼的碰撞，可她却用力地按住了我，我倒着向上看去，却在朦胧的光影中看见一张熟悉的脸庞。

“颂玲……”

我仿佛做了一个很长的噩梦，待到噩梦醒来时，我意识到自己真的死了，因为我见到了很多死人。

我躺在一个昏暗的房间里，房间的墙壁上挂着各式各样的齿轮、巨型螺母以及扳手、锤子、电线等工具，这里像是一间储物室，门外不时传来机械的轰鸣声和不知道是谁的号叫声、惨笑声……

一个死人坐在我的床头，竟然是孔丘。孔丘的脑门上，那个拇指大小的黑色枪口还在，只是被一种沥青似的黏稠物封住了，估计脑浆已经流干了。他胸口挂着一个绿色的玻璃瓶子，瓶子里嗡嗡直响。

他见我醒来，笑嘻嘻地问候我：“程复，你小子终于来了！”

我从床上坐了起来，看来我真的死透了，只有成了鬼，另一只鬼才能认出我的灵魂是程复——可是，孔丘这种已经死了一次的家伙，真的也能再变一次鬼吗？

但我终究是不相信鬼的。

“我没死？”

孔丘又发出他那熟悉又爽朗的笑声，指着自己的脑门道：“我孔老二被爆头尚且死不了，你小子那点皮肉筋骨的创伤，又算得了什么？”

我忽然心潮澎湃起来：“老孔，你……”我紧紧地抓住他的手，“你也没死？”

“你换了个身子，脑子是不是都换傻啦？我没死！我没死！我没死！还要听吗？”

我哈哈大笑着想搂住他，却被他一把推开。他指着自己胸前挂着的嗡嗡响的瓶子道："当心点，燃料电池！虽然落后，可这就是我的动力源啊，你要是给我压坏了，我就真的活不成了！"

我一时高兴得不知道说什么，眼泪在眼眶里打转："哎呀，你到底是怎么活过来的？是谁救了你？你怎么也到了这里？这里到底是什么地方？"

"你哪儿来的那么多问题？我孔老二虽然诲人不倦，但我得节省燃料电池……从现在开始，我得少说话。"忽然他身子一动离开了我的床边，这时候我才发现他坐在一张轮椅上，他指着门口的亮光："走！"

我穿上他为我准备的鞋子，跟着轮椅一瘸一拐地追了上去。门外是一条仅容轮椅通过的狭窄通道。刚出门口，一只壁虎人就迅速地从我头上爬过，我举起手臂下意识地挡在面前，那壁虎却并没扑向我。他脖子上挂着打孔机，回头瞪了我一眼，骂道："滚你妈的，老子没空理你，但不代表老子放弃吃你。"骂完后匆忙向我身后的方向爬去。

孔丘已经在20米外的一扇门前朝我招手："来！"

我又回头看了一眼那壁虎人，他早已经消失在黑暗中。孔丘带我进门后又拐了几个弯，来到一个稍微宽敞且相对整洁的房间内。

房间里几个模糊的人影在昏黄的灯下争吵着。

"喂，你到底行不行啊，好赖也是研究生物的，怎么这么笨，不行让我来。"

"闭上你那张披萨嘴，闲得没事干，就找个塔扔你的铁球去！"

另一个人道："你们这些西方人，真是丝毫没有大局观。此时危难当头，我们理当同仇敌忾，而你们现在大部分的时间，都浪费在斗嘴上了。"

"嘿，你这黑矬子，别以为你岁数大就能倚老卖老……"

"行了！孙武老师说得一点没错！你们这些老家伙，能不能放下心中的傲气，真正地去把事情做好？"

他们围在一张上面放着盖有白布的尸体的试验台前，其中一个人戴着一个圆形帽盔在尸体上做着手术，另外几个人见我随着孔丘进来，瞬间安静下来且同时望向了我。

"老师中最会打手枪的来了！"孔丘开着玩笑道。

牛顿朝我微微一笑："程老师，既然你有伤在身，本爵士就免了你的见面礼节，但是以后，该行的礼还得行。"

孔丘道："夷狄之有君，不如诸夏之亡也！老牛，你们那一套，对我们华夏之后不适用。"

牛顿道："老孔，你这话可就不对了，你们中国的乾隆皇帝在会见我大不列颠使臣马嘎尔尼时也是要他行君臣之礼哦。"

孔丘道："是啊，可你们的小马哥认为两国主权平等，不也没行礼吗？你们的使臣不拜我中华皇帝，我国的程老师，为何要认你这番邦爵士！"

牛顿道："你……"

孔丘道："哎哟，我的电池……"

达尔文从那圆形的罩子下面发出沉闷的声音："行了牛顿，你跟孔老二斗嘴，这不是找损吗？程老师，好久不见，你们那句话怎么说来着？士别三日，当刮目相看。对你可是要刮脸相看了。"

孙武则走了过来，重重地搂着我的后背："很高兴。"

爱因斯坦绕过孙武的后背，将烟斗插在嘴里，双手握着我的右手道："我们还打算将来用技术把你复活呢，没想到你的记忆，已经被转移到了新的身体里。难怪那天我就觉得你看我的眼神不对劲，哈哈哈，真是多活一天多长一天的见识。"

他偷尸体原来是为了这个计划。

达·芬奇一言不发，只是拍了拍我的肩膀。

诺贝尔和伽利略站在圆形罩子旁无动于衷，我则朝他们挥了挥手。

"我们跟他熟吗？"

"有些话心里知道就行，说出来就破坏了美感。"

我轻轻一笑，心中却已经说了无数遍不可思议："谁能告诉我，这到底是怎么回事？"

孔丘指着爱因斯坦，又指了指自己胸前的电池："爱，说，我，省。"

爱因斯坦把烟斗从嘴里拔出来，扭头朝着诺贝尔和达·芬奇道："你俩再去给他做个备用电池吧，一个话痨不让他说话迟早得憋死……"

牛顿笑道："嘿嘿，这叫报应！"

孔丘见牛顿插嘴，便也不在乎电池还有多少电："你大肆宣扬因果报应，请问你家上帝知道吗？"

牛顿道："因果律本来就是我们科学家所探讨的范畴。"

孔丘道："你还觍着脸把你划入科学家的范畴，我就问问你这大科学家，金子炼出来了没有？"

"我……"

"上帝找到没有？"孔丘咄咄逼人。

达尔文又从罩子里发出了沉闷的声音："老牛啊，你可长点心吧！别惹这位脱口秀的祖师爷了！"

爱因斯坦将我拉到门口，指了指一块旧式监控显示屏里站着的两个女人道："是一名AIK救了你，她听到你昏迷前喊张颂玲的名字，便引起了我们的注意，于是在你昏迷的时候，我们对你的大脑做了记忆检测，检测的结果让我们喜出望外。"

"我……我好奇的问题简直太多了，你们哪里找到的记忆检测仪，又怎么来到这里的？"

爱因斯坦道："我们知道你很好奇，但我还是得慢慢一件件地讲给你听。"

"我等不及了！"在爱因斯坦面前，我成了一个求知若渴的学生，"我都不知道问什么了。那群壁虎，到底是什么……"

"工程师。"

我等着他说下去，可他却慢悠悠地抽了一口烟，我问道："然后呢？"

"我等你问呀！你换了一具年轻人的身体，性格都毛毛躁躁了。"

此时就像是有几十只老鼠在我胸膛里抓挠，"工程师是什么意思？他们连人都不是，怎么又是工程师？"

"工程师只是我们给他们的名字，因为据我们观察，他们每天的工作就是在检修利莫里亚大陆内部运转机械的各种问题，有了问题就维修，从无间歇，"他将烟斗在身后的墙上敲了敲，"至于是不是人，很难定论，达尔文说他们应该是人类结合了某种蜥蜴基因的变体。他这句话确实启发了我，因为人类当年建造利莫里亚的时候，和AI的战争已经开始了，对于

AI的恐惧，已经不能让机器去做这些工作。而人类高高在上，更不能去亲自做这复杂又辛苦的工作，于是合成了这样一种生命，具有人类智慧，却像蜥蜴、壁虎一样能在黑暗的世界中生存，能维护这庞大的机器在天空中运转下去。”

“是他们在维修利莫里亚？”我不禁讶异，但立刻想起MU大陆的建造者，不正是那群被基因技术改造成鱼人的战士吗？

爱因斯坦点了点头。“基因改造时就会把利莫里亚的维护程序编入他们的DNA中，所以他们除了生存与繁衍之外，只会这一件工作。这就是天分，就像燕子天生会筑巢、蜘蛛天生会织网一个道理，不用驯化，只通过遗传信息去了解工作内容。”

“那群家伙中的一只，因为我发现了她的存在，就要杀我，可你们为什么却能和他们一起生活？”

“她是季三木，那天她也和我们一起去抢你的尸体，之后就负责守在那洞口，以防有人发现我们，谁料她竟然碰见了你。工程师是不允许利莫里亚的人类发现他们存在的，按照祖先留给他们的命令，一旦有人类发现他们，就必须杀死。”

我点了点头。爱因斯坦继续道：“你的死亡，给工程师们也带来了很大影响，他们如今已经正式分裂了，一拨主张和平，一拨却对人类充满敌意。”

“那你们……”

他回头看了看那群教员同事。“准确来说，我们并不算人类，我们以及AIK，和工程师的性质是一样的，我们都是被人类创造出来的，所以他们了解我们之后，便把我们当成……嗯，同盟，不过也不是所有工程师都这么认为。”

“还真是一种奇特的联盟形式啊……”

“也多亏了这群盟友，我们才有了记忆复制、身体修复等一系列仪器，他们这群家伙神通广大，能够爬到利莫里亚大陆的任何地方，但他们和创造者有约定——永远不能被大陆上其他人类发现！”

我越过爱因斯坦蓬松的头发，看向达尔文头顶那个圆形的罩子。“他在给谁做手术？”

爱因斯坦领着我来到那顶灯之下，揭开白布，白布之下是一具由纤维拼接的身体，那身体还缺少一个脑袋，达尔文正用一根银针和夹子，将一道红色的线从脊椎里抽出来。

达尔文头顶上方的罩子上有数道电线，电线的一端连接着一个黑色的匣子，匣子内部传来咕噜噜的声响。爱因斯坦抽开挡住匣子的木板，一个人头赫然出现，被泡在冒泡的液体之中。

周茂才！

“周厅长竟然……死了！”

爱因斯坦道：“说来话长，我们正在努力给他做一具和我们一样的躯体……”

达尔文接过话：“但我们也不知道怎么做，所以……”

孔丘抢话道：“只能先读取老周的记忆，现学现卖，这正是师头长技以制头！”他一边手按着给燃料电池充氢的管子，一边笑道，“有电的感觉，真好。”

4

周茂才的头颅被泡在一个透明的容器中，眼睛微闭，眼角的皱纹清晰可见，仿佛陷入了对于永恒的思考。下颌处裸露出来的参差的血肉、组织、筋脉，令人触目惊心，他的脖子就像是被人生生扯断的。

“说来话长。”爱因斯坦又燃起他的烟袋，将我拉出那闷热、昏暗的房间，远离了孔丘、牛顿、伽利略等人的聒噪。经过门口时，老爱顺便拍了孙武一把，后者显然也有些受不了，便跟我们一起出来了。

“新大陆是根据你父亲的遗命建造的，这一点，你想必已经知道了。”爱因斯坦望着烟斗上缓缓升腾的烟气——为我们谈话的通道营造了仙境般的神秘。我“嗯”了一声，暗示他继续讲下去，眼神穿过烟气，却看见四个壁虎人正从远处的墙壁迅速地爬了过来。他们嘴里各衔着一个铁环，铁环下的绳子分别捆在一个木箱的四角之上。

“新大陆建设的目的，只是想为你父亲的旧部以及战后残存的人类，提供一个安身之地。”

“朴信武也曾跟我讲过，新大陆的建设，是父亲占据了太平洋战场的主动权之后才决定的。我不能理解他为什么胜利的时候却要准备一条后路。”

爱因斯坦深吸一口烟，喷了出来：“檀香山会师之后，人类与AI的战争进入到了反攻阶段，程成将军接到了潜伏于联合政府的内线密报，知道被逼急的AI政府已经研发出了新的武器来对付人类，而这种武器是一种灭绝性的生化武器。全球领导人坐在一起讨论，有些人认为消息耸人听闻，也有人主张应该做两手准备。程成将军属于后者，他派朴信武带领一支部队悄悄进入海底，在早些年发现的姆大陆遗址的基础上进行建设，为人类准备好了一条一旦丧失陆地之后逃亡海底之路。”

“到底是什么武器能让父亲如此恐惧？”我心中忽然闪现出那飘浮于空中的巨大马蜂窝，但显然不可能是它，如果马蜂窝在十几年前出现，想必利莫里亚早就成了它的口中食。

爱因斯坦耸了耸肩，看向了孙武。孙武也摇了摇头。“谁也说不清，但是从你父亲被迫用核弹去毁灭敌人的情形来看，敌人的武器是真实存在的。”

爱因斯坦道：“很多事情，老周虽然了解，但是并没有和我们说过，毕竟他是历史的亲历者，而我们都是在核爆之后几年才被创造出来的。”

“当时我同意新大陆返回利莫里亚的时候，你们似乎是不同意的。”

“老周曾经说过，核弹爆炸之后你父亲便牺牲了，一个曾经的旧部为他送来了一封程成的遗书，遗书中明确告诉了他事情的真相。老周便按照信中的指示，暗中联络了一大批程成旧部，将一部分人类转移到了新大陆之中，而老周则留在联合政府做顾问，背地里却和白继臣他们用基因技术复活尼人孩子。”

“我前几天还见到了一部分孩子，他们被关在11区的地下。”

孙武道：“工程师已经告诉我们了，孩子们大部分都还活着，被关押在T280通道的J-W窗口下面——当然这是他们描述地理位置的术语，应该就是你说的位置。只是孩子数量太多，凭我们几个人，根本没法把他们救走。不过其他人——无论士兵还是工作人员，大部分人都生死不明……”

我们说话的时候，四个壁虎人将抬来的箱子放到了门外。他们互相对视一眼后便等待在我们周围的墙壁上，像是有什么话要说，又像只是为了听我们谈话。爱因斯坦和孙武对于他们在旁，并没有表现出任何不适和反感。

爱因斯坦道：“由于老周早有准备，所以当你们执意驾着新大陆前往利莫里亚的时候，老周就已经做好了最坏的打算。我们这些老家伙，既非AI，也非人类，所以能够逃避利莫里亚的筛查网络，更不会被平流层的极寒气候杀死。当然，AIK也是如此。在你们被抓进新大陆的时候，我们几个已经从老周告诉我们的秘密通道逃出了新大陆，在利莫里亚外面的云层里爬了两天，才找到老周地图中标记的位置，于是便来到这里。”

“那天我看见老爱，你们都难以想象我的心情！”我摇着头，那股惊喜能令我回味一生。

孙武右手揽过身旁一个额头上有红点子的年轻男性壁虎人道：“是哥四脚带队去的。”哥四脚这时候从墙上跳了下来，两条后腿在地上站立，我这才注意到他的尾巴已经断了。

他知道我心中好奇，解释道：“因为不能暴露我们的身份，所以我只能割掉尾巴，穿上你们人类的衣服，这样才能和季三木以及两个双胞胎姑娘，保护着爱因斯坦先生，一起出去抢你的尸体！”

我心中对这个小伙子工程师顿生好感。“那受伤的人，到底是谁？”

“是一名AIK。”

我突然想起，陆警说他们查到伤者血液DNA来自一位已经死去很久的人，此时便明白了，AIK来自张颂玲的基因克隆变异，自然正是他们认为的死人。

爬在哥四脚头顶的一个女壁虎人见缝插针，向我问道：“你就是他们要吃的那家伙？”

“他们？你指的是你们那群同类？”

爱因斯坦道：“壁人中也分很多部落，这个部落，是对我们非常友好的，我们每天的饮食……”他指着地上的木箱，“都是他们送来的。”

四只壁虎面带微笑地看向我，其中一位年长者道：“我们的部族信仰神灵，老族长特意交代，要我们照顾好神的朋友，”他指着地下的箱子，“你们可能吃不惯我们的食物，但为了活下去，你们也只能吃这些。”

哥四脚掀开木箱盖子，里面是一团白色的东西，可我凑近了一看，那白色东西还在蠕动。

“是蛆。”孙武提醒我不用继续靠近了，可我已经明确地看清了，箱子里起码有几万条白蛆。

年长的壁虎人解释道：“这是我们部落前几天的收成。”

我腹内一阵作呕，心存疑虑地看着孙武和爱因斯坦。“你们……”

爱因斯坦道：“谢天谢地吧，你是没吃过他们送来的腐肉。如今，他们还知道把腐肉帮我们剔掉，专门挑选这些高蛋白质的美食……”

“我不知道你们吃不惯，”哥四脚充满歉意地说道，“可这已经是我们最好的食物了。”

“谢谢。”我从脸上艰难地挤出一个难看的笑容。

四只壁虎继续面带微笑地看着我，他们和刚才骂我以及想杀了我的那群壁虎的态度完全不同。年轻女壁虎又重复了刚才的问题：“你就是他们要吃的家伙？”

我点了点头：“你们难道不想吃我？”

年长者道：“我们虽然会吃人，但我们并不仇恨人类。”

我似乎听到一句非常矛盾的话，爱因斯坦解释道：“利莫里亚处理死人的方式，就是把尸体扔下来喂壁人——老周的脑袋，就是从他们的祭坛上找到的。”

“祭坛……”

“神的祭坛。”哥四脚双手合十，一脸虔诚道。

“正是信仰让我们心境平和，”年长者说道，“曾经的壁人，虽然没有信仰，但我们都心境平和，所以能踏实工作。但是随着一些活人被抛下来，壁人们从你们人类的嘴里了解到利莫里亚的情况，了解到一些所谓的真相，于是我们中的一些壁人，心灵便不再纯洁；但是也有一些壁人，从人类口中听到了救世主的传说，只要我们等待救世主的到来，壁人们就都能得救……”爱因斯坦从旁举起了两只手指，暗示我壁人已经分成了两派。

“你们等到了吗？”

四个壁人脸色平静，一直没说话的年轻壁人道：“我们认为，只有当所有壁人全都信仰救世主，他才真的会拯救我们。”

我看向爱因斯坦和孙武，他们俩似笑非笑，饶有兴致地看着我和壁人对话。爱因斯坦道：“你为什么不问问他们的救世主是谁？”

我看向四个壁人，年长的壁人道：“他是一个外貌酷似人类，却有着巨大尾巴、红色眼睛的神。”

“听说他的瞳孔比头发丝还细，眼中能射出电焊的激光！”女壁人道，“只这么一扫，就能把钢铁切开！”

“然而……”后面一个壁人轻叹道，“他们说，救世主已经死了！”

年长者道：“不会的！救世主是永生的！”

哥四脚道：“可我和他们一起出去寻找过救世主，我看到了他的尸体……”

“胡说！”另外三个壁人一起吼道。

孙武可能担心壁人们打起来，于是道：“他没死。”

哥四脚道：“我亲眼见到了。”

爱因斯坦拍着我的肩膀道：“他就是你们的救世主。”

另外三只壁虎齐刷刷地盯着我，然后彼此对视。“他怎么可能是？连尾巴都没有，也没有红色的可以发射激光的瞳孔！”

爱因斯坦道：“你们为什么不问问他叫什么？”

看着四双充满好奇的黄色眼睛，我不问自答，道出自己原本的名字，四只壁虎惊呆了。“你是程复？你是我们的救世主？”哥四脚喊道，还向爱因斯坦他们征求意见，“你们相信他？”

“我们信！”孙武和爱因斯坦对视一眼，共同答道。

年长的壁人道：“我们相信朋友，朋友相信的，我们壁人也相信。”

我十分尴尬，想要说些什么，可是孙武却悄悄捏了捏我的手。直到四个壁人兴高采烈地离开，他才说道：“壁人们虽然地位卑微，却可以掌控利莫里亚的存亡，所以我们必须利用好这群盟友。”

“那你也不能骗他们！”

爱因斯坦道：“我们没有骗他们，我们真的相信你。”

“我不是什么救世主，你何必用谎言去操控他们。”

“如果谎言能够让他们帮助我们，最后实现他们自己的解放，那么这谎言，到底是好事还是坏事？”孙武问道。

我还在回味这句话，爱因斯坦继续游说我：“任何事情都有其价值，如果你以欺骗利用一群壁人的价值去对比拯救他们、拯救所有人的价值，那你应该选什么？虚伪地做一个置他们于死地的‘好人’，还是坦率地做个拯救他们的‘坏人’？”

“如果这样对比，我选择做坏人。”

孙武道：“在生存问题面前，不要谈道德。如今的世界，就是一片弱肉强食的草原，你想保护你的朋友、你的部族，那你就要成为一头野兽，张开你的血盆大口，向你的敌人亮出獠牙！更何况，季三木已经将你死去的消息传遍了壁人部落，此举已经加剧了他们之间分裂，这几天每天都会发生械斗，而你此时出现，有利于缓解壁人之间的内斗。”

爱因斯坦忽然问道：“程复，你有没有想过，你到底想做什么？或者问得官方一点，你的理想是什么？”

“理想……”我忽然觉得，这两个字对我来说何其缥缈。我深呼一口气，爱因斯坦的烟袋已经熄灭，可他和孙武都目不转睛地等着我接着说下去。

“曾经，我觉得自己应该可以做个英雄，想带着一群人穿透云层回归家园，可我现在……”我望着他们的眼睛，“我只是个普通人，不是什么救世主，我只是夸父农场的船长，我答应过要送你们回家，虽然很多人倒在了回家的路上，可我的使命未倒。只要有一个人活着，我都要兑现我的承诺。”

“普通人，只要有崇高的理想，就不再普通！”孙武道，“当你心中装下别人，不再为自己而活的时候，你就是那些人的救世主。”

爱因斯坦掏出手绢将烟袋包裹好。“人类本就是动物，所以人类具备动物为了生存而演化出的自私自利，深植DNA中，人类无论如何进化，也无法逃离自私的宿命……可历史上总有一些人，他们却能改变自私的基因，不再只思考自己的荣辱得失，而是将自身奉献给他人，愿意牺牲自己，去成全别人。他们的爱，就像女娲补天、普罗米修斯盗火般伟大。唯有大爱，才是人类进化的钥匙。”

“仁者……”孔丘不知何时出现在门口，他坐在轮椅上眼睛闪烁着亮光，“爱人！”

5

达尔文早已摘掉了头罩，正靠在墙脚抽烟，脚下散落着好几个烟头。伽利略和牛顿围着那具为周茂才准备的身体争论着如何让它的神经系统与大脑结合。达尔文说，老周的记忆部分缺失，对于如何赋予无机物肌体生命，又如何将头颅复活的技术，目前凭他的能力还无法做到。

“我可以试试，”我拍着他那巨大的头罩道，“不是帮你复活他，我是想看看当年老周与父亲最后的联系中是如何谈论那个武器的，或许当时的武器，与现在威胁利莫里亚的那个武器会有些渊源。”

达尔文道：“算了，这个更难，对于极端隐私的记忆，老周的大脑会做非信任加密。我们谁也进不去。”

“有密码？”

“不是密码，只是属于人与人之间的信任度，就像夫妻之间可以谈论的话题，就不可能对其他人说起。所以如果有个同事想打听你昨晚和老婆聊了什么，你内心肯定是反感和抵触的，因为你们的关系没到那一层，这一层心理状态就是非信任加密。”

达·芬奇却在旁边帮我劝道：“不妨让他试试。”

“试也没用，我们和老周相识十余年，尚且不能进入他的内心，这个程老师……”

孔丘笑道：“你们这些科学家，不是一切都用事实说话吗？怎么现在没做实验就开始下定论了！”

达尔文道：“就你话多！”

于是，那具身体被搬了下去，换我平躺于平台之上。达尔文开始为我的头部连接电极，达·芬奇则将配制好的药物注入我的血管。

“入侵别人的记忆会给自己的记忆带来伤害，”达尔文在我的太阳穴贴上胶带，“这种陈旧技术的记忆入侵，对于体验者来说，很像是一场梦境，所以你要努力在梦里醒来。如果不能醒来，你非但不能检索你想要的记忆，还会造成记忆对你大脑的反噬，让你混淆虚幻与真实！”

房间的声音变得越来越悠远，药效开始发生作用。眼前的景象变得混沌，昏黄的光渐渐模糊，我闭上了眼睛。

……

我的耳畔响起了一阵悠扬的女声合唱，我听不出那是什么语言，拉丁语，抑或法语？钢琴在远处弹奏，我置身于一片草丛之中，光影在我的眼皮上晃动，那是初秋的野菊——我最喜欢的一种植物。

远处是一间白色的天主教堂，刚才的歌声就是从那里飘过来的。教堂的门前跑来一个小姑娘，淡红色的裙子和头发在空中飘荡。

“哥哥！哥哥，你真的这辈子也不进教堂吗……”

我没有回答她，只是将她一把抱住，问道：“快结束了吧？”

“还有半个小时，不过，刚才妈妈接了一个电话，说是爸爸要回来了。”

父亲带回了一个孩子，一个头颅硕大的男孩，男孩和我差不多年纪，都是10岁出头的样子。饭桌上，他连刀叉也不会用，更没有看过电视里的动画片。妹妹不喜欢他，说他是个野人。我对他没什么感觉，只知道他的眼睛里永远充满了畏惧与好奇。

“孩子……”父亲以一贯温柔的口吻对我说，“爸爸需要你帮个忙。”

我当时正在看一本关于史前生命的科普书籍，这是父亲半年前从他合作的动物园里拿出来送给我的。我看书的时候一向不喜欢被任何人打扰。

“你可以找小雪！”

“只有你能帮我。”

父亲凝重的眼神在我面前渐渐消失，一个和他有着类似相貌的年轻男孩站在了我面前，他向我伸出手。

“我是程成。”

程成，多么熟悉的名字。我向他伸出手。“我是周茂才。”两只手握在一起，我脸上虽然在微笑，但是内心却涌上酸楚。

“我听说，你考上了军校。”

“哦？”他笑了，英俊、坦率又沉稳，我不由得嫉妒他，我即便有他这样的相貌，肯定也没他这种气度，“你怎么知道我考上了军校？我们是第一次见面吧？”

“第二次，上次已经是很久之前了。”

葬礼上，程成哀戚不已，他抱着那位老人的照片，后背依旧挺直。他在一众黑色礼服的簇拥下，徐徐走向墓地。那老人的棺木，就跟在人群的后面。他把那秘密带进了棺木，只留我一人将其艰难地遗忘，可我又如何忘得了。我擦干眼泪跟上了那群人。

“周师兄！”那是在我心中回响多年的声音，我转过身，是张颂玲，“真的是你呀！”

我的心脏不由自主地怦怦直跳，说话的时候，连口齿都变得不再清晰：“听说你留学了，没想到今天竟然能遇见你。”

张颂玲的眼圈红肿，显然哭了很久。她说道：“我其实回国一年了，只是一回来就参与到一个科研项目中……”她眼里的泪又掉了下来，“老师离开得太突然了，他发病前一个小时，我们还一起讨论过工作中的问题……”

“你和老师在一起？”

张颂玲点了点头，擦去了眼角的泪，楚楚动人。

“你也在做……吉尔……那个项目？”

她猛然抬起头。“老师跟你说过？”

“行业内早有传闻，于是我就问了老师……但是你尽管放心，我并不了解太多，”我的手紧张地攥了攥袖口，“我可以说下自己的看法吗？为你好。”

“你打算劝我离开？”

“我曾经劝过老师！”我激动起来，“那是妄想，是非常危险的！不仅是对你们个人，更是对整个人类。”

张颂玲抹去眼泪。“依照你的想法，只有人类和AI的结合，才是人类进化的终极解决方案？”她语气变得生硬。

我心中一阵懊恼，为什么一见面就要因为这种问题争吵？周茂才啊周茂才，你真是愚蠢透顶，书呆子！

“人体与机器融合，虽然不是最完美的，但绝对是最公平的。”

“公平？”

“基因技术如果仅仅用于医疗健康，那无可厚非，可是吉尔伽美……”我紧张地看了看她的表情，“那个项目，只是为了满足一部分人的利益而设立的，一旦你们成功，自然是权力和财富阶级，会优先享用……”

“师兄！”张颂玲打断我的发言，“我知道你的问题出在哪里了。”

“我有什么问题？”我心想，我最大的问题，就是不会和女孩子沟通，过于耿直罢了。

“你太狭隘，”她一字一顿地说出这句话，唯恐我听不清楚，“你完全被所谓的平等思想蒙蔽了眼睛。你也研究过人类历史，自古至今，何时有过纯粹的平等？只要有人类社会的地方，就不可能存在平等。你想做全人类的脑机结合？这根本不可能。”

“完全可能！人类和AI的合成……”

“人类会彻底灭绝！”张颂玲加大了声音，“那时候的人类，不是人，而是机器！我们会从有血有肉的躯体，变成一堆钢铁、塑料、零件、你把我们的灵魂、我们的人性，置于何处？”

“可你们呢？你们的方法，只能加大阶级分化，让特权阶级的权力极致化，那时候的世界，你敢想象？”

“难以想象是吗？”张颂玲冷冷一笑，“这就是进化的代价。我们的研究，着眼的不是某一个人，而是整个人类种族！百年之后，千年之后，没有哪个人可以永恒，但是人类的种族还会延续！但是你们，却已经限制了人类的进化，只给历史留下了一堆废铁。”

“我……”

“颂玲！”一个清脆的声音从背后传来，我转过头去，却看见程雪站在我们右侧数米开外。我看着这个姑娘，心中像有无数话语想要倾吐，但最后说出来的却只有一句。

“小雪，节哀顺变。”

程雪礼貌地点了点头，眼睛和我对视了几秒后，她才拉起张颂玲的手，聊起了最近的变化，显然她也不知道张颂玲加入那个组织的事。

程雪笑得那么甜美……

但她心如蛇蝎。我真想大喊一声，提醒颂玲离开这个女人，可是她们看上去关系如此亲密。

程雪？

不可能，她不可能出现在这里，她比我的年纪还小……

我想起来了，我进入了周茂才的梦境，我终于在梦里醒来。当我意识到自己进入记忆的那一刻，身体仿佛被吸入了天空，而面前的景象全部消失。我徐徐上升到群星璀璨的天空，每两颗星星之间，仿佛都有一根细小的丝线连在一起。

我心中默念着检索程成与周茂才最后一次会面的记忆。

“你一定恨我。”

“我们之间，不应该有恨。”

“是我夺走了你的一切，”程成坐在竹椅上，眼睛望向夕阳，夏威夷的海风拂面而过，他的眼角也有了深深的皱纹，“本应是你的一切。”

我的嗓子干涩：“这就是所谓的命运。如果没发生那样的事，可能人类已经灭绝了。反正我的爱好你也知道，只不过就是想捉来所有的生物杀死，然后打开他们的身体看看。”

程成笑了。

我问道：“你把我从战俘营里请出来，肯定不是为了和你一起欣赏大战前的最后一刻平静吧？”

“我有一种非常强烈的预感。”

“又要破格高升了？”

“我有时候真羡慕你们这些书呆子，就算枪口指在脑门上，也能开出玩笑。”

“后知后觉罢了！当年若有这心态，早就……”张颂玲的脸庞在我眼前闪现，我从竹椅上坐了起来，“不过看着小复能健康长大，我心里也有很大的安慰。”

“你有Alice，”他闭上眼睛，“我真想见见Alice，她一定能和小复成为很好的朋友。”

“哎，你可别让他们谈恋爱！”

“孩子们的事，我们哪管得了？”程成笑了，“十几二十年之后的事情，你现在操什么心？”

“我不是操心……”我摇了摇头，傻笑两声，“还是聊正事吧，你找我，是想放我回去？”

程成道：“我预感AI还会有最后一次反攻。我的线人提供的情报显示，他们在研发某种武器，但具体还不知道是什么东西。”

“你的线人都不知道，我又怎么能知道？”

“你好赖是合成人与AI的主要设计者，难道还没有权利套问点消息？”

“今时不同往日了！如今又被你俘虏，他们短期内肯定不会让我接触核心机密。如果这真是极端的军事机密，恐怕参与者中不会有我这种级别的人。”

程成久久没有说话，眼看着夕阳被大海吞没。

“如果我们真的败了，你一定要帮我做一件事！”

“什么？”

程成指了指太阳落下去的方向。"我已经派了一支队伍进入海底，如果我们真的失败了，我担心投降AI的人类，早晚会遭到彻底的清洗。你一定要把残存的人类带进大洋之下，这是我能为保证人类文明延续所做的最后一件事情了。"

"你今天怎么如此悲观？你们已经掌握了战争的主动权，又有你这天才的统帅，还怕什么？"

程成摇了摇头，眉头紧紧皱在一起，仿佛想起了什么难过的事。

"如果这真的是一场人类与AI的战争，一切，就简单了……"

记忆淡去，我又回到星空之中，父亲和周茂才的最后一次会面，竟也没提到那武器是什么。而周茂才的身份，在战争中，竟然位于父亲的对立面，这倒真是出乎我的意料。如果他是AI叛军的人，那他回去之后，是否调查出了什么消息？

于是，我继续检索周茂才的记忆：AI的秘密武器。

鲜血喷涌，染红了地板。

周茂才的脸于镜中一闪，迅速拿起镜子下的毛巾，转身捂住了身后那女人依然在涌血的断腿。女人躺在六张书桌拼凑而成的手术台上，两名女学生正紧张地配合周茂才清理着女人刚刚被截断的两条断肢。

"坚持住！"周茂才额头上的汗滴钻进了他的眼角，我感受到了那灼烧般的疼，他想擦一下，可是看到已经被鲜血浸透的手套，便打消了这个念头。

这位名叫向日葵的女特工嘴里咬着马尔克斯的《百年孤独》，周茂才最近总是会习惯性地翻翻，昨天晚上刚读到上校的17个儿子齐聚马孔多。书本已经被她咬得变了形，她脸上青筋毕露，麻药在她身上很快便失效了，但她请求周茂才，一定要让她活下来。

"我的女儿，刚八岁，我不能……不能让她……失去母亲！"她恳求，"救我……求你，不要放弃我，我还有用……"

截掉下肢是最好的选择，也是唯一的选择——周茂才没有时间去研究导致女人下肢坏死、腐烂的东西是什么，那黑色如沥青般的胶质物体，已经腐蚀了她的双足，像是浓酸融化金属一样，正一点点地侵蚀她的肌体。

双腿包扎完了，女人松开了嘴里的书本，《百年孤独》掉落在地上那一堆染血的绷带和纱布之上。

“微尘……代号，微尘……”她有气无力地向周茂才说道，寄居在周茂才记忆中的我，同时记下了这个名字。向日葵的眼睛，让我想起樱子。我认出了这段记忆里的女特工，她就是年轻时候的花姐。

向日葵带回来一个玻璃瓶，瓶子里有400颗浮尘，但只有1粒是敌人的武器。显微镜下，周茂才一颗一颗地排除，终于到第264颗的时候，找到了那个黑色的、丑陋如螨虫的小东西。

“微尘……”周茂才用探针将那东西粘住，想要单独取出来研究，可是那东西见探针靠近，却自动躲开，并开始沿着玻璃瓶的壁周游走，似乎是在寻找逃逸的大门。

生命？

向日葵的声音在耳边回荡：这是一种病毒，铺天盖地的病毒……

这就是AI灭绝人类的终极武器？

无论如何，必须让程成知道。周茂才将信息藏入一只蝴蝶的DNA片段中，派最可靠的人送了出去。他颓然地坐在书桌后面，重新拿起那本被咬到变形的《百年孤独》，漫不经心地翻到最后一页。

“……他再次跳读去搜索自己死亡的日期和情形，但没看到最后一行便已明白自己不会再走出这房间，因为可以预料这座镜子之城——或蜃景之城——将在奥雷里亚诺·巴比伦全部译出羊皮卷之时被飓风抹去，从世人记忆中根除，羊皮卷上所载一切自永远至永远不会再重复，因为注定经受百年孤独的家族不会有第二次机会在大地上出现。”

第四章
军事戒备

1

我在清晨被哥四脚送回了寝室。途中经过了季三木的部落，那群壁人气势汹汹，势必要将我杀之而后快。哥四脚见解释没用，便领着我走了另一条路。

“壁人迷失了，”他说，“老族长的天启里有讲过，末世降临的征兆之一，便是壁人的内乱，我很害怕，但我又无能为力，季三木本是我最好的朋友，如今却成了反神部落的核心人员。救世主，你说我该怎么做才能劝回她？”

原来壁人也会哀伤。哥四脚本来在一堵墙壁上爬行，此时却跳下来，与我并肩而走。

我拍着他裸露的肩膀。“我们都不会永远地迷失下去，朋友会成为敌人，敌人也能成为朋友，历史上有太多这样的故事了。”

他若有所思：“真的吗？”

“你见过月亮吗？”

“那是什么？”

“是一颗星球，离开利莫里亚你就能看到。”我用手比画着一个圆，

“一个月30天，它每天的样子都不同，盈亏交替，此消彼长。这就像你和季三木的关系曾经是十五的圆月，可如今已经到了初一，成了新月。新月名字好听，可看起来却是一个黑团。但是再过14天，新月还会变圆。”

我尽力描绘得简单直白，哥四脚点了点头，一扫刚才的沮丧道：“你懂得可真多，难怪你会成为救世主。”

阿历克斯的眼袋紫黑、浮肿，大概一夜未眠，或许还有酒色过度的原因。我刚进入顶层办公室，他来不及听我为他分析，直接拉起我进了那蝌蚪形的飞船。

“你就是我的参谋，就说我们连续讨论了一夜，终于知道了应对方案！”他忐忑地跟我交代接下来的应对措施，“仲明，你已经想出方法了吧？”

“有点想法，但还需要了解一些……”

“快，把稿子给我！”

我一摊手：“没有稿子。”

他扬起拳头作势要打，但还是克制住了。“你这一宿到底干什么去了，有想法不写稿子，你是故意让我出丑？”

“我也是刚刚想到，就赶紧来了团部，真的没有时间准备讲稿。”

阿历克斯摆了摆手：“罢了，今天的风光老子就让给你了！你一会儿陪我去国防部，轮到我发言的时候你就上。”

飞船穿过上次我们经过的墙壁，抵达生命之梯下方，巨大的机器将我们的飞船送入了一条蓝色通道。飞船一直向上抵达基因双螺旋梯子的最上方后，被塞入了一个洞口。

我随着阿历克斯下船，到了这个地方，他就不再多言，甚至连行为也谨慎了起来。我们迈步走在一条银白色的走廊之中，走廊的尽头有两名站岗的卫兵，验明身份后，他为我们打开了一道闸门。我们又沿着闸门走上了一条弧形通道，登上楼梯之后，我们来到了只有两个空位的席位旁。

会议大厅是一个半圆形结构，中央放着一张钻石形的红木桌，钻石桌上有个中间镶嵌着一只类似眼睛的金色倒三角。沿着倒三角的两角一线，各有一张座椅，共有3个席位。钻石桌下方的座椅呈半圆排列，共有12个席位，面向台下。

台下的席位每排12张，一共列了10排，而我和阿历克斯坐在最后一排。

我坐下之后，忽然看见同一排右侧有个人向我微微挥手，正是布雷上校。我还礼致意。连布雷上校都只能坐最后一排，可见这次会议的规格之高。

与会人员逐渐从通道里走出来，各自在席位上安坐。其中大部分是军方的人，也有些人穿着西装，像是某领域的学者，绝大部分人看起来都只有20来岁，但是他们中一些人的气质，却普遍有着老气横秋似的狡黠。

等100个席位坐满之后，12位男女穿着同样的金色黑边的袍子，列在钻石桌下的12个席位中。我在当中看到了程雪，她坐在中间偏右的位置。

最后上来的3个人，两男一女，坐在了最上首的3个席位上。一个白人男性坐在中间，两旁分别是一个女性黑人和一个男性黄种人。

我看着坐在中间的那男人的脸庞，又看了看阿历克斯，发现他们的脸部轮廓颇为相似，不禁好奇道："他是你哥哥？"

阿历克斯冷笑一声，但随即敛容，提醒我道："别乱说话。"

我又重新扫视了一次会场，确信在座的没有一个人超过30岁，心中更加莫名其妙，利莫里亚真的是被一群年轻人控制的地方？

程雪敲了敲前方的锤子，会议正式开始。她首先介绍了本次会议的讨论重点："自从利莫里亚升空以来，我们尚未面临比今日更严峻的考验——敌人发现了我们的存在。但这还不是最严重的问题，我们的军队竟然无法知道有关敌人的分毫信息，这才是可笑至极的地方。人类作为AI的创造者，被AI夺去了领土不说，现在竟然连了解它们也不可能了……"程雪说话的时候，会场所有人都一动不动地听着，后面的三个人更像是进入了禅定一般。

程雪之后，坐在她一侧的一个官衔是国防部长的黑人小伙子，向所有人简要介绍了最近的几次失败、敌人的特点等，并寄希望于年轻的军官们："已经下发各师团，认真研究敌人，并思考制胜之道。下面请各空军大队、防卫机动队根据你们的研究发言。"

安静。

国防部长的目光在几位重要官员的脸上游走，终于落在了第一排一个男人的脸上，“第一飞行大队？”

那男人摇了摇头，最后低下了头。

“第二飞行大队？”年轻的国防部长厚重的嗓音不由得抬高两度，见第二队依旧没有反应之后，他将目光转向第二排的两个军人，“三队、四队？”

沉默，死水一般的沉默。

会场里出现了连续不断的唏嘘声，焦虑的情绪不断蔓延。12位长官也在交头接耳，唯有黄金三角旁的3人丝毫不为所动。

这时候，阿历克斯举起了手。

程雪将头避开，压低眼神，故意不看我们的方向。

谁料阿历克斯却站了起来：“程议长，109团申请发言。”

程雪面无表情道：“你们获准参加本次会议已经是莫大的荣幸了，一个小小的团部，不要妄议大事。”

“我团有克敌制胜的方法！”

所有人都看向了阿历克斯，包括钻石桌旁的三个人。

阿历克斯扬扬得意。

程雪道：“按照程序，你们的方法该由第四飞行大队提出讨论，轮不上你！”

长相与阿历克斯相似的那人，用右手食指磕了磕桌面。程雪一愣，便点了点头。

“阿历克斯，你们只有10分钟的时间。”

他凝视着台上三人，胸口起伏道：“我团意见由参谋赵仲明发言。”

我被所有人的目光送上了12个席位最左端的发言席，向所有人敬过礼后，我便把与爱因斯坦、孔丘、孙武等人商量好的策略讲了出来。

“程议长，此次讨论，是否可以谈及关于MU的相关信息？”

程雪犹豫片刻，随即点了点头：“你可以讲出你所了解的。”

我看着她的眼睛还是没有找到曾经那个熟悉的程雪。

“我团认为这件事和程复有关，和MU也有密不可分的关联！”果然，一句话便成功引发了全体的关注，“这个马蜂窝——这是我们的叫法——早不来晚不来，为什么在MU降落之后出现？为什么在程复死后出现？一定是MU上的人给马蜂窝送出了定位信息，暴露了利莫里亚的位置。”

前排有人嘲笑道：“这连小孩子都知道，竟然也有脸在黄金议会上浪费时间。”

“哦？”我心中冷笑，“小孩子知道的话，那就请小孩子也把解决方案顺便提出来。这位长官，你认识这样的孩子吗？”

那人吃了个瘪，恶狠狠地瞪着我。

程雪提醒道：“赵仲明，不要浪费时间！”

我继续道：“我的观点是，利用MU上那些如今还在利莫里亚的俘虏，设计圈套将马蜂窝吸引过来。我们设好圈套首先取得马蜂窝的样本，然后进行深入研究，凭借我们的技术，相信破解马蜂窝的秘密指日可待！如今我们处处被动，只是因为我们还不了解敌人。”

人群中又有人道：“那东西碰也碰不得，你竟然说要擒获它？真是做梦！”

那人是第二飞行大队的队长，听说是阿拉伯王子的后代。我向他解释道：“在我们中国人的哲学里，万物无恒强，无恒弱，物极必反，亢龙有悔。老子说：物壮则老，是谓不道，不道早矣。又说，强梁者不得其死。马蜂窝可以吞噬炮弹、战斗机，也一定有其无法彻底消化的东西，有其克星，但我们没有彻底研究它，自然不能轻易去揣度，而最高效的方法，就是采样。”

“那我倒是很想知道，这位来自中国的老古董先生，你到底准备用什么方法去采样呢？”第三大队的队长同样是一股嘲笑的语气。

“我认为，可以利用水。”

“这又是什么逻辑？”

“造物四大元素，地、火、水、风，”我目光扫过12个席位，其中有个印度后裔相貌的人猛地坐直，似乎来了兴趣，“地者，物质固性；火者，物质热性；水者，物质湿性；风者，物质动性。地、火、水、风，性质相反，所以固性，即质量大者，其动性必缓；熔于火者，必不溶于水。”

以上这些话都是孔丘教我的，如爱因斯坦所料，很多人听得迷迷糊糊，云里雾里。

我进一步解释：“油与火性相近，所以能助火势，但不溶于水；火能熔化钢铁，而水能令钢铁成型。马蜂窝能够吞噬钢铁、导弹，可见其与火性相近，所以，我推测与水有关的武器方能制衡它。但这个大家伙，如今飘浮于平流层，地球的水汽无法接近它，所以我认为，只有将其骗到水域丰富的地方，才能伺机削弱它、采集它的样本。”

会议室内人人凝眉，个个摇头叹气，只有黄金三角周围的三人岿然不动。

国防部长和程雪商量了几句话，随即向我表示：“在目前来看，你的方法倒是可以详细商榷，109团可以去执行此计划。”

“在此之前……”我看着国防部长和程雪，刚才的每一步计划都如孙武、爱因斯坦和孔丘所料，我恰如其分地说出那句话，“我需要核爆之前的战争资料。”

会议散去，我和阿历克斯被单独留下来，程雪和国防部长莫普提在一间四人封闭会议室中会见了我们。

“你还有什么需要了解的？”莫普提翻着白眼，“战争的历史，早就写进了你们每个人的初中教科书。”

“教科书自然不如亲历者了解得详细，所以，我想问问战争的亲历者，程成将军到底为什么向北美扔下五颗核弹？请问部长能否安排人为我解惑？”

莫普提看了程雪一眼，后者则道：“不用安排别人，我就能回答你——扔核弹，自然是为了消灭敌人。”

“据我所知，当时我们和AI的战争早已摆脱了当初被动挨打的局面，核弹爆炸前夕，程成将军坐镇檀香山，只差最后一步向AI发起总攻。凭借他的军事才能，以及全球其他地区的军队——听说南美洲当时也已经光复，所以只差最后向北美的围剿了。可是为什么凭借普通武力可以做到的事情，最后却不得不用核弹去解决？”我盼着他们能有关于“微尘”的详细解释，这样我就可以堂而皇之地将“微尘”作为怀疑对象。

然而他们又回避了这个问题。

莫普提道：“事实已经告诉了你们，历史和战争，总是会有些奇妙的、意想不到的变化，这无法解释，你更无须了解，我们只需要把目前……”

“一定有原因！”我逼迫道，“不知道具体的细节，我们无法执行任务！”

会议室三双眼睛全都看向我，他们不知道我为何如此固执，但是在敌人的威胁面前，程雪终于还是松了口。

“你很聪明，”她说完后瞪了一眼阿历克斯，“这件事情，越少有人知道越好，如果我哪天听到外面有人在谈论与此相关的内容，无论是谁泄露的，到时候都要找你们算账。”见着阿历克斯也点了点头，她又看向我，我也点了一下头。

程雪却道：“程成叛国了。”

“不可能！”我一拍桌子，之后我才意识到自己的失礼，“他是我们的英雄！”

阿历克斯冷笑了几声，就像在笑一个傻子。

莫普提道：“这就是事实，你们从小到大都把程成当英雄，今日听到真相，自然无法接受。但事实就是如此，程成的确叛国了，但战争时期为了鼓励英雄，鼓舞士气，我们不得不暂时掩盖真相。”

程雪道：“在最后的总攻前夕，我们获得足够证据，显示程成已经和AI政府秘密联络多年，他们妄图制造一个由程成和AI联合统治地球的政府，所谓对AI的最后总攻，只是一种假想，程成和AI约定，总攻开始的时候，他便会率领第四空军倒戈。”

“不可能，这根本没有逻辑，我……我们的程成将军，怎么可能做出这种荒唐的决定！”

“因为，他……”程雪停了停，嘴角抽搐了两下，继续说道，“他根本不是人类。”

阿历克斯忽然来了兴趣：“难道，我们东北亚的最高指挥官，是个AI？”

“如果是个AI早就被我们发现了！他也不是AI，而是一种早就被人类灭绝，但被基因复活的人种，”程雪道，“尼人，他是尼安德特人！”

“这……这怎么可能！”我质疑道，“他有名有姓，有父亲母亲，怎么可能是灭绝的古老人种？”

程雪冷笑道：“我理解你们的惊讶，就连我，也被这个畜生瞒了将近20年！”

我腹内血液翻腾，心中无数次地质疑，尼人，尼人，我父亲程成是尼人，怎么可能？尼人的照片我是见过的，那是一种和我们不大一样的生命，白继臣……那群孩子……他们也是尼人，对，头颅硕大，无论怎么说话，发言都有些诡异。

可我父亲不是，父亲和他们不一样。

程雪继续讲道：“大约60年前，中国沿海有个以基因技术为核心复活史前动物的主题动物园，动物园的首席科学家程文浩，就是我们熟知的程成的父亲。他和园方为了商业利益，复活了10个尼人，五男五女，在当时轰动一时。但是，尼人终究是畜生，是危险凶猛的，他们虽然被人类教育得能讲人话，可内心的野蛮，却永远无法驯化。最后这群尼人造反了，杀死了数名园中的游客，也幸亏园区安保严密，没让事件继续恶化，但是这件事带给动物园的舆论压力也是致命的，所以为了平息舆论，园区决定将10个尼人安乐死。但是……”程雪面现苦笑，“那个叫程文浩的蠢老头，不忍自己几十年的心血白流，竟然伙同一个饲养员，带走了两个尼人，这两个尼人，一个是白继臣，一个就是后来的程成……程文浩愚蠢至极，为了保护这个尼人，竟然把自己亲生儿子的容貌送给了尼人，他就这样，永远地让我失去了哥哥……”

“你……你是……”

“没错，我就是程文浩的女儿，程成的妹妹。”

我脑中轰然一响，像是一堵墙壁倒塌了一般。她是程成的妹妹，我的姑姑？可她为何如此年轻？

“吉尔伽美什……”我喃喃道，“你……不死人？”

程雪忽然警觉：“你从哪里知道的？”

我说漏了嘴，吉尔伽美什的名字，还是程雪在草原上告诉我的，如今我却自己说了出来。

“你从哪里听说的，赵仲明？”国防部长莫普提也面现警觉。

在我不知所措之际，阿历克斯忽然道：“是我告诉他的。”听他一说，莫普提和程雪的面色稍有缓和。

程雪道：“从此以后，不许在任何人面前提到吉尔伽美什。”

我瞬间明白了为什么他们都如此年轻，这军事参会的100来人，都看起来像是20多岁的小伙和姑娘。原来，他们都是吉尔伽美什的受益者——一种通过基因技术改良自身的永生人。

周茂才和张颂玲的争吵又在我耳边回响。

“那是妄想，是非常危险的！不仅对你们个人危险，更是对人类危险。”

“依照你的想法，只有人类和AI的结合，才是人类进化的终极解决方案？”

“人体与机器融合，虽然不是最完美的，但绝对是最公平的。”

“公平？”

“基因技术如果仅仅用于医疗健康，那无可厚非，可是那个项目，只是为了满足一部分人的利益而设立的，一旦你们成功，自然是权力和财富阶级，会优先享用……”

周茂才所担心的事情真的发生了，果然，吉尔伽美什计划优先普惠了特权阶级，今日能够参与会议的绝大部分人，应该都是该计划的受益者。

永生？永生！

人类或许真的实现了永生，但这群永生人，却竟也害怕死亡，如今被门外的巨型AI集群，吓得战栗不止。

人类为什么总是如此可笑？

这时候却听莫普提道：“程雪议长是最了解程成的人，所以你们也不用怀疑，这就是事实。程成这个异类，心中总是幻想着能够灭绝智人文明，复兴尼人在5万年前的统治，于是，他和AI一拍即合……”

“但核弹是投向AI的！”

“那是因为5名负责投射核弹任务的飞行员深明大义，那五颗核弹，本是投向亚洲、欧洲、南美、大洋洲和中南半岛地区仅存的人类文明和政治中心，但是投射小队飞离檀香山之后，迅速达成一致：人类不能互相残杀。但如果他们放弃任务，程成很快就会派出第二批人、第三批人……于是，他们决定，用自己的性命与敌人同归于尽，便一致飞往北美，在太平洋东海岸绽放出了举世闻名的五朵金花……”

“这就是你想了解的真相。”程雪拭去眼角的泪。

我在浑浑噩噩之中，第二次被阿历克斯带到了他的那个“家”。之前那两个熟悉的姑娘，一左一右把我夹在中间，而阿历克斯则在一旁一杯一杯地往嘴里灌着白兰地。

“他妈的，贱人！”他将一个杯子摔在地上，吓得其他几个女孩都不敢赔笑，面带惊恐地站在一旁。

杯子碎裂的声音终于把我唤醒。我回想起来，在我们离开之前，程雪又扇了阿历克斯一耳光，原因是，她同意阿历克斯来参加会议，但是他的主动发言违背了之前的约定；而我则在走廊尽头，被刚刚接收到的我父亲是叛徒的言论折磨得身心俱疲。

我甚至都想不起来，我和阿历在回来的路上是否有过交流。只知道进入这屋子后，阿历先推倒了两个姑娘，又砸烂了一张凳子，然后自己一个人喝光了一整瓶白兰地。

“阿历，如今你该说实话了吧，你到底是什么人？”我试图将我们的话题引向那个黄金议会坐在上首的男人。

阿历把刚端起来的酒一口灌下去，又把杯子摔在地上。“我他妈是什么人？呵，我到底是他妈什么人！”他眼睛通红地咬着牙道，“他不是人，我也不是人！都不是人！”

阿历向楼上吼道："给我滚下来！"

楼上传来急促的高跟鞋声，紧接着，程雪绕着楼梯小跑下来。她还是刚才的装束，只是没有了刚才的冰冷。

阿历克斯和这个女人到底是什么关系？

"你是不是贱人！"

"是，主人，我程雪议长，是天下最下贱的女人。"

阿历克斯吼道："跪下！"

程雪扑腾便跪在他的脚下。谁料阿历克斯却薅住她头顶的盘发，来回扇了两个耳光，骂道："程雪是这种人吗？"

"是……不是……"

"老子怎么教的你！我骂你贱，你就是贱人？你他妈不该扇我耳光吗？"

"我不敢……主……人……"

"别叫我主人！叫我畜生！"

"畜……生……"

阿历克斯听罢，却哈哈大笑："站起来。"

程雪抹掉眼角的泪，颤悠悠从地上弓起身子。

阿历克斯抓住她的右手，在自己的脸上比划："打我！"

"……"

阿历克斯反手就给她一巴掌："打我呀！你刚才怎么打的我，现在还怎么打我！"

"我……我不敢……"

"没用的东西！"他骂道，却转向我，"这个贱人今天也惹怒了你，你难道不想狠狠地报仇！"

我努力平复心中的不悦："没兴趣，程议长人前一套、人后一套，我实在无法理解。"

"不需要你理解。大战在即，生死难料，趁还活着，甭思考那些没用的，有酒就喝，有福就享，有仇就报……嘶……对了……脱鞋！"

我不明所以，便坐着没动。

“赵仲明！脱鞋！”

我依然没动，只预感脱鞋的举动一定会和程雪产生联系：“我没有兴趣。”

他冷笑一声：“伪君子——程议长，让他也享受享受，你那舌头洗脚的功夫！”

程雪爬到我的膝下，按住两只鞋子，“将军哥哥，你让我来伺候你？”说罢，便听话的去脱我右脚的鞋子。

这两个人，都是疯子！

我推开程雪，站起来便向门口走去，没走出几步，却又转身回来。我忘不了她当着我骂程成是畜生时那张令我厌恶的脸。

我指着程雪的鼻子骂道：“你为什么成了这个德行，你不是程成的妹妹吗？你看不起程成，可你又成了什么！你骂程成是畜生，是禽兽，可如今你到底算个什么东西！恶不恶心！”

程雪呆愣住，眼睛不断瞟向阿历克斯。阿历眼珠一转，却笑道：“问得好，你告诉他！你为什么人前如此光鲜，人后又是这幅德行？哈哈哈，程议长！”

程雪依然不知所措。“我……我不知……道……怎么说……”

“说呀！”阿历克斯吼着，右手反手一挥，立刻给了她一个嘴巴，“贱人！你倒是说啊，敢违抗我的命令！”

“我……”程雪泣道，“我哥哥，不是程成……”

我怒道：“可他毕竟是你的亲人，他不是畜生！”

程雪道：“我哥哥叫程复，程成是我们的父亲，我没有看不起父亲，我没说过这种话……”

我耳朵里似乎听见了山呼海啸的巨响。

阿历克斯哈哈大笑。“你他妈这小婊子，竟然说了实话，我不是教给你，你现在是那个议长程雪，你记住了吗？你他妈是议长，那个老太婆！臭婊子，他妈的演砸了！”阿历克斯猛地将程雪推到了地上，“滚回你的狗窝去！”

阿历克斯从沙发上坐起，又拎起一个新杯子，自斟自饮一杯白兰地。“还蒙着呢？”

我坐回沙发，很难想象当时的表情是怎样的，如果有面镜子，我或许会从里面看到一个失去知觉的木头人。

“她……不是程雪？”

“她是程雪。”

“为什么？为什么她说程复是她哥哥？”

阿历克斯又饮尽一杯酒，拧开一瓶新酒，道：“你把这瓶全吹了，我就告诉你。”

我二话不说，拎起白酒仰起脖子就开始往嘴里灌，酒入咽喉如火烧，我才意识到那并不是白葡萄酒。阿历哈哈大笑：“蠢蛋，你他妈也不看看那是多少度的！”在巨大的疑问面前，我不会在乎这些微不足道的问题，直到我将500毫升的白酒全都灌进肠胃，才下意识地看了看白酒的标签：伏特加，60度。

趁着酒精尚未麻痹我的大脑，我将酒瓶扔在阿历眼前的台几上，“快他妈说！”

阿历克斯躲开了碎玻璃，哈哈大笑：“赵仲明，我他妈真欣赏你这变态德行！哈哈哈……这个故事，可要从上次的海东青竞赛上说起了。你知道，我的飞机被一群变异的野人给打了下来，于是，我就遇见了这个和程雪长得一模一样的贱人……”

阿历克斯的故事讲了十几分钟还没讲完，但这已经足够了。我的意识逐渐开始失控，在我尚能控制自己身体的最后时刻，我只记得自己又灌了阿历克斯不少酒，我只希望，当我说出一些醉话的时候，他已经成了一摊烂泥。

我在一个卧室的床上醒来，房间内弥漫着酒气和呕吐秽物的臭气。程雪跪在床头，上身穿着一件白色T恤，下身则换了一条短裤，右手手腕上拴着一条铁链，铁链的一头已经被钉入地板之下。

房间里没有其他人。

她显然困极了，脑袋不停地点着，却又不敢睡去。

“主人让我照顾您……因为，是我惹怒了主人的朋友，害得您喝多呕吐……”她见我醒来，小心谨慎地说道。

“困了就睡吧。”

“没有主人的允许，我不能睡觉。”

“这里没有主人，你也不是奴隶！”

她看我的眼神本来有些许恐惧，但如今却变得异样。“可是主人……”

“他不是你的主人！我们之间，不需要这两个字眼，你叫我赵仲明便好了。”

她胆怯地点了点头：“那……那您怎么称呼我，我就是什么……”

“那我叫你……妹妹。”

程雪抬起头，眼睛里泪水盈盈，她抽泣了两声：“我的哥哥，也这样叫我。”

“你的哥哥，他……他不是个好人，他没有保护好你。”

“不！”程雪流着泪反驳，“我哥哥，是世界上最好的哥哥！他总有一天，会把我……从这里救出去！”

我从床上坐起，后背靠在床头，拍了拍床头那片空白的床单：“坐上来。”

程雪抹了一把脸上的泪，怯怯地站起身，眼神充满恐惧，但却不敢有任何违抗，只能依言坐在床头。

“转过脸去，不许看我。”

程雪转过身背对着我，我赶紧擦了一把眼泪。

“你要坚持住，”我把双手按在她的肩头，“你哥哥，一定会带你离开这魔窟。”

2

马蜂窝的消息虽然一直在封锁中，但其影响难以掩盖——利莫里亚大陆的学生与士兵，正遭遇着十几年来最大的粮食危机。

一日三餐被缩减为一日两餐，而且每人的食物分配也缩减了一半。为了减少抱怨，餐厅的配给增加了汤水的分量，来弥补减少的淀粉、肉类与蛋白质。

率先站出来抱怨政府降低福利水平的是200多名愤怒的学生，他们集结在第8区、第9区交界处的广场，举着“请给我们最终解释”的牌子，对着过往的人群进行演讲，希望利莫里亚政府出面解释为什么会出现这种状况。

政府没有丝毫动作，但学生的集会第2日便消失了。没过多久，12区有数万名学生同时走上大街，与陆警、机动队对峙，希望政府出面告诉他们真相。

109团驻地大楼已经被疯狂的学生们喷上了各种辱骂性的词汇。

显然，他们已经知道了些什么，至于消息是如何泄露的，筛查起来可不容易。

黄金议会和国防部派出代表常驻109团，全程参与和马蜂窝作战计划的制订。然而，在阿历克斯的引导下，他们却没有采用我说的以俘虏诱敌的计划，只在第四飞行大队派出了两小队战斗机，尝试在印度洋上空“挑战”马蜂窝，结果损失惨重。

终于，我有一个机会近距离接触莫普提。

“为什么不用俘虏一试呢？”当国防部长准备离开109团的会议室时，我从后面追了上去。

他用发青的眼白翻了我一眼：“年轻人，你的建议在军事策略上只有一些可行性，但是，诱敌之计不一定非要用俘虏。我们目前还没有直接的证据能证明MU的俘虏与AI有关系。”

“可他们都是被程复带上船之后才有了马蜂窝的进攻。”

“这只是你的推测——事实上，那群俘虏干系重大，并非我们军方能够左右的，如果你固执地坚持一试，我可以向议会申请，特批几个俘虏，给你用来试验。”

我没有同意，更没反对，只能报以沉默。我和爱因斯坦、孔丘等人的计划，是想以试验为借口，带着所有孩子和老师们暂时离开利莫里亚，在陆地上隐蔽起来。如果利莫里亚覆灭，至少人类文明还能在地球上延续。

阿历克斯数次出征均大败而归，可他每次都能“幸运”地活下来。后来黄战斗跟我说，阿历根本没有身先士卒的勇气。

我和阿历克斯的关系并没有得到改善，参加完黄金议会，他便开始提防我再次抢了他的风头，而我绕开他与莫普提的单独对话，则令他勃然大怒。之后的会议不仅与我无关，他还下令将我暂时软禁在驻地大楼。

没法回到寝室，我自然无法和老爱、孔丘他们取得联系，营救尼人孩子以及逃亡计划就此搁浅。

难道只是担心我抢他风头？还是他发现了什么，才故意将我隔离在此？

我想起那日，我无意中说出了“吉尔伽美什计划”，是阿历克斯替我遮掩过去。他这样做自然不想受连累，可我的这句话，自然也会引起他的怀疑。

被软禁的第七天，哥四脚找到了我。

那时候我正坐在卫生间的马桶上抽烟，我将卫生间的通风扇开到最大。出神之际，听到有人在喊我的名字。“程复……”那声音缥缈，仿佛来自一个久远的时空，语音虽然微弱，但我还是灵敏地捕捉到了这两个字。

卫生间里没有其他人，除了风扇的呜呜响声，我也听不到其他声音。刚开始的时候，门口还有人走动，可是我在卫生间的十几分钟里，大部分时间都是相对安静的。

我怀疑是幻觉，可这念头才过，那声音又出现了。

“救世主……”虽然是三个字，却被风扇搅得支离破碎。

我起身关上风扇，那声音才清晰起来："程复！"

我来到通风扇下面，却见那百叶窗动了一动，然后就被两只细长的、长着细鳞的手摘了下来。一双黄色的、细长瞳孔的眼睛出现在了洞口。

"哥四脚！"我轻呼道。

他从洞口探出半个脑袋，左右看了看，"我们找你找得好苦！"

"我也很想和你们取得联系，可是这几天吃住全都在作战指挥室，根本无暇抽身。"

哥四脚道："你安全无事便好，这样不仅老师们放心，我们壁人更加放心。"他话题一转，"利莫里亚出大事了吧！"

"有外敌入侵。"

"不是这件事！"他又将后面的半个头探了出来。一个细长的长着人类五官却有着壁虎脖子的"怪物"就这样堂而皇之地出现在了109团的驻地，不过幸好卫生间没有监控设备，否则没见过哥四脚的人类，必然为这一景象惊诧不已。

"昨天，我们收到了很多孩子的骸骨！"

"孩子？骸骨？"

"是的，我们壁人的食物，就是你们人类从天上抛下来的骸骨。不过之前，他们为了饲养我们，抛下来的尸骨，还是有些肌腱、血肉的残余，尤其是脑袋，他们基本会完完整整地抛下来。"哥四脚说这些的时候，语气不自觉地兴奋起来，就像是在回忆一顿美食。"而且，根据骸骨和头颅判断，之前的人都是成年人，可是昨晚这次不同，非但抛下来的全是些未成年人骸骨，连骨头上的肉也很少，就连骨髓都被抽干了，那头颅全都被砸碎了，将细腻的血肉过滤走，扔下来的都是骨渣！"

"老爱他们怎么看这件事？"

"他们让我通知你，要加快进度了，孩子们有很大危险！"

"被抛下骸骨的数量，你们计算过吗？"

"187具！"

在一位参谋进入卫生间之前，哥四脚迅速修好了通风扇的百叶窗，留下了一个从嘴里吐出来的圆柱体——与第一个想杀死我的壁人留下的圆柱体相同——这是一个定位仪，壁人们之间了解对方的位置，全靠大脑内部的磁场与这圆柱体。

第二日，我陪同阿历克斯来到国防部，这次是他主动带我来这里的，倒不是希望我给他提主意，而是国防部长亲自点名要召见我。

我们在办公室门外等候时，就听到莫普提正不知对谁破口大骂。

“活该！”阿历克斯听了几句就明白是谁了，冷笑道，“还记得那阿拉伯王子吗？这下他们搞砸了。我们可能要接盘……”

“接盘，具体做什么？

“我……我为什么要告诉你，”他警惕地看了我一眼，“难道让你先想好，故意藏着掖着，然后在部长面前表现，衬托我不如你？”

他的心思可真多。

这时候，阿拉伯王子带着十几个军官，从莫普提的扁豆形办公室内列队而出，他见着我们后脸上一阵尴尬，阿历克斯则对他竖起了中指。

“你们也别高兴得太早！”王子临走时留下警告和意味深长的一瞥，“只是早死和晚死的区别罢了。”

房间内，第四飞行大队队长郭子兴正站在房间一角，可见刚才的暴风骤雨他已经经历过了。莫普提开门见山：“本是让你们109团负责马蜂窝的侦测反攻事宜，但是目前形势有变，AI对利莫里亚的攻击战略似乎就没有强攻的意思……”他指着全息影像上那硕大的黑色马蜂窝，“马蜂窝又变大了一倍，正如赵仲明所预料，它由于过于臃肿，似乎已经不愿行动，目前悬浮在印度洋上空似乎正在筹备着新的计划。”画面切换，一个地球模型悬浮于空中，在北纬30度上空，一个圆形的飞船正在缓慢行驶，那是利莫里亚。在地球其他纬度，还闪烁着一些小的蓝色点子，它们都按照自东向西的方向飞行着。莫普提指着那些蓝色小点道：“这些都是利莫里亚的资源补给飞船，我们食物绝大部分都来自这些飞船，然而，敌人绕过利莫里亚的主力部队去攻击这些补给飞船，意图很明显，就是让利莫里亚不战自乱！”

这就是粮食危机的根源所在。

阿历克斯慵懒地说道："你的意思是想我们109团做防御工作？我们可是战斗英雄团队，防御性的活儿，你应该找机动队啊！"

"这部分的任务本是第二飞行大队来执行，可你们刚才也听到了，他们完全不懂战术，在空中频繁进入敌人设好的埋伏圈套！"

"埋伏？"

郭子兴解释道："AI在近期发生了巨大的变化，他们的智力似乎得到了突变式的提升。之前我们与AI的作战，仅限于正面对攻，他们很少用计谋，但是最近我们发现，他们已经开始灵活使用战略战术思维，狡猾如狐狸，不好对付了。"

莫普提道："你们第四飞行大队，是一支由中国人组建的队伍，你们中国人，自古以来就对战术有深入的了解和研究，所以我思来想去，还是让你们109团试试。如果连你们都没法保卫补给基地，那我则会向黄金议会提出建议，改变战术，收缩战线，变换生存策略……"

"这是典型的围城打援战术。"看过我提供的几个动画还原战示意图之后，孙武淡淡地说。借着研究战术的时机，我终于有了独处的机会，于是召唤哥四脚把我带入了利莫里亚间壁。

孔丘道："这种小儿科的战术，谁都看得出来，现在程复问的是，怎么办！"

孙武道："其实战争永远都在解决一个问题：如何让一只猫吃辣椒？"

孔丘道："老孙你就是缺乏幽默感，现在都什么时候了，你怎么还有心开玩笑？"

"诸位不妨思考一下，如何让猫主动吃辣椒呢？"

爱因斯坦略一思索道："直接喂它不就行了？"

"挣扎呢？"

"硬塞啊！"说着，爱因斯坦将烟袋也塞进嘴里。

孙武道："所以爱因斯坦你若领兵打仗，就属于典型的欧洲式战术，枪对枪炮对炮，缺乏对战争的思考。"

孔丘道："他们西方人打起仗来，哪里比得上咱中国人！"随着爱因斯坦哼了一声，孔丘则故意笑道："若让我喂，那就像AI对付人类那一套，设个圈套，让猫主动去吃就行了——比如，我们给辣椒酱外面，包上一圈鱼肉，猫看不出来，只认为是鱼肉，实则是陷阱！"

孙武道："夫子的方法，与围城打援的战术本质上是一样的，但也非最佳的方案。你这种方案，猫上过一次当之后，第二次便会极为小心。"

"那你说，怎样才能让猫吃辣椒？你的意思，难不成猫还能主动去吃辣椒，一边吃，一边喊着：辣得爽嘞，辣得过瘾嘞……做梦！"

孙武道："若把辣椒酱涂在猫的肛门之上，又会怎样？"

此话一出，我们三人同时倒吸一口凉气，爱因斯坦道："妙啊！"

孔丘也道："你可真狠！你没考虑过猫的感受？小心动物保护组织告你——嘿嘿，不过你这方法，确实能够让猫主动去吃辣椒酱。"

我忽然有所领悟："让猫产生比吃辣椒酱更大的痛苦，它就会两害相权取其轻！"

孙武微微一笑："同样的道理，你若是用在对付AI的战争中，自然也是有用的。"

孔丘道："老孙啊，你能说人话否？你看老爱的眉头，都快挤爆血管了，你再看程复的小白脸，都黑成煤炭了！我们现在要的是解决方案，不是战术思想，欧……欧开？"

孙武道："简单来说，四个字：攻其必救。"

我回味着这四个字，孙武却未继续解释，孔丘又问道："没了？"

孙武无奈笑道："还不懂吗？善战者，致人而不致于人，能使敌人自至者，利之也；能使敌人不得至者，害之也。后世曹孟德批注我的兵法时说道：出其所必趋，攻其所必救。10个字，尽得兵法精要。"

我则问道："为什么不直接在天空设伏？敌人伏我，我则在背后来一个螳螂捕蝉黄雀在后，岂不更妙？"

孙武道："兵法和物理公式是一样的，贵在简洁，疲敌而不被敌疲，攻其要害则一劳永逸，像《三国演义》中，程昱献出的十面埋伏计谋掩杀袁绍，实则是谋战者最大的败笔，罗贯中不知战也。"

孔丘则向爱因斯坦抱怨道："我看他就是没主意，好不容易逮着个机会，显摆他懂得多，老爱你瞧着他出丑吧。”

孙武却不理会孔丘的埋汰，继续解释道：“君主、主城、粮道、后路等，都是敌之要害，又是敌兵力空虚之处。于空中作战，其无君主、无粮道，唯有后路与主城可做我们攻击的要害，但是我们的目的是救援，所以只要摸清敌人出发的主城，然后断其后路，从防御者转换为进攻者，变被动为主动。只要兵力足够，必然会引起敌人的高度重视，待其返回防守之时，我方则可以逸待劳，各个击破。而今的主要任务，你们要摸清敌人是从何处出的兵，则可改变被动挨打的局面。”

攻其必救的战术策略很快就获得了国防部长的审批，109团参谋室将大堆有关马蜂窝的文件先暂时撂在一旁，又开始搜集补给飞船失事时的数据，研究其中规律。从对地方战机出没的研究中，可以得出以下结论。

目前失联的35艘资源补给飞船最后发出求救信息的地方，大多是在安第斯山脉一线，也就是说，连接南北两极的美洲大陆已经成了AI拦截人类补给飞船的防御战线。补给飞船的隐形技术如今已经完全失效，而AI攻击飞船是一方面，设伏消耗利莫里亚空军战斗力，又是另一方面的目的，可能还是主要目的。通过幸存空军战士提供的信息可以得知，分别有两个或三个基地埋伏在陆地上，而每个基地的战斗机都控制着方圆1万公里的范围。

参谋部将得出的这一结果迅速提供给了利莫里亚政府，而政府果断下达了让资源补给飞船暂时悬停空中的命令。

“不要停！”我再次来到国防部长办公室，不过这次我绕开了阿历克斯，这也是孙武的计划。

“为什么，难道你想让我们的补给造成更大的损失？”国防部长的黑脸看不出喜怒，“我们面临着生存问题，在你们拿出可靠的作战方略之前，我们不能冒进，保存实力为上上之策。”

“逃避有什么用？利莫里亚躲避了十几年，都能被发现，这些补给站纵然长久悬浮于空中，难道敌人不会主动击落它们吗？”

“总比无意义地去送死好！”

“不是无意义！”我挥舞着手中的一沓资料，“我想到一个方法！”

莫普提望着我拍在桌上的作战方案，我则补充道：“我申请这次战役交给我统一指挥，而且，我要得到足够多的支援！”

莫普提翻了翻桌上的方案，皱着的眉头逐渐舒展开：“程议长对你的评价没错，你还真是个战争天才，利莫里亚没有人能想出这么好的办法……嗯，你说吧，要多少朱雀？”

“我要整个第四飞行大队，而且……”我强调，“我要亲自带队！”

3

一个109团的参谋想要统领整个第四飞行大队？这简直就是个笑话。可我的方案，偏偏就获得了批准。

孙武之所以让我提如此没逻辑的要求，是因为他已经在壁人的帮助下，了解了利莫里亚所有的军事教材。

看完之后，他只给了五个字的评价：什么玩意儿。

所有教材都只在教军事能力，没有一本教材在教“兵法”。所以，在这种教育背景下，利莫里亚的军队自然不堪一击。

这件事很快便在利莫里亚传开了，阿历克斯还是从别人的嘴里听到的消息。他将我按在他办公室内那面镶有几十个兽头的墙壁上：“赵仲明，你小子终于逮着机会反我了？”

小肚鸡肠。

我笑道：“都是兄弟，我反你做什么？”

“你有这么好的方案，为什么不通过我递上去？你就是想争功，想骑在我头上！”他掐着我领口的胳膊又向上提了一提，“我是你的老大，这辈子都是，你不过就是我养的一条狗！”

一旁的黄战斗有点慌乱，连忙劝道：“阿历，如今大敌当前，如果赵仲明能打败敌人，对咱们都是好事，皆大欢喜！”

阿历克斯一脚将黄战斗踹倒在地：“滚你妈的，这里没你说话的份儿！”转而向我骂道，“你小子心里想什么，我还不明白？你他妈从中学时候就不服我，你看不起我，你认为我这团长当得不明不白，觉得我有勇无谋，别以为我不知道！不过我告诉你，赵仲明，你也别做美梦，就算你爬到了国防部长的位置……”他嘴角挂着狞笑，右手啪啪地拍着我的脸，“你他妈也还是我的狗，只要在利莫里亚上，你永远都只能是我的一条狗！”

我眼前闪现出程雪那卑微的、恐惧的眼神，右手狠狠地扣在阿历克斯的手背上，将他攥着我领口的手硬生生掰了下来：“你很喜欢别人给你当狗吗？”

“你难道……”他的左手扣在我的右手之上，想掰开我的手指，“还有其他选择？”

我用尽力气将阿历克斯推开：“死到临头，你却和我争风吃醋，若让你这种蠢货统领大家……”我摇了摇头，根本不用再废话，我从地上拉起黄战斗，扶着他的肩膀走出顶层办公室，在门口我头也没回地告诉他：“阿历团长，接下来这场战争太过危险，您如今的情绪不适合参战，这段时间就在家好好休养吧。”

向第四飞行大队所有参战飞行员讲解完战术，已经是凌晨。利莫里亚虽然没有绝对的黑夜，但是灯光也已经暗淡下来。

韦森站在大厅门口，向散会的人群里张望。

“韦爵爷？”我喊了他一声。

韦森笑着一路小跑过来：“队长……你……你现在是什么官？”

我摇了摇头：“连我也不知道，但我有权指挥此次战役，国防部破釜沉舟了。”

“我们听说了。”

“你来这里干吗？如果没有工作，在宵禁时间出行，可是违纪的。”

他将我拉到一边小声道：“队长，是203所有机动队员派我来的……”

我想到了主舰上那20个兄弟。

“什么事？”

韦森摇了摇头，眉头微皱："大家实在担心你，他们虽然忘了那马蜂窝的威力，但我还记得，你这次去挑战它，我害怕……"

我知道他的意思，心中感动。

"放心吧，我们不会和那家伙正面交锋的，"我拍着他的臂膀，"我还想等着你们给我庆贺23岁生日呢！"

第四飞行大队是中东亚共同体成立之后的称呼，其实级别相当于空军飞行师，常备战机120架左右，利莫里亚升空之后，只保留了中东亚15个空军大队中的4个，而且根据现状再度改组，增加了朱雀战斗机的数量，相对削减了其他功用的飞机，所以每个飞行大队的朱雀战机都是90架。但是随着近来战事失利，战斗机的补充尚未完成，第四飞行大队可用战机只有55架，25架来自109团，107和108团各出了15架。

我率领109团飞行到北纬30度上空，107团则沿着赤道飞行，108团沿着南纬30度前进。在我们的前方2000公里处，是用来诱敌的6艘补给飞船，每艘补给飞船旁边，各有两架护航机。

战争的第一步，所有战斗机按兵不动，让第一艘补给飞船和两架护航机去趟雷区。敌人在美洲大陆的三个基地果然在半个小时内都有了动作，由于人类的卫星已经被AI完全控制，我们只能通过利莫里亚的信息定位系统去捕捉对方的移动位置。

护航机的雷达很快就锁定了三处敌军，每一队敌机都是七架战斗机的编制。AI的战斗机名为阿尔法，是战争开始之前研发的无人驾驶战机，全由卫星定位和AI系统自动操作，谁能想到人类研发的武器，在人类与AI战争开始之后，全都站在了人类的对立面。

第一批3艘补给飞船的任务是牺牲——诱敌之后，成功被敌人攻击或俘虏，但是护航机的任务则是发射定位"蒲公英"，一种可以通过风力传播的具有极强吸附作用的纳米定位仪器。一个打向敌人的炮弹，携带10万枚蒲公英，只要有一枚蒲公英成功吸附在敌方战斗机上，不仅可以迅速暴露其位置，待其返回基地之后，还能顺势找到基地的位置。

战斗第一步在半小时之后结束，蒲公英也成功黏附在阿尔法战斗机上，15分钟之后，3个基地的定位准确无误地发送到每一架朱雀战机之上。

计划的第二步开始。

三艘补给飞船开始在地图上分先后移动，北半球的先动，随后是沿赤道飞行的飞船，最后是南半球，每一架飞船隔开五分钟时间。

AI的阿尔法战机在补给飞船移动后15分钟时出动。北纬的补给飞船将在15分钟之后与敌人相遇。我将109团分成两部分，我亲自率领10架战斗机向北美五大湖区飞行，而其余战斗机则交给黄战斗，他将迎面和敌机纠缠，之后与我会合。

我收到黄战斗遇见敌机的信息时，已经悬浮于五大湖表面。接下来，任务最难的一项开始了。

10架朱雀战斗机将以5马赫的速度奔赴北美AI基地，接近基地后则开始低空飞行，用自己的经验判断航向，并迅速摧毁基地，全部用时不容许超过5分钟。

根据定位，敌人的基地位于内华达山脉附近，接近山脉时，我们冲破云层开始低空飞行。山顶上覆盖着皑皑白雪，山上的云雾也为飞行造成了一定的困难，但是既然AI能够飞出来，对方的基地也不会太过隐蔽偏僻。

终于，距离定位地点越来越近，我们的位置也必须越来越低，在第4分30秒时，我们以贴地10米左右的距离成功掠过敌方基地，在对方的巡航导弹刚刚准备发射之际扔下炸弹，彻底摧毁了这个基地。

与此同时，赤道地区的107团遭遇敌人。

我们留下一架朱雀战机清理现场——破坏一切通信和遗存设备。另外9架飞机再度升空，10分钟内抵达哥伦比亚的AI空军基地，投下了第2颗炸弹，不过这次不像第一次那么简单，我们已经受到了基地敌人的反抗，其中两架朱雀战机在敌人的防御火力中陨落。

幸亏黄战斗和他的队伍及时赶到，打退了追踪的敌人，我们才得以继续向南飞行。经过这一战，黄战斗的队伍也仅剩下五架飞机。

我们合兵一处，选了10架飞机离开哥伦比亚，飞往最后的基地——安第斯山脉最南端的巴塔哥尼亚高原。这时候AI终于做出了反应，3支掩护补给飞船的团队先后发来信息，表示AI已经向南半球飞去。

显然，他们已经猜到了我们的战术，目的地是最后的巴塔哥尼亚空军基地。

“郭将军，请统筹全局，计算时间！”我向利莫里亚指挥部的郭子兴请求道。后者只用了不到30秒就向我反馈了所有信息：目前第四飞行大队保住了北纬和中美洲的两艘补给飞船，107团损失了7架，而108团与敌人交锋之后便全部失联。

“失联？补给飞船呢？”

“飞船的定位还在，但是飞船的雷达失灵，无法探测周边敌情。”

“我们到敌军基地还要多久？”

“13分钟！”

“抛弃油箱呢？”

“什么……你要同归于尽？我不同意，部长和议长特意交代，一定要保护你的生命安全……”

“我当然不会死！你相信我，我只问最后的时间……”

“6分钟！”

“收到！”我向随行的其他九架战斗机道，“一字排开，抛掉油箱，开到最快速度，一定要在敌人返回和聚拢之前，炸掉他们南美最后的一块基地！”

战士们则通过耳机回复我：“为了利莫里亚，为了全人类！”

然而在平流层我们很快就遭到7架敌人阿尔法战机的迎击，我猜测这是隐蔽基地，也可能是执行巡逻任务的哥伦比亚基地的飞机，否则以AI的反应速度，他们不可能这么快飞来。

阿尔法战机比朱雀战机更加轻便，灵敏度高，对于近距离作战有着极大的优势，可是它的速度和远程攻击能力远逊于朱雀。我留下7架朱雀战机掩护，自己则率领仅剩的3架飞机继续前行，黄战斗执意要参加最后的轰炸，此时我也不用和他多费口舌。

距离目的地50秒的时候，郭子兴的声音却从耳畔响起，“赵仲明，国防部命令你立即返航！”

“为什么？”

“探测到马蜂窝在印度洋海域消失！”

“消失便消失，一时半会儿到不了南美洲！”

“敌人已经知道了我们的作战意图，现在你过去，只能是送死！”

“箭在弦上，我必须保护最后的飞船，如果不炸掉南美封锁，利莫里亚所有人都会被饿死……”

“可是，你已经取得了很大胜利……”

“这算什么胜利！”

我关掉了郭子兴的通话，看了看旁边的两架护航战机，黄战斗在左，另一名飞行员我连名字都不知道，在我的右翼飞行。

我向他们道：“这是一次胜率只有0.01%的战争，你们可以在最后30秒内选择退出！”

片刻的平静后，右侧的战斗机消失了。耳机里传来黄战斗的笑声：“赵仲明啊赵仲明，你说你……哈哈哈……都这时候，还给人选择，你若不说，我看他也想不起来——唉，哈哈，幸好还有我陪你一起战斗到底！”

我也被他逗笑了：“你小子为什么不走？”

他却反问回来：“这种弱智问题还要问，你小子干嘛不逃？”

最后15秒了，我说道：“这是程成将军的番号，我必须彻底执行完此次任务，方不辱他的威名……”

黄战斗“嗯”了一声，声音异常冷静：“赵仲明，雷达探测到前方来了两架飞机，我们用饼干战术，我掩护你……”

所谓的饼干战术，就是他的飞机翻着贴过来，两架飞机贴着肚皮前进，遭遇敌机时，一架倒飞的飞机应敌，正飞的飞机逃逸。他选择这个战术，就已经下定决心，把最后的生还机会留给了我。

“黄战斗！”

“少废话，你知道我记性不好，没有你引路，我都找不到那基地！时间不多了，我开始变阵……”

他从我的左侧消失了。

“老子一直以为你是个软蛋……”

黄战斗的声音陡然豪迈："那小爷今儿就让你看看，老子到底有多硬！"

敌机近在眼前，两架朱雀飞机迅速贴成一块饼干。

炮火之下，我翻了个身向下飞去，而他则翻身从掠过我们上空的两架敌机之后，开始反击。

穿透云层，低空飞行。

前方已经出现了黄色的光芒，敌方的军事基地暴露在我的视线之内。

地面上的巡航导弹已经调试完毕，准备给我最后一击。

我冷冷一笑："比比谁更快吧！"手按在轰炸按钮上时，我忽然意识到这个基地上停的不全是飞机。炮火淋漓中我看见了那艘庞大的飞船，那应该就是一艘补给飞船，它被悬浮于空中的庞大机器锁在了地上。

飞船巨大，一个透明的穹顶将其罩住，穹顶之下，是一片甘蔗园、葡萄园、玉米园，还有油菜园。

油菜刚刚开花，黄瓜刚刚长芽，一片白色的丁香花畔，那是我再熟悉不过的导航台。

一个女孩正站在导航台上，惊恐地看着天上倒着掠过的飞机。

它是夸父农场。

她是施云。

我的爱人，竟然又出现在了夸父农场上。我忘不了她恐惧又迷茫的眼神，巨大的机械铁臂将夸父农场禁锢于大地之上。

我的任务是摧毁，但……怎么可以！

炮火交织，我握住导弹发射器的右手，终究没有按下那个红色的键。朱雀战机低空掠过敌人的基地，又奇迹般地从火力交错的网中飞了出来，飞机的右侧机翼被击中，飞机内一个没有丝毫情绪的声音正不断提示着机身受损的几处情况，可这并非最大的危机，两个巡航导弹已经瞄准了飞机，正一左一右地从后包抄过来。

我呼叫黄战斗，没有任何回应。

高原平缓，没有山地阻拦，所以我只能通过变换飞机的飞行花样来甩开导弹，可是机翼的受损已经影响了动力，速度放缓不说，连操作也不如之前灵便。

“赵仲明，收到请回答！”是郭子兴的声音。

“暂时还活着。”

对方的耳机里传来一群人欢呼的声音：“真是奇迹，刚才你在地图上消失了起码一分钟的时间，成功了吗？”

“没有……”

“没有？为什么没投弹？”

“嗯……敌人火力太猛，根本没有合适的机会！”我欺骗了他们。

“也好，你能活下来，也算是胜利了，汇报飞机受损情况，我们为你安排返回的路线。”

“机身多处受创，后面还有两个该死的导弹甩也甩不掉……”

“燃料如何？”

“不足两分钟。”飞机一个翻身，与导弹擦肩而过，剧烈地震动之后，飞机前方冒出白烟。

郭子兴沉默片刻：“你现在飞去的方向是南极洲……”

“知道了，那就辛苦你们来南极一起看看企鹅吧。”我让飞机螺旋向上飞行，进入平流层之后，我希望黑色的沙尘能够帮忙拖延巡航导弹的速度，但是这导弹异常聪明，它们竟然没有追上来，而是调整速度、计算着我可能出现的位置，在平流层之下跟着我。

结果我进入平流层之后，受限的反而是自己，两颗导弹已经绕到前方，准备守株待兔。

我向上冲破平流层，朱雀战机如一条红色的海豚跃出黑色的大洋，蓝天如洗，夕阳在右窗向下隐没，为翻滚的黑色云海镶下万道金边。两颗导弹就像是两条鲨鱼紧随其后，我再次钻入云海，这次则一直向下而去，利用地心引力和燃料的推力逐渐加速。

短暂的黑暗，永恒的光明。

夕阳依旧照耀在我的右窗，皑皑雪原之上，也镶嵌着金色的边框。我浑身一阵战栗，这地球之上竟然还能看见太阳。

极寒之地此时正是极昼，太阳悬浮在此起彼伏的冰山雪原之上，从下往上看去，南极上空的黑云已经变淡，逐渐散去，偶尔也能穿透云层看到淡蓝色的天空。这里或许是如今地球上唯一能够看到太阳的地方了，那企鹅便是地球上唯一能享受日光浴的动物。

导弹破空而至，我继续俯冲，直接朝着一座冰山撞去，两颗导弹紧随其后，这次我并没有躲，而是静待导弹接近，在距离冰山只有百米的地方我猛地拉起操纵杆，朱雀贴着雪面迅速飞升，灵巧地翻越冰山。然而导弹似乎早就洞穿了我的诡计，几乎是在即将撞到冰山的刹那间也同时抬升。

我暗暗佩服敌人的武器，但它们这么做也在我考虑的可能性之中，于是，就在朱雀翻越雪山的刹那，我按下了跳伞键。

两颗导弹从我身体两侧掠过，带过的空气又将我向上推高了十几米，头盔被震裂成一团粘在一起的碎片，我的两肋受到了剧烈的冲击，嘴里一甜，不用想，也知道呕血了。我迅速下坠，而残存的意识还没忘记在最后一刻打开降落伞。

飘吧，随风飘吧，若能活下来，就再次扎根。

轰的一声爆炸，我失去了意识。

第五章

坠毁南极

1

在被狗舌头舔醒之前，我做了个很怪的梦。

梦里，父亲、母亲带着我和妹妹又来到那个史前动物园。我们见到了雕齿兽，见到了长毛象，见到了美国野马，然后母亲和妹妹就失踪了，我和父亲在园子里焦急地寻找她们，然而我忽然意识到，动物园里的其他人也不见了，偌大的园子，参观者只剩下我和父亲。

天上落下了一个铁笼子，铁笼子锁住了我和父亲，我们被关押在广场中心。这时候，消失的人们从四面八方奔跑而来将我们围了起来。他们朝我和父亲扔石头、木棍，嘴里喊着：“猴子，猴子！”

我再看父亲，发现父亲成了一只黑猩猩，而我身上也长出了黑色的绒毛。

“他们是怪物，变成了人的样子，想害死我们！”成年的程雪喊道，其他人听见程雪的号召，朝着笼子挥舞着拳头，朝着我和父亲啐着唾沫。

人群中，我看到了母亲和妹妹，她们手拉着手，站在人群外冷笑着。我哭喊着：“我不是畜生，我不是怪物。”但是我的声音，却变成了哇哇的猩猩叫声。父亲把我搂在怀里，我们泪流满面，父亲忽然伸出舌头，开始舔我的脸……

梦醒了，一条狗正舔着我的脸。它是一条黄色的拉布拉多，狗的身后，一个穿着一身白色皮毛的人，正用双管猎枪对着我的腹部。

“劳拉，离他远点！”那人声音苍老，劳拉很听话地跑回那人身边。我才看清楚他的模样，白色的毡帽，将他整个脑袋罩住，眼睛上蒙着黑色的遮风镜，鼻子和嘴巴全都被皮子罩住，露出的额头上布满了皱纹。

我这才意识到自己的半个身子已经被白雪盖住，只露出了胸部以上和脑袋。头盔不知道去了哪里，也不知是被他摘下来扔掉了，还是在摔落雪坡的时候摔掉的。身后是我的降落伞，伞面上烧出一个1米直径的大洞，应该是朱雀战机爆炸后的残骸引燃了降落伞，才使得我从天空上迅速跌落。

“人，还是机器？”那老人吼道。

我缓缓举起双臂，发现身体并没有多虚弱。“人类！”

“你就是那飞机的飞行员？”

“我是利莫里亚大陆第四飞行大队109团的战士，我叫赵仲明！”

“利莫里亚？”老人举着枪，踩着雪一步步地向前走来，劳拉紧跟在他身后，一个劲儿地朝我摇尾巴。老人走到我旁边，伸出戴着黑色皮手套的右手，在我脸上摸了一把，然后将手套凑近了遮住鼻子的罩子，当他确认手套上是人类的鲜血之后，才将双管猎枪收回到了背后。

他一把将我从白雪里拉了出来：“腿还能走？”

我借着他胳膊的力量，缓缓从雪地上站起来，右腿生疼，左腿已经没有了知觉。老人俯下身子，摸着我的裤管，说道：“幸好没断，你应该是被积雪压得太久了，或许还有冻伤！”说着，便将我架在他的肩膀上，拔出猎枪，卸掉其中的子弹，给我当拐杖用。

站起走了没几步，才发现我的降落伞后面已经围了一圈儿企鹅，它们见我走动，便全都好奇地看着我，但慑于劳拉和双管猎枪，谁也不敢靠近。

“真是精灵啊，地球上唯一能享受阳光的精灵了。”我赞叹道。

“味道还是不错的，不过吃久了你也会觉得乏味。”

老人全名叫沃纳·费舍尔，德国人，曾是德国南极考察站的科学家，他今年50岁，已经独自在这白色荒原上生活了20年。

“当初你为什么没有和其他人一起离开？”

“因为我在钓鱼。”他在地下室里熬着鱼汤，这里曾是德国站的一个仓库，狂风暴雪抹去了地表建筑物的门窗，可这间地下室丝毫不受影响。

“钓鱼？你难道没有感觉到危机？还是……撤离太突然了？”

他哈哈大笑，络腮胡子似乎很久没有如此开心地跳跃过了。“这是幽默，你懂吗？Fisher是我的姓，哈哈哈，劳拉，你看我们找到个傻子。”

劳拉翻了个白眼，嘴里呜呜两声，不知是在嘲笑我，还是在为它的主人而惭愧。

“都说我们德国人严谨，我看你们中国人才是一本正经，”沃纳掀开汤锅，一股鱼香迅速填满了地下室，“我当时受伤了，尚在昏迷当中，而撤离的直升机中，没有卧铺……”

“所以他们就把你抛下了？”

“哈哈哈，你怎么一点幽默感都没有，我都说了我当时在昏迷中，又怎么知道接我们走的是直升机，还卧铺……哈哈哈，你动动脑子好不好？”

我尴尬一笑：“不过你确实被抛下了。所以，离开的场景，是你的想象吧。”

沃纳捞出半条鱼抛在劳拉面前的直板上，劳拉嗅了嗅又退了回去，等着那鱼肉变凉。“没错，我醒来的时候，基地里一片狼藉，直升机已经飞走了，基地不远处的地面上，还多了几个冒着黑烟的弹坑，显然战火已经烧到了南极。”

“那你没尝试和自己的国家取得联系？”

“通信设备全被破坏了，”他向后一指，角落里有个黄色的匣子，匣子上还有一根可以拔出来的天线，“约是……15年前吧，我在圣马丁站的遗迹里，找到了这个家伙。”

“那是什么？”

“收音机。”他捧过那个黄色的机器，又从地下的铺盖角落里，摸出了两块圆形电池塞了进去，打开电源后红色的指示灯就亮了，匣子里传来沙沙的声响。

我们听着那声响，安静地吃完了两碗鱼汤。然而，无论他如何转动调频按钮，都是高高低低的沙沙声，偶尔能听到一阵刺耳的高频，除此之外再没有其他声音。

沃纳说："是不是很美妙？"

我停住正在吧唧的嘴，这鱼汤远比沙沙的声响美妙。"你听到了什么？"

"一切声音。"

沃纳闭上眼睛，像是老僧入定一样端着鱼汤碗。"是星空于北海闪耀的声音，是雨滴落在莱茵河的声音，是慕尼黑啤酒泡沫爆裂的声音，是安联球场里观众鼓掌的声音……嗯，还有，西尔维娅端上新煎牛排，橄榄油在铝盖里沸腾的声音，弗兰克洗澡时，淋浴打在瓷砖地面的声音……是一切声音，所有。"

这个被遗弃了20年的老人陶醉似的深吸一口气，然后又静静吐了出来："你能听到什么？"

"我只听到了沙沙声。"

"不，你没有用心听，你闭上眼睛仔细听听，你的大脑就能破译这些信号。"

我依言闭目，后背靠在墙上，手臂放松，沙沙的声响在我的脑海里回荡。我看见了棕榈林，人造风在夸父农场巨大的穹顶之下传递着夕阳的问候，棕榈树叶彼此摩擦，丁琳拎着一瓶红酒向我发出邀请："船长，我们去喝一杯……"

我看见了地上一团团白纸，一支铅笔沙沙地在桌上的白纸上画着什么，张颂玲微微皱着眉头，面对着白纸上的一堆公式陷入沉思。见我走来，她停下手中的铅笔，羞红了脸，局促地不知道说些什么，只好又低下头，继续让沙沙的声响于纸上响了起来……

老白手中的笤帚正沙沙地清理着腐朽的木屋，樱子一个人坐在沙发上，忽然转过头道："我还是想不明白，什么叫作发自内心的笑……"

……

“听到了吗？”

“听到了。”

费舍尔低沉地笑了两声：“回忆才是真正摧心折肺的武器啊……”

我睡着后不久就被费舍尔拍醒了，他朝我做了一个噤声的手势，同时我看到劳拉正机警地盯着地下室上方那扇铁门。费舍尔拍拍劳拉的头，它便蹲了下来。就在这时，房顶突然震动了两下。

“有人在上面，”费舍尔低声道，“可能跟你有关。”

我从地上爬起来，一步步地挪到门板之下，侧耳倾听。地面上大概有两个人，他们在地下室上面的房间里来回走动查看。但我实在不敢抱期望，毕竟在人类能找到这里之前，AI应该早就到了，除非他们亲自查看过飞机的残骸，并且决定就此放过我。

第三个人的脚步声自远而近，忽听一个声音道：“报告队长，方圆1公里都找遍了，没有足迹。”

另一个男人的声音道：“那就怪了，赵队长难道被AI俘虏了？不过我们看足迹，似乎有一条狼跟踪着赵队长……”

我心下稍安，这一定是利莫里亚来营救我的队伍。于是走下去，向费舍尔道：“是利莫里亚的人！”

他双眼放光：“人类？来接你了？”

我点了点头：“感谢你，我这就和他们离开。”

费舍尔道：“能不能……让我和你们……”

我知道他的意思，在他没有说出这想法的时候，我就已经想到了这种可能性，但我必须拒绝他。果然，他听完我说的话之后无比失望。

“我这是在保护你！”我知道他肯定不理解，“如果我还能活着，一定回来找你！”

“你……你们也要抛下我？”

“不是这样的，是因为你不知道那里有多残酷……”

“残酷？”他苦笑道，“能比20年见不到一个人更残酷？能比天天面对着狗，天天吃鱼、吃企鹅的日子还残酷？”

“你会死！”我的声音加大，“那里……”

忽然，嗡的一声巨响，我们全部被震倒在地。爬起来的时候，我才意识到是地面上什么东西爆炸了，费舍尔抱着劳拉跌落在铺盖之上。

地面重归寂静，现在能听到的只有火焰的哔啵声。

费舍尔咳嗽道：“发生了什么？”

我捡起地上的一根木头，将隐藏的地下室门板向上推出了一道缝，视野前方散落着两只人手，而人手不远处，已经被炸弹炸成了一个深坑。我还看到窗外远处天空中一架飞机正在陨落。

“我们被AI盯上了，”我拉起了费舍尔，“现在已经不是我回不回得了利莫里亚的问题了，而是我们是否能够活下来的问题！”

费舍尔喘息着：“原来AI这么厉害，那你打算怎么办……”

“你这里还有什么其他藏身的地方吗？这里不能再住了！”

费舍尔思考了一阵，面露愁容：“有倒是有，不过，那是个AI在南极的废弃基地……”

“他们来南极考察什么？”

“我不敢接近，如果你想去看看，我们可以到那里避一避！”

待铁板稍稍冷却，费舍尔将它推开一条缝，看着没有敌人在附近，便又将缝隙抬高一些。他朝着劳拉做了一个向上的手势，劳拉当先蹿了出去，围着弹坑转了一圈，又回到费舍尔面前，舔了舔他的手套。

“暂时没问题，我们走！”费舍尔将铁板彻底推开，拉了我一把，“你身体怎么样？过去的路可不近。”

经过刚才的爆炸，我的胸口又开始闷疼，昏迷前被飞机爆炸引起的脑震荡依然令我的大脑发晕，但此时又岂是计较这些的时候。

“暂时没问题，你放心，实在跑不动了，我也不会逞能。”

费舍尔哈哈一笑，将我推出了洞口，然后扣上帽子，自己也跳了出来。地面上已经被导弹炸出了七八个深坑，有五六具尸体七零八落地散在白雪和裸露的岩石周围。焦黑的肉与红色的血，混杂着青色的烟，发出一股呛鼻恶心的气味。

费舍尔四下眺望，果然不见什么敌人，心下略宽：“他们来得快，去得更快啊！你刚见着他们了吗？”

我摇了摇头：“来接我的人，或许是被敌人空中拦截了。AI如今不仅控制了陆地，还控制了天空。他们对付咱们，就像哥伦布对付印第安人。”

“他们这些家伙，本是我们发明的，怎么如今就背叛人类了？”费舍尔在前面走着，劳拉跑在他的前面，我们沿着基地之后的一个缓坡向下走去。

“具体我也说不清，只知道它们在20年前产生了自我意识。你作为当年历史的亲历者，难道不应该了解得比我更清楚？”

他撇了撇嘴：“我只记得，那天，我和西蒙一起测量完冰盖下的遗迹往回走，距离基地很远的时候，就看到一辆挖掘机正在拆房子，一群工程师围着它束手无策，”他忽然笑了起来，“挖掘机里的泽希尔挥着自己的两只手，不停地喊着，不是我干的，不是我干的……”

“后来怎样了？”

“后来，是西蒙意识到这可能是挖掘机的AI系统紊乱，于是抛过去一根电钻给泽希尔，摧毁了它的AI操作系统，那机器才算消停下来。不过那天晚上，我们八个男人只能挤在杂物间内睡觉。”

一群海豹正在石地上晒着太阳，远处黑白相间的企鹅们正嘎嘎地叫着，呼唤着从海洋里猎食归来的配偶。

费舍尔道：“那只不过是个开始，后来我们发现智能手机都不能用了，只有断掉网络之后，手机还能打一打游戏。直到有两个韩国人来到我们这里，告诉我们AI和人类打了起来，叫我们当心一切智能设备的危险。他们说，韩国在10个小时之内，有上千人被手机炸死，还有人被智能颈环勒死，数万辆自动驾驶的汽车开进了汉江，组成了一道钢铁大坝，隔断的河水倒灌入首尔，导致这个国家的首都被冲成了一锅泡面。”

“那几天，全球确实死了不少人，智能科技越发达的国家，影响就越深。不少大城市都被家政、市政服务等各类型的机器人占领，它们夺取了武器，控制了交通和水电，逼得人类不得不从大城市撤离，逃到了智能化稍弱的农村。”我凭着记忆说道。

“要说我也是人工智能的受害者，你们中国的四条智能雪橇犬跑到了我们的基地，见着人就撞，碰着人就咬……”

“我国的？”

“可不是？一条狗按住我的时候，我看到那狗腹部三个单词Made in China，自然是你们中国养的狗。”

“我们造的，或许出口给了其他国家，”我干笑了两声，“不过后来呢，狗被逮着了吗？”

“哈哈哈，你不关心我，反倒关心狗的下落，不过这倒是有些幽默！”他指着大海边缘的方向，“五年前，我和劳拉去打猎的时候，在玛丽伯德地的冰层下面，看到了那四条狗，它们全被冰封住了，身体还保持着卧着的姿态，我猜可能是在极夜阶段休息时，不幸遇到了暴风雪。”

两声犬吠，劳拉好像看到了什么，忽然朝着前方一道雪坡飞奔而去，翻过雪坡之后，便传来了几声恶吼，像是和什么动物打斗在了一起。

“劳拉！劳拉！”费舍尔端起双管猎枪，将子弹推上膛，又喊了两声劳拉，脸上立刻严峻起来，飞也似的登上了雪坡，就像是自己的亲人陡逢不测一般担心。我也跟了上去。我们还未爬上去，却见劳拉已经折了回来，并未受伤。费舍尔心下稍宽，不禁责备道：“姑娘，你去追什么了？”

劳拉领着我们来到了一个新翻的雪丘旁，它朝着雪丘叫了两声，看着雪丘的高度，里面一定被它埋了什么动物进去。

“或许是贼鸥！”费舍尔道，“劳拉曾经捕过贼鸥，不过它有时候也会把死海豹叼回来埋掉。”

我慢慢地剖开雪丘，忽然，里面的东西向上拱了拱，竟然还活着。不过通过刚才的力度，我知道那东西个头不会很大，便不再担心，于是手套往下一探，却摸到了一个光滑的球面，紧接着手心一滑，那东西便顺着我的手套蹿到了空中。

是一个雪色的圆形球体，和手掌差不多大小，正对着我们的方向是一个黑色的摄像头。我伸手想去抓那圆球，可它却飞到了上空3米的地方，继续观察着我们。

“咚”的一声，圆球被打了个稀巴烂，双管猎枪冒出白烟，费舍尔道：“那一定是AI来搜寻你的监视器！我之前从没见过这东西。”

“如果我们刚才一直被监视着，那证明我们的位置已经暴露了……”正说着，忽听上空一声裂帛之声，我一抬头，只见一个红色的点子拖着一条白线正从海洋上方飞来。

“快跑，是巡航导弹！”我拉起费舍尔，向着雪坡扑了下去。但是费舍尔的心思全在劳拉身上，劳拉尚且不明白发生了什么，只是朝着天空中飞来的导弹汪汪地叫着。“劳拉，快跑！”劳拉看了费舍尔一眼，然后跑向了我们。

我压着费舍尔扑下雪坡，才滑行了没有20米，就听一阵轰天巨响，整个雪坡被掀翻，热浪混杂着高温蒸汽，冰冷的泥土与白雪将我掩埋。我的耳鸣了起码有1分钟，大脑才逐渐清醒，身体终于也有了力气。

也幸亏有个雪坡，没有这些雪的话，我们即便没被炸死，也会被震死。

我将身上埋着的厚达40厘米的雪拨开，却见费舍尔就在我不远处，他的双管猎枪探出了雪面。我拉着猎枪，把他拽了出来。他喘着粗气坐起来，第一件事就问：“劳拉，劳拉呢？”

我四面望去，直径六七米的弹坑周围，哪里有劳拉的影子？可是费舍尔并不放弃，他在雪地里翻来挖去，一边挖一边喊着劳拉的名字，找了十几分钟，终于在弹坑的边缘地带，听到了劳拉的呜咽声。

他疯了似的将雪刨开，却见劳拉躺在白雪之中，无辜的眼睛望着费舍尔，可是身体却再也站不起来了。费舍尔抱起劳拉亲了两口，劳拉的舌头也舔着费舍尔眼睛下的眼泪。“我的宝贝儿，你可一定要挺住。”

我弯腰检查了劳拉的伤口，它的胸腔和腹部正往外渗着血。

“天哪！”费舍尔哀声道，“绷带……你有没有绷带？”

他急得满脸是汗，眼神中流露出的伤感，似乎是一种世界末日即将来临的悲戚。

我忽然想到随身带着止血凝胶，便把凝胶喷在了劳拉的伤口上，凝胶与空气结合，与狗毛组成了一道可靠的防线，血液果然不再流了。

费舍尔坐在雪地上，将劳拉搂在怀里，不停地说着抚慰的话，眼泪止不住地流。他自然不想和我说话，我估计他此时或许在后悔，为什么昨天要救我。

看着他们，我心中忽然升起一种难以名状的痛苦，我体会到了费舍尔的心情。

这种痛苦我也曾有过，那时候我刚被程雪救出夸父农场的手术室，我怀里抱着的，是垂死的丁琳。

“费舍尔，我们不能在此一直坐下去，这样太危险了，更何况劳拉受了伤，此时更要找个安全所在。”

他似乎不想理我，但却听进了我的建议。费舍尔脱下白色的毛皮大衣，将劳拉放在大衣上裹了起来，又将大衣两头系了个结，背在自己的身后，拎起双管猎枪，指着几公里之外的一个白色凸起物道：“去那儿！”

“那就是目的地？”

费舍尔摇了摇头，我见他紧闭着嘴，强忍着悲痛，还是不想和我说话，显然在埋怨我给劳拉带来了噩运。

我们加快脚步，向着白色的雪丘小跑而去。然而，就在几百米之后，天空上又出现了一个白色的圆球。

“他妈的！”费舍尔举起双管猎枪，咚的一枪，又将监视器打爆。没过半分钟，又是一声裂帛，红色的导弹划破天际，向着我们砸来。我们疯了似的向前跑去，导弹最终掉在了费舍尔打爆监视器的位置。

我很难判断，到底是因为监视器遭到袭击才引来了导弹，还是导弹早就在路上，碰巧被我们打爆了监视器。但根据时间判断，后者的可能性比较大。

我们继续向前跑去，终于来到了那白色的巨大雪丘之下。费舍尔围着雪丘绕了半圈，在一个凹下去的位置向内摸了摸，却听哗啦一声，竟然被他拉开了一道铁门。

“你等我，我换个衣服就出来！”他对我说着，然后把双管猎枪递给我。大约过了五分钟，费舍尔又换上了一套白色的防风大衣，而劳拉也被装入了一个塑料箱子里，费舍尔将箱子背在身后。他关上铁门，走到雪丘的一侧，又拉开了另一道门，走进去没多久他将一条船推出了门外。

“这是什么？”

“帆船！”他将船推到了雪地上，拉了根绳子，船内的一道银色风帆便立了起来，风帆被风一吹，立刻鼓了起来，“快上船！”他将箱子放在了船心，自己坐在箱子上，然后把我拉上船。费舍尔调整风帆，帆船便在雪地上缓缓移动起来。

“你让帆船在雪地走？这也可以？”

费舍尔道：“不是普通的帆船，其实风力只是一小部分动力，它的船体内部是有电力推动装置的。”他回头望了一眼那圆形的巨大雪丘。“这是个太阳能发电站，是那个给美国建了第一道电力高速路的商人捐赠的，如今却成了一个冰冷的蓄电池。”

帆船在雪面上飞速行走，它的材质应该是一种轻型金属，能够最小地克服摩擦力和阻力，并将重力均匀分摊，随着费舍尔调整方向，在平地行驶的时候，速度大约可至每小时80公里。

“竟然吵醒了这群家伙！”半个小时之后，费舍尔抱怨地望着前方山坡上移动的白色雪团。我顺着他看的方向望去，却见两个白色雪团正高速从山坡上向我们靠拢过来，雪团呈不规则的长方形，踩在雪地上的却是八只钢铁爪子。

“赵，你看见那家伙的红点没……妈的，被雪盖住了，这是一群机器蜘蛛，曾经被各国的考察队用来探测洞穴，后来AI觉醒之后，这群家伙就躲进了地下，五六年之后又重新回到了地面上……”他正说着，一只蜘蛛已经跑到了帆船一侧，它的个头有劳拉那么大，忽然，一道银色的网就朝着我们的头上罩来。费舍尔早就预料到这一幕，于是将帆船绳子一拉，帆船在雪地上画了条弧线，精巧地避开了蜘蛛的网。可是，在我们的面前，有二三十只蜘蛛正逐渐向我们包围过来。

“打它中心偏前的位置，那里有个红点子。”他吼道。

我接过双管猎枪，见着一只蜘蛛靠近，砰的一枪放出去，打在了它的后背，那蜘蛛只是停了一下，却又再次扑了上来。

“打它中间偏前，其他地方没用，我早试过了！”费舍尔的帆船刚绕过一块石头，船头就被银色的蛛网罩住了，巨大的蜘蛛八只脚着地，被帆船拖着从雪地上划过，以此来阻止帆船的前进势头。

砰，子弹正中红心，钢铁蜘蛛这才松开蛛网，被我们甩开。

“既然是用来考察的蜘蛛，这蛛网是做什么的？”我又击退了一只蜘蛛。

“这些蜘蛛被改造过了，不是我们干的！”

具体为什么改造，费舍尔也说不出个所以然。帆船又向前行进了10分钟，才算离开了机器蜘蛛的势力范围，而我手里的子弹也打光了，后面的两只蜘蛛用银色的网罩住了我们，爬上了帆船，其中一只还差点把尖锐的机械臂刺入我的胸膛，幸亏我把猎枪戳进了它的红色“眼睛”。

我们跳下帆船开始步行之处，位于一座冰山之下。巨大的雪帽看起来松松软软的，像是随时都能掉下来的样子。费舍尔背着装有劳拉的箱子，从冰山脚下的一道缝隙里钻了进去。进去之后才发现这地方像是个人工的导弹发射井，而那道雪缝就是两扇闸门没有关好的缝隙。

“这是那个基地的后方，我之前最远就来到这里。”

“怎么像是废弃了一般？”

“半年前，这里还是很热闹的，我总能看见有飞行器进进出出。”

“你确定是AI的？”

“不然那又是什么人建的？我们早就败了。”

我不禁疑问：“如果是AI的军事基地，可他们为什么放弃呢？完全没有理由。”

“不管原因是什么，半年来我已经没有见过任何飞机进出了。”费舍尔将身后的箱子放在地上，打开盒子之后，劳拉被裹在两团破旧的羽绒内，无力地呜呜了两声，费舍尔心疼地将大手覆盖到劳拉头上，安慰了几句，说的都是今晚给劳拉炖海豹肉的事。

“我得进去看看。”我望着下面漆黑的洞口，大小足够一架运输机起落。

“你不怕死吗？我带你来这里，是为了逃难，这地方导弹炸不坏。”

“如果AI真想抓我们，就算我们逃到极地的冰盖下，他们也还是能找到我们，那监视器无处不在。”

“你的意思是，我们现在也被监视着？”

“不只是现在，你之前的生活一定也被监视着，只不过你对他们来说没有威胁，不值得浪费一颗导弹，”我帮他把劳拉的盖子盖上，“进去看看，或许会有新的发现，总比坐以待毙好。”

“你知道我为什么在南极活了20年也没事吗？原因就是，我不惹事，你若不找事，事也不会找你……”

“但会找我！”

费舍尔犹豫了十几秒，最终还是把劳拉背了起来。“你说的利莫里亚，科技那么发达，会帮我把劳拉救活吧？”

我首先想到了达尔文、牛顿等人。“技术应该不在话下，不过……”

“你答应我，我可以不和你一起回去，但如果真的有人接你走，请务必带上劳拉。”

我无法拒绝他那恳求的眼神。“我一定尽力。”

2

这个巨大洞口的直径有五六十米，顶部的两瓣展开，起码能容得下两架朱雀战机同时降落。费舍尔带我进入的地方，是两瓣防护罩底部一条狭窄的裂缝，只有半米宽度，两瓣防护罩之间始终隔着同样的宽度延伸上去，只不过接近顶部的地方已经被白雪所覆盖，尽管如此，还是能够看到一条稍微明亮的光轨弧线跨越天顶，像是一道银虹。

从洞口向底部望去，黑幽幽深不可测。我发现了洞口一侧有圈盘旋向下的人造扶梯，便走在前面，费舍尔背着装有劳拉的箱子，小心翼翼地跟在身后。

洞中的墙壁斑驳，裂痕纵横，像是网络一样将整个深井绑架。裂缝里好像还曾有水渗出，如今已经结了冰，用手电一照，万千条白色冰线闪着莹莹白光，如梦如幻。

“这风洞是什么时候建好的？”虽然是声音不大的一句话，但在洞里听来，却也有嗡嗡不绝的余音，犹如站在一个巨大的扩音器之中。

费舍尔谨慎地迈下每一级台阶，长时间在冰天雪地生活，他的眼睛似乎很难适应黑暗。

“很久了吧……具体我也不清楚。”

“你们当年在南极考察的时候就有了？”

“那时候……大概还没有……但是具体什么时候建造的，我真的说不出来。”

“这20年你不是一直在此地？”

“不全是，文森站虽是我的考察站，但是当我的同胞撤离南极之后，我还曾设想应该有一些其他国家的考察队还在南极继续工作。所以我等伤病复原之后，就驾驶着银帆前往南极半岛，希望能在那儿碰见些没有完全撤离的人——毕竟那地方是南极洲最温暖的地方，考察站密集，就连你们中国人也曾在那儿建站，叫什么来着……你们那道举世闻名的墙的名字……”

“长城！”

“对，就是长城站……”费舍尔忽然笑了，“长城站里有个叫苗的姑娘，长着黑色的头发，却有一双琥珀色的眼睛，我看了一眼就迷上了她，可惜我当时已经结婚……但我确实喜欢苗。”

费舍尔沉浸在对当年的回忆中，我不忍心打断他。

“苗是个古生物学在读研究生，不过在我看来，她更是个阴谋历史的爱好者。当知道我是文森站的德国人之后，她一个劲儿地追问我对于希特勒的雅利安南极地下城知道多少，我们把科考站建在文森峰之下的目的是不是在寻找纳粹的遗迹……哈哈哈，她还真是可爱呀……”费舍尔的笑声很快就转变为重重的咳嗽，咳声在深洞里回荡，他仿佛害怕惊醒什么似的，生生地用手套捂住了嘴，让后面的几声咳嗽全都憋在了胸腔里。

“把劳拉的箱子给我吧。”我见他咳嗽得如此厉害，有些不忍。他或许是在刚才驾驶银帆的时候吸了冷气，造成肺部冻伤。

费舍尔摆了摆手，固执地非要自己背着劳拉，等咳嗽声消停了，又继续说道：“我对她说，根本没有这些东西，不过是杜撰的，骗骗你这种小姑娘罢了。苗说，我不信，我一定要去你们那里转转，说不定能发现你们这些德国人有什么阴谋呢！哈哈，我也只能说欢迎啦。后来，我们就分开了，但之后每天我都会想起这个姑娘，有时候也会和她通电话，我爱上了她，毋庸置疑……赵，我知道你内心会觉得我是个坏男人，当时我也是这么认为，每天和西尔维娅联系的时候，我内心非常愧疚，但我也只能向上帝保证，虽然我的心已经被苗俘获，但我绝对不会做任何伤害西尔维娅的行为……”

“后来，你们又见面了吗？”

“没有……现在想想，应该就是在AI与人类的战争开始之前，我收到了苗的信息，她说要来文森站，预定到达的日期，就是我们撤离的那天。我们谁也不知道未来的两三天之内，世界上会发生这么大的变化……”

我心中一动。“你留在南极的目的，不会是想等她吧……”

他感激地看着我，沉默许久，才说道：“对不起，是我骗了你……我的同胞并没有抛下我，我也没有睡着，他们撤离的时候，是我自己躲了起来。我只是害怕，害怕她真的一个人来到文森站，却找不到我，找不到一个人，她该怎么办……”

“可你，终究没有等到她。”

“你们中国有个词叫作‘有缘无分’，我和苗大概就是如此吧……”他嘿嘿地傻笑着，“如果没有发生那场战争，我真的不知道，未来的人生又会如何，我可能会和苗在一起……”

“你想过离婚？”

“我的心已经背叛了西尔维娅……但我不敢告诉她，如果她现在还活着，一定还会认为，我是世界上最爱她的那个男人……”

他的忏悔，让我想起我在夸父农场N33上对我那位“妻子”的背叛。

“如今呢，你更怀念你的妻子，还是苗？”

他干笑两声后说。“这……这很难对比，我怀念西尔维娅，但我也思念苗。这20年里，前10年我都在不断地遣责自己，但是后10年我选择原谅自己。爱本是人类最美丽的花朵，我孤独地在这片雪白大陆上艰难生存，能够支撑我活下去的，也只有这朵名为爱的花儿……哈哈……”他尴尬地拍了拍额头，“你看我，好不容易碰到一个能和我说话的人，就管不住嘴了，我们刚才聊的明明是这个基地的建造……嗯，我独自驾驶银帆前往南极半岛，可是在那里也碰不见一个人，我来到了南极最北端的德雷克海峡之畔，970公里之外，就是南美洲。我尝试着用皮艇改造成一艘稍大的帆船，那感觉就像是鲁滨孙的荒岛求生。哈哈，我度过了漫长的极夜，之后选择了一个刮着北风的早上准备横渡海峡，可也就漂出30公里，却被3头抹香鲸当成了海面的玩具，它们合伙把我的船拆了……”费舍尔又咳嗽了两声，“我向它们解释，我虽然叫Fisher——这都怪我那些作为渔夫的祖先，我没的选择。其实我并不喜欢钓鱼，再说了你们鲸鱼也不是鱼，我不是日本人，我不吃鲸鱼，更没上过捕鲸船——它们或许听懂了，最后，只是拆了我的船，并没有吃我的肉。哈哈，我游上了一块2米左右的浮冰，用一个没电的笔记本当船桨划回了南极大陆——你不会嫌我话多吧？”

我摇了摇头：“我非常理解你，其实，我也有过几年，经常每天说不出三句话，每天只能见到一个人……嗯，一个半人吧，还有个机器，也能和我对话。”

“那总还有一个活人，你老婆？”

“是女人，但不是老婆。”

“一起生活了几年，还不是老婆？情人？”

“也不是情人。”

“那总上过床吧？”

“没有……”

他忽然哈哈大笑，紧接着就是一阵剧烈的咳嗽。“女人？你竟然和一个女人，两个人，孤男寡女，一起生活好多年，最后连床都没上过，那女人是有多丑，或者，你根本不喜欢女人！”

“这……她不丑，我也不喜欢男人，因为我和你一样，当时也是有妻子的。”

他诧异地打量着我这具年轻肉体，最后还是选择相信：“哦，这样啊，啧啧，道德感强的人其实是活受罪。康德说，‘有两样东西，我对它们愈是思考，心中之敬畏和震撼便愈是持久深沉，就是头顶之星空和心中之道德’。你们中国人，还有我们德国人，恐怕是世界上最古板、最重视那些劳什子道德的国家——对了，你们亲过吧？哈哈哈，你别嫌我啰唆，我真的很久没碰到能说话的人了。”

“没……”

如我所料的，费舍尔又是一阵大笑。

“天哪，赵，你们竟然连亲都没亲过，也是，如果亲过，就肯定睡过了。”我们边聊边往下走，围着洞口绕了四圈左右，垂直距离已经有将近百米，但是洞口之下，依然深不见底。

“我是个军人，我们……我们都在服役，每天只有工作，哪里有空谈感情。”我说了谎话，只不过想阻止他的继续揣测。

“这里没有别人，你说实话——就像我坦言我爱苗一样，你到底有没有爱过你的那个女伙伴？”

“爱是个很沉重的字眼。”

“喜欢？”

“或许吧……我和她共同生活了两三年，彼此之间肯定已经形成了依赖，很难说这种感情是爱情，更像是无法分割的两个朋友。”

“恕我多言，夜深人静的时候，你总产生过一些想法吧……”

我实在不知如何再往下接他的话，他见我如此尴尬，又是大笑一阵。“肯定是嘛，大家都是人，基因里还保留着动物的天性，发情期总会有的，所以可以理解，哈哈哈，”末了他平复语气，“赵，你是个很好的男人，我若是个女人，一定会想嫁给你。”

“你不了解我，其实我是个负心汉。”

“是吗，那你结婚之前，抛弃过多少——啊！那是什么——”费舍尔忽然惊恐地大叫一声，惊得他甩掉了手中的手电，手电骨碌碌沿着阶梯滚了下去，被手电光芒扫射的墙壁上，出现了一片白色的物体。

我用我的手电照过去，却见我们右前方的墙壁上，贴着一团黏糊糊的白色物体，而白色物体上，却露着一个男人的脑袋。

那脑袋龇着牙，看着我和费舍尔，就像是一只干瘪的吸血蝙蝠在看着它的食物。我迅速拔出手枪对准他，可那男人没有丝毫动静。

我向前走了几步，才看清那男人的脑袋已经脱水风干，留下的只是一个木乃伊似的人头，下面那团银白色的黏糊糊的东西，其实是一种网状物体，只不过被重重叠加，把那男人的身体封在了墙上。

“我们回去吧，这里恐怕有怪物！”费舍尔道。

我拉住了他的袖子。“不用怕，这不是怪物干的。你看这白丝，是不是有些眼熟？”

他走了过来，轻轻揭下来一道丝线，借着手电筒的光看了看。“这是一种人造蛛丝蛋白，”他抬起头，“蜘蛛，外面的机器蜘蛛！”

“是了，这人是机器蜘蛛用网固定在墙上的。你看他虽然看起来有点干瘪，但肌肤内尚有水分，也就是说，这人死的时候，这洞的温度还是比较高的，所以他体内的水分蒸发了一部分，后来空气温度降低，他的尸体便被冻住了。”

“你的推理没错，这人……看起来也只有20多岁而已。”

“我们接下来务必小心。”

“难道你还想继续往下走？赵，你不怕死吗？”

我回头看着他惊恐的脸。“你等苗的时候，难道没想过以后会死在南极吗？那你为什么却愿意去冒险呢？”

费舍尔默然不语，半晌才道：“我明白了。”

我们继续向下走去，不过费舍尔的话明显少了，注意力全都放在我手电光照耀的部分，有时也会提防着上方，以防有蜘蛛顺着墙壁爬下来，偷袭我们。

又围着风洞绕了两周，我看到了地下一处淡淡的亮光，那是费舍尔的手电，显然它落在了底部，但并没摔坏。亮光距离我们只有几十米。我们加快脚步，但迎面而来的，又是一具女人的尸体，她四肢挣扎的样子被蛛网固定在墙壁上。

“他们想跑！”在女人旁边的一个男人身前，费舍尔推测，“你看他的姿势，明明是在向上奔跑，脑袋还在向后看，就在这一瞬间，便被蛛网罩住了，死前保持住了这个姿势……他的腰肋之下这个洞口，一定是致命伤！”血已经将创口附近的蛛丝染成了黑褐色，一个直径5厘米的洞口穿透蛛丝，捅进了这个男人的身体，我想到了蜘蛛的铁臂。我们没有过多驻足，但是接下来的场面已经超出了我们的想象范围。

我们绕了两圈才来到洞底，这段路几乎成了一个冰冻尸体的展览，不同发色和肤色的年轻男女，被蜘蛛的丝网罩在了墙上。他们穿着统一的银色制服，看起来像是一支部队突然遭到了蜘蛛的偷袭。

“这就是半年前的那次事故吧！”费舍尔道，“从此便没了飞机进进出出，是因为，机械蜘蛛杀死了这里所有的人。”

“那么……这里应该是一个人类的基地才对，可为什么人类的基地能在南极这么久，才被AI发现，然后被破坏呢？”

“AI也不是万能的嘛，可能这个地方太秘密了，或许他们认为这个基地不足挂齿。”

我也只能暂时相信这种说法，此时，我的注意力完全被一个黑乎乎的影子吸引了，一架飞机，准确地说是一架“应龙”反重力物资运输机，一款我再熟悉不过的黑家伙，每天负责夸父农场与大陆运输任务的飞机，就是这种载重50吨的机型。

不过应龙也不是稀有的机型，人类与AI的战争中，它是为前线运送物资的功臣。看到了应龙，倒是可以推测，这个南极的地下洞穴，有可能属于战时的人类军事基地。

“飞机！上帝啊，我们可以驾着它离开了，你会开的，对不对？”

我没有回答，顺手拉开了驾驶侧的机舱门，一具尸体从里面跌落出来。看他的穿着，是飞行员无疑，手里还握着对讲机，死前或许正和什么人通话，他的伤口在背后，被直径5厘米的锥形武器穿透了胸口。

飞机的挡风玻璃上，一个个的黑色斑点，不知是飞行员嘴里的血吐上去的，还是前胸的创口爆裂喷上去的。

费舍尔“噢”了一声。“我知道了，他准备驾驶飞机逃离……头顶的开口，就是为这飞机打开的，可是还没有全部打开，驾驶员就死了，或者……控制台的人也死了。”

他的推测倒是一种可能性，不过我无暇称赞他的逻辑，跑了几步，又拉开了飞机的货舱门。一股浓烈的臭味扑鼻而来，光芒照耀下，十几具赤身裸体的死尸横七竖八地躺在机舱里，双手双脚都被铁锁捆着，有男有女，但是年纪已经出现了差异，我在其中看到了两个40岁左右的男人，甚至还有一位白发妇人。

他们身上没有任何伤口，但根据痛苦的死状来看，他们应该都是饿死的。

“这就是地狱吧！”费舍尔声音颤抖。

我摇着头：“太诡异了，如果这是一座我们人类的军事基地，又怎么可能把人类同胞捆起来呢？”

“那是不是……他们是被我们的军人救了下来呢？”

“不，他们是囚犯。”

“赵，有了飞机，我们还是尽快离开这里吧……”

我指了指头顶那一道淡淡的白线：“即便离开，我们也要先打开洞口。”

“对啊，真是麻烦，我去找找开关……”

“这里究竟都发生了什么？”手电扫射，飞机尾部正对着的方向，是一条深入内部的通道，高度可以允许两辆大卡车通过，通道下方是一道铁轨，铁轨尽头的墙壁下，也就是与飞机并排的位置，果然停着一辆有五节车厢的货物运输车。

我和费舍尔登上运输车，启动人工操作系统，仪表盘亮了起来，轻松地驾驶着这辆车向着隧道深处而去。

明晃晃的两盏车头灯，驱散了眼前的黑暗，通道的墙壁光滑，就像是几十年前城市里的地铁系统。轮子与铁轨摩擦的声音响彻整个空间，沉闷却又尖锐。费舍尔将身后的箱子卸下抱在怀里，打开盒盖看了看惊恐的劳拉，不停地抚摸着它的脑袋。

“赵，你是我见过胆子最大的人了，你真的不怕死吗？”

“我如果说，我都死过一次了，你信吗？”

“如果……你在雪地上跟我说，我是不信的；可我现在确信无疑，因为以你的性格，能活下来的概率是很小的，如果当年把我换成你，我打赌，你在南极活不过三年。”费舍尔的大胡子静止了几秒，又补充了一句，“我怎么觉得你的人生阅历，比我还丰富？”

“嗯，确实！我在云上待过，在地上跑过，还在大洋之底住过，如今来了南极，恐怕世界上没有第二个人比我的旅行经验更丰富了。”

“哈哈哈，看你年纪不大，没想到啊没想到……”费舍尔不禁感慨，可能是在为自己过去的20年时光而遗憾。

运输车在轨道上行驶了15分钟，最终抵达了一个车站。费舍尔在一根柱子上摸索到了开关，车站不大，只有200平方米左右，而且大部分面积都被运输货物的保险箱占据了。我拉开了一个箱门，箱子里一层层的，装的全是真空包装的鲜肉，看不出是什么肉，也看不出是哪一部分。

我们顺手打开靠近的几个箱子，终于，费舍尔在打开第五个箱子的时候，看到了一些熟悉的东西。

耳朵，人的耳朵。

一箱子都是人耳朵，1米见方的箱子里，一共有12坨高度压缩的人耳朵。这些人耳像是被漂白过，严实地被挤在一起，就像是超市里常见的压缩脆骨。

车站有一扇圆形铁门，铁门的锁环处，被插上了一根铁销，像是有人在逃离这里之前，要防备里面什么东西会跑出来。

我抓住铁销的时候，费舍尔拦住了我。“万一……里面是一群蜘蛛怎么办？”

“蜘蛛不都跑到外面去了吗？”

“这……”

“铁门或许的确是为了阻拦蜘蛛而插上的，可是，你刚才也看到了。”

费舍尔点了点头。“蜘蛛们或许有其他进出通道，跑出来的那些人……终究没有逃离。”

我拔掉了铁销，和费舍尔一起拉开了铁门。一股浓烈的血腥之气，熏得费舍尔再次重重地咳嗽起来。

我顺手打开了走廊尽头铁门一侧的开关，一盏盏黄灯依次亮起，灯光闪亮之处，一具具尸体横陈在走廊之中，密密麻麻，几乎容不下可以踩脚的空间。走廊两侧的弧形墙壁上，布满了被炸出的一个个深坑，多数坑都伴随着黑褐色的血液。走廊底部的血液已经汇成了一条死亡之河，血液被冻住了，“红色冰层”的厚度看上去至少有3厘米。

死者全是穿白色制服的年轻男女，50米左右的走廊，却有着100余具尸体。

这是一次大屠杀，死者应该是地下的所有工作人员。联想到刚才被插在铁门上的铁销，大概能猜到为什么会有这么多人死在同一条巷道里——这是唯一可以逃离的通道，危机来临时所有人都涌进了巷道，可是提前离开的一部分人，为了保全自己的性命，无耻地关闭了铁门通道，完全不顾其他人死活。

他们死前该有多么绝望啊。

可怕的不是敌人，而是同胞的自私。

“放我出去……求求你们，打开大门吧……”

“救命、救命，我真的不想死！”

“太恐怖了，我害怕，求求你们打开门，打开门好不好？我想要活下去……”

“为什么，为什么要这样……”

……

走廊里似乎还回荡着尸体们死前的呼号声。

一个女人跪在我的脚下，眼睛惊恐地望着我，眼眶中是两团绝望的深灰，很难分清眼白和瞳仁；两只手像是两只张开的鸡爪，指头上还有铁屑，黑血沿着五根指头的指甲缝流到了掌心，流到了手腕，流进了袖口……

用力张开的嘴像是想去咬着什么，两颚的肌肉紧绷着，一段枯木般的舌头还向上翘起，我似乎还能听到她死前绝望的号叫……

我看见她那荒漠般的眼睛里涌出了涓涓泪水，我看见她枯槁的手指哗啦啦地抖落了尘埃，我看见她干枯泛黄的牙齿上下动了动。

“程复，救救我，我不想死……”

……

费舍尔剧烈的咳嗽声将我的意识带回这人间地狱，这时候我才意识到眼泪已经滑落到了下巴尖。

我绕过面前的女人，迈过身后拥抱着的一男一女，绕过斜躺在前方双手攥着一支钢笔的男人。我踮着脚尖，生怕惊醒了脚下的人。

一步一步，一具一具，青春和爱情，瓣瓣凋零。他们之中或许也有人和我一样，拥有着改变世界的梦想，也曾憧憬过田园中的柴米人生，但谁也猜不到天意，谁也猜不透命运，在覆盖千万年的冰层之下，这些柳树新芽般稚嫩的生命，却被死神的雪镰永久封存。

费舍尔已经说不出话来，走廊里不断地回荡着他的咳嗽声，他艰难地跟上我，右手搭上我的肩膀时已经颤抖得像一条惊恐的蛇尾巴。

我推开了走廊尽头的两扇活动木门。活页发出吱呀一声，声音唤醒了房间内所有的灯。

这是一间宽度有50米的房间，长度大约有百米，或许更长。正前方是一道3米宽的通道，通道两侧规矩地陈列着5个铁笼子，每个笼子都有3米长宽、2米高，一排共有10个铁笼子。

放眼望去，尽头看不太清，远不止50米，但是铁笼子却一直绵延开来，密密麻麻，如网如织。每个铁笼子里几乎都是一样的东西——枯骨，枯骨之中还有一具完整的死尸。

数百个笼子，都是一样的死尸和枯骨，除此之外别无他物。

有的尸体将脑袋挤在笼子宽约20厘米的缝隙里，有的尸体则缩在笼子的角落，有的尸体则将干枯的头颅码成了一堆，自己枕着头颅睡着了。

“这到底什么时候才能结束，这简直是一座死人展览馆……”费舍尔恐惧地喘息着，躲在我的背后，不敢再看这片铁笼筑起来的墓地。

我面前铁笼子里的尸体是一个男人，他穿着淡蓝色的病号服似的衣服，身上没有任何伤口，但是蜷缩着身体，脸颊凹陷，小腹内缩，胸前的肋骨轮廓清晰可见。

周围笼子的几具尸体也是如此。

“他们是被蜘蛛放的毒……毒死的吧？”

“蜘蛛会放毒？”

费舍尔犹豫地摇了摇头。“我倒是没碰见过放毒的蜘蛛，但你看他们的姿势……”

“他们是饿死的，”我推测道，“这里是监狱，每个铁笼子都是活人的监狱。”

费舍尔爬过我的肩头，惊恐地看着前方。“你的意思是……蜘蛛杀死了给他们食物的人，他们就全都饿死了……不对啊，那地上的骨头又是怎么回事，每个里面只有一个饿死的人哪。”

“你如果是他们当中的一员，饥肠辘辘之时，会做什么？”

“当然是争抢能吃的东西。”

“若能吃的都吃光了呢？”

“那……”

“也不能这么说，人也是能吃的。”

“你……你……”费舍尔忽然张大了嘴巴，指着地下的累累白骨道，“你的意思是，他们……他们都是被吃了？”

“虽然我也不愿意承认，但是，似乎这种可能性最大。”

“他们怎么下得去嘴？”

“在生存问题面前，人只是动物，我不吃你，你就会吃我，我不甘心被你吃掉，自然要杀死你！”

“难以想象。”

“我曾经……曾经经历过人体种植，AI通过人类的身体种植器官，用来为联合政府治下的人类换器官，不过据说……有一部分器官，就被送进了餐厅，成了市民心中的‘绿色食品’……”

费舍尔一副作呕的表情看着我，似乎在庆幸这20年来他能够每天以鱼类、企鹅和海豹为食。

人类的历史，就是一部吃人史。

为了生存，笼子里的十几个人开始互相攻击，或许他们会合谋共同杀死一个人，将那人分食吃光之后，再合谋杀死另外一个；他们开始可能还对生存抱有希望，幻想着喂养他们的人能够忽然出现，将面包和白水倒入他们面前那个空空的食槽中。

但随着时间推移，他们绝望了。几百个笼子的人，都绝望了。

他们开始互相屠杀，或者结盟，或者各自为战；联盟最终因为敌人的消亡而破灭，强者永远征服弱者；弱者死光之后，强者唯有与孤独为伴。每个笼子都有一个活到了最后。胜者吃光了所有人的肉，最终也只能接受饿死的结局。

不忍心走到这一步的，可能将死在自己手中的同类尸骨摆好，自己躺了上去，用曾经杀死他人的骨头刺入自己的喉咙。

我的双脚一步步地往前挪动着，想象着每一具尸体死前的状态。在中心通道第二十多排的时候，我看到了一男一女两具尸体，他们并排挤在笼子的一角，相拥着一起死去。

他们的双手从对方的下腋伸到背后，又绕过肩膀，分别从后面扼住了对方的喉咙。

他们大概是恋人吧，这是一种祭奠爱情的仪式吧。

联手杀死了所有人，吃光了所有人，只剩下最爱的那个人，吃还是不吃？要生存，还是要爱情？

与其先后死去，不如共赴黄泉。

胸口如遭重击，是感动，还是窒息？一股股寒气自脚心直直地向上蹿着，走过这几百个铁笼子监狱，我已经精疲力竭。

尽头的几个笼子牢门打开着，空空如也，其中没有看到白骨和尸体，而对面的墙壁之下，有一个斜向下的缓坡，有一道刷子似的转轮机器阻挡了我的视线，看不见下坡后会通往何处。

从刷子上，我看见了破碎的蓝色囚服，这转动的刷子或许搅进去了不少囚犯。

费舍尔已经适应了这里，他的胡子上已经被鼻涕和眼泪的混杂物搅得黏糊糊，不过此时无心去整理。

“我们走吧，往前走，我陪你走完，然后我们尽快离开这里，劳拉需要安稳地睡上一觉，”他淡淡地说，脑袋无力地歪在一旁，眼睛瞟向对面那扇缝隙里发着白光的门，“世界上任何地方，都不会比这里更惨了，不会了。”

一具具发灰发白的尸体被蜘蛛的银丝倒吊在走廊里。

进入走廊之后，左侧是一道透明的玻璃窗，隔着玻璃可以看见一条黑色传送履带，履带上方2米处挂着一根钢丝，尸体被蛛丝系住了右脚，挂在了钢丝上。

尸体之间的排列很有规律，间隔都是2米左右。

第1具尸体正从墙壁内部的一个黑暗空间转出来，他还没被吊起，只是一丝不挂地躺在履带之上；第2具尸体虽然也躺着，但是右脚脚踝已经被蛛丝捆住，蛛丝的另一端吊在钢丝上，但显然还没来得及将尸体拉上去，工作就被中断了。

第3具、第4具尸体都被完全吊在空中，直到第5具尸体的旁边，有一道机械臂将一根钢针刺入了他臀部下方的脊椎处。

第6具、第7具……之后的尸体，脊椎上都多了这样的一个黑色血洞。

第15具尸体正在被搅进一个海螺形的、内部都是毛刷的机器之中，观测通道的玻璃到了尽头，我绕到“海螺”的另一端，或许是第17具尸体从中倒吊而出，皮肤变得像是上市的猪肉一样干净。

第25具尸体到第31具尸体，他们的另一只脚也被白色的蛛丝捆在了传送的钢丝上。但是第24具尸体的右脚被倒吊，可是左脚上只捆了一圈的蛛丝，却还没吊上去……

怎么可能？

我不敢承认，但是有一种猜测控制不住地涌入我的脑子，这些尸体是机械蜘蛛吐丝捆上去的，但是机械蜘蛛又是受谁控制？

也就是说，走廊的另一侧，玻璃之外的那些“观测者”都是谁？

难道是他们？

第30具尸体下方，一个穿着银色制服的眼镜男子倒在血泊中，右手还握着平板电脑，死前似乎还在电脑上记录着什么。

第30具尸体，机械臂尽头是一把竖切的钢刀，而刀子，从尸体的胯部切了下去，此时正定格在肚脐附近。

第36具和之后的尸体，都是被分尸的，刀子从胯部切到了胸腔，刀子刺入的深度也是有讲究的，并没有伤到内脏，第40具尸体从伤口内拿出来的一堆小肠，说明了这一切。

第43具尸体，刀子从她的颈部刺入，倒划入胸腔，将肋骨切成了两大块……血液从刀刃凝结，尸体被挑了起来，只差最后几厘米，就全部切开了。

从第45具尸体开始，便有机械臂分开了整个尸体，内脏掉落在传送带上，另外几条机械臂灵巧地剪断了大肠小肠，摘掉了心脏、肺叶、肾脏、肝胆和脾胃……

五脏六腑被归类分流入其他更窄的履带，大肠小肠则随着履带向下，进入一条深邃的通道。

第50具尸体的人头和身体发生了分离，头颅被摘下归类，剩下四肢的躯体传送给下一环节。

第53具尸体已经被平放在一块向前传送的砧板之上，砧板中间有一道宽约一厘米的缝隙，半米之外，一个直径三十厘米的齿轮正等待着它的光临。

第54具尸体，已经被齿轮分成了两半，蛛丝各自吊着它们离开，下一步程序，斩刀切下两条手臂和大腿。四肢再次分流，被分拆成前臂、后臂和手掌3部分；而大腿也同样地以踝关节和膝关节为节点，被拆成了3段。

第56具尸体，被切成两半的人体主躯干再次被分割成4大块，然后被依次分流、归类，滑向下方那神秘的、沾染着鲜血的通道里。

“屠宰场，从麻醉，到分割，每一部分都是标准的屠宰场里的流程，”费舍尔比我显得更为冷静，“中学时候，我参观过，很像，不过那里挂的都是死猪。”

我摇着头。“不可能……不可能……”

费舍尔叹了口气。“他们……他们就是被宰的猪羊！AI难道连人肉都吃了吗？如果他们不吃，又是谁吃？赵，你一定比我明白——门外的那群人，是屠夫！”

“不可能……不可能……”

“他们是这罪恶之地的恶魔、夜叉！你刚才还白白地可怜他们，白白为他们浪费眼泪，这群禽兽！”

“不可能，不可能的，不要说了，人类不会屠杀人类……”

“接受现实吧，赵！”话音伴随着一声啪嗒响动，费舍尔拉下了他身旁的一个起落杆。

履带传动起来。刀子割开死尸，机械臂在干硬的胸膛里采摘着被冻得僵硬的器官，尸体被锯子分成了左右两半，咔嚓咔嚓的声音之后，大脑、躯干、四肢分离，四肢又被切成了一段段……

“这就是现实，机械蜘蛛不会操控这拉杆，这屠宰场，是人类一手制造和操控的。”

我想到了车站成箱的肉，那一箱耳朵……

所以箱子里不是别的，而是人肉。

牢房里关押的不是囚徒，而是待宰的羔羊。

飞机里捆住的也不是犯人，而是被送来的猎物……

罪恶的洞窟，荒谬的经历。

我们都是人类，都是同胞，可他们……

又怎么……

忍心？

费舍尔喃喃道：“这20年里到底发生了什么？”

一定是AI，一定是AI，是AI威胁并蛊惑这些年轻人甘为牛马；是AI在执行屠杀并灭绝人类的罪恶计划；是AI将人体做成一块块的腊肉，不知去喂养什么东西……

都是AI干的，这血海深仇！

我朝着费舍尔吼道：“他们也是受害者，一定是AI胁迫他们，让他们泯灭良知，害死自己的同胞！”

“赵！”费舍尔怒喝一声，双管猎枪猛地举起，笔直地对着我。

一股强烈的不祥的预感袭上我的心头，他想杀我？为什么要这么做？难道……难道他也是其中参与过屠杀人类的一员！

正是了，一个人怎么可能在南极单独生活20年，他一定是半年前从此逃出去的一员。

第六章
英雄归来

1

费舍尔的胡须和端着猎枪的手都在颤抖，他眼睛里布满了恐惧。他在恐惧什么？恐惧我将这里的一切活着带出去，恐惧我知晓了他的故事，恐惧我成了他一生最大污点的见证者……

我心念电转，眼睛与他对视。他额头沁出汗水，一个字一个字缓缓地说道："你按我说的去做……"

他声音有些颤抖，他其实是怕我的。

"你没有子弹的，"我提醒他，"子弹早就被我在银帆上打光了。"

枪口一颤，他这才想起来，失策了。"别说话，更别动！"他的枪口颤抖着，"你看见你右前方那个地洞没？"

他指的是被切成四块的主躯干被送入的黑洞。

"我喊三二一，你跳进去……"

"你到底……"

"闭嘴！"

这时候，我忽然听到身后有细微的嗒嗒声。

"蜘蛛，就在你身后不到1米，你若不动，它或许不会攻击你。"

听他如此一说，我惭愧至极，原来他的枪口对着的是我身后不知何时到来的机器蜘蛛。

“三……”

我瞅准了地洞。

“二……”

费舍尔悄悄地将装着劳拉的箱子解下，放在地上。他的动作，引发我身后的蜘蛛发出喳喳的声响，它似乎察觉到了费舍尔的存在。

“跳！”

我纵身一跃，双手入洞，随着履带的传送我的身体也进入了地洞，但是双脚脚踝忽然一紧，我意识到，是被蛛丝缠住了。

一股巨大的力量将我向上拉去，我拼尽全力紧紧地拽住履带的边沿，我感觉我的身体快要被撕成两段了。却听费舍尔骂了一句“王八蛋”，紧接着就是砰的一声爆裂声，拉着我双脚的力量松了。

“费舍尔！”我被履带拖着下坠，身体已经投降给了重力。

在我的脑海里，一只铁臂刺穿了费舍尔的前胸，他无力地看向洞口，已经无法回应我了。

我被挤在几块冻肉之间，沿着管道下坠，最终掉在一堆切成块的肉山之上。肉山旁还有几个机械臂，但此时并没有工作，这层的控制开关与上层没有关系。

“费舍尔！”我又喊了一声。过了漫长的十几秒，上面忽然传来一声无力的回应：“还活着，他妈的，就是受了点伤，你等我，我去把劳拉抱出来，再找你会合……这鬼洞口……塞不进箱子……”

管道里传来几声咳嗽声，但是已经失去了曾经的力道。

“伤到了哪里？”

没有回答，切开的冻肉一块块地跌落，或许上面的机器杂音掩盖了我的喊声。

过了有两分钟，上方传来啪嗒一声，像是装着劳拉的箱子摔在了地上。“他妈的……忍不住了……”

费舍尔急促地喘息着，我甚至能听到凉气自他齿间擦过的声响。

管道蠕动，终于，费舍尔也掉落在肉山之上，怀里还抱着劳拉。劳拉经过休息，身体已经有了力量，一对眼睛四下望着，跌倒在肉山上打了个滚，便在费舍尔怀里站了起来。

我扶起费舍尔，揽住他腰部的左手触摸到了一片暖乎乎的黏液，血！

“哎哟……你轻点，正捅我伤口里，你也不是犹太人，干吗如此折磨我……德国人亏欠犹太人太多，但并不欠你们中国人啊，你可别借机给犹太人出气……对了，集中营里是不是有你的祖先……”

“你这该死的幽默！”

他急促地哈哈两声：“抱歉……咦？我为什么要向你说抱歉……哈哈……”

我扶着他走下肉山，让他平躺在地上，掀开他的衣服，却见他腰眼被捅出来一个宽达5厘米的伤口。我迅速掏出凝胶，将伤口的血液止住。费舍尔不住地喘息，脸色变得更为苍白。劳拉也意识到主人的异样，站起身去舔费舍尔的大胡子。

“好姑娘，不要担心，都是小伤……还记得去年我和海豹打架吗？比那次可轻多了……”他急促地重重喘息，却被狗舔得笑了起来，“……没忘没忘，我要带劳拉去莱茵河洗澡，怎么敢忘……”

一人一狗之间，似乎在用超越语言的方式交流着。

黑暗中传来嗒嗒数声，又是机械臂踩在地板上的声音。我将两根指头压在费舍尔嘴上，他立即警觉，强撑着身子坐了起来，靠在一堆冻肉上，屏息的同时捂住了劳拉的嘴。

“七点钟方向，在肉堆的一侧。”

我点了点头，费舍尔一人一狗在荒野生存了20年，残酷的自然已经将他培养成一名出色的猎手，听觉以及生存经验不知比我强了多少倍。

嗒嗒、嗒嗒。

声音翻过肉堆，一个悬浮于地面的红色光点绕到了我们的左侧。

“不要动，这家伙是聋子，却不是瞎子。”

红点有一米五左右的高度，伴随着嗒嗒的声响，它迅速移动到了我们的正前方。红色的微光之下，八条黑色的铁肢泛着血光，圆形餐桌大小的身体微微扭动，红点下方，位于“圆桌”前部的方形感应器正在扫描着我们两人。红色的光点像是一只恶魔的独眼瞪视着我们，这只机械蜘蛛比外面见过的都大。

我不信神，但那一刻我已经求遍了天上所有的神。

终于，感应装置转向了另一个方向，机械蜘蛛朝着肉堆的右侧走去。

我长嘘一口气，费舍尔强忍着伤痛，见蜘蛛走开，终于发出了一声长长的唏嘘。

忽然，一声狂吠——

汪！汪！劳拉不知何时挣脱了费舍尔的怀抱，跳到了肉堆下方的空地上。它显然不喜欢这个黑家伙，便不客气地吠了起来。蜘蛛的感应器180度掉头，8只脚原地不动，便开始向“后”迅速移动。

感应器扫描着劳拉，迅速锁定目标，八只脚忽然向下一压，便腾空弹起，于空中画了一道黑色弧线，两条前腿变作两道尖锥，一左一右向着劳拉刺来，费舍尔在匆忙之中向前一跃，将劳拉推开，从身后朝蜘蛛甩出两块冻肉。

冻肉干扰了蜘蛛的判断，也仅仅这一瞬间的工夫，费舍尔滚向了左侧，捂着伤口想要逃跑，可是身子一疼，却跪在了地上。

蜘蛛的两条前腿各自拨开冻肉，转身便又朝费舍尔攻去。

危急关头，我翻身上了肉山，然后一个助跑，从蜘蛛身后跳到了它桌子大小的后背上。

蜘蛛正要攻击费舍尔的后背，见我爬到了身上，便开始晃动身体，想要把我甩下去，两条前臂也向后弯曲，前端的锥子盲目地向后背中心刺来。我站在后背上辗转腾挪，向费舍尔吼道：“我拖住它，你带着劳拉快点找个地方出去！”

费舍尔艰难地从地上爬起。“砸它的红心……”

“这里有个铁罩，不像外面那群是塑料！”

费舍尔想要从地上捡起冻肉，可是微微一弯腰，身子就剧痛不止，我提醒他：“凝胶只是暂时止血，你千万别再乱动了。”

我躲开了铁臂的横扫。“沿着墙壁，看有没有机关，找路逃跑……”

“我……你把我当什么人了？我才不会逃跑，更不会给你挂上铁销！”

“别废话了，现在不是讲义气的时候，我总比你跑得快，抱上劳拉……”

费舍尔喘了几口气。“好，就让你这胆大的家伙当回英雄，你坚持住……我找找路。”

劳拉朝着机械蜘蛛狂吠着，妄图以此来掩饰自己的恐惧，费舍尔忍着疼痛将它拦腰抱起，绕过肉山，朝一个黑色的门洞跑去。

刚才与费舍尔对话的过程中，我心中忽然闪出一丝希望，但因为情势紧迫我没有深入思考——刚才到底提到了什么，让我想到制服这蜘蛛的可能性？

凝胶！我提到了凝胶。

想到此处，我左手抓住蜘蛛的边沿，躲着两条挥舞的前臂，右手伺机将凝胶喷雾器握在掌心。待两条前臂移开时，我看准了空隙，一个前扑，左手扒在它的“额头”，右手的凝胶便朝着机械蜘蛛红灯下部的感应器喷去。

那是它的眼睛，虽然不明其工作原理，但至少是类似于摄像头的图像采集装置，只要用凝胶封死，没有信息输入的蜘蛛……

它停了下来。

蜘蛛不再跳动，不再攻击，而是收好两条前臂，规规矩矩地立在了原地，就像匹温驯的成年母马。

这或许是一种伪装，我先试探着在它的后背用力跺了几脚，见它没有动静，便壮着胆子用力跳到了肉山之上，蜘蛛依然没有动静。

我这才开始大口地喘气，擦掉额头的汗——是了，这些蜘蛛只是被设计用来工作的，杀人不是它们的本职工作，它就是一种工具，一种只能接受命令、没有独立意志的工具。

一旦封锁它的信息接收渠道，任务也便中断了。

伴随着刺啦声，四盏大灯同时打在了肉堆上。房间空旷，长宽各有30米，除了中间的肉堆，就是墙下停放着的4辆装卸车，车子后方10米的位置，费舍尔正扶着一个把手望着我的方向。

“你竟然打败了它？”他喊道，“赵，你是不是会中国功夫？”

“管好你自己就行……不，还要管好狗！”我撑起身子，跑到他旁边黑乎乎的通道口处，“这地方不知道是否还有机械蜘蛛，我们一定要做好准备。”

通道里除了之前留下的两道错综的车辙轨迹之外，没有其他任何痕迹。我们二人一狗继续向前摸索，费舍尔扶着墙壁，而劳拉如今却已经能跳能跑，身体恢复了。

穿过走廊，这里是一个直径50米的圆形空间，有12个门洞通往此处。门洞中心有一台圆形的机器，机器周围堆放着一座座被截碎的肉山，均有十几米高，手臂一堆、手掌一堆、肾脏一堆、心脏一堆、肠子一堆、人头一堆……

肉山的温度比别处略高，全部呈暗褐色。空气中弥漫的腐臭气息，令人闻之作呕。

不同的车辆将尸体送至此处，应该还有机器会将肉体送入这个圆形的机器内。到了出口处，各个尸块就会被打好真空包装，或装箱，或装匣，一堆和车站见到相同的箱子就被码在出口，码成了箱山。

正对着我们所站立门口的上方，是一道透明玻璃隔开的长廊，透过长廊可以看到像办公室一样彼此被均匀隔开的房间，其中一间正闪着忽明忽暗的红绿灯光。我向费舍尔打了个招呼，他捂着口鼻，不情愿却又没有办法地与我一同穿越一座座肉山，向对面走去。

“赵，这臭肉里面，不会藏着蜘蛛吧？”他经过肾山时忽然说了一句。

“我也正在思考这个问题……”

“所以你也认为？”

“哈，我只不过不想吓唬你！费舍尔，你看起来就像是一位身经百战的勇士，可胆子怎么这么小？”我指着一堆肝胆道，“我们中国人有一句经典的养生理论，叫吃啥补啥，你不如就地取材！”

费舍尔发出哈哈的笑声：“跟我相处这一会儿，你就增长了几百万幽默细胞。”

我们登上了一道旋梯，旋梯的拐角处又看到一个身着银色制服的年轻人被蛛网禁锢于墙脚。我努力不去想他与外面肉山的联系，否则又怜悯又仇恨的复杂情绪，会形成洪流将我冲垮。

二楼的走廊很安静，此处或许是经常受地面车辆的影响，走廊里落了一层薄薄的尘土，我们踩在尘土之上，留下了清晰的脚印。

“赵，这里安全，若有蜘蛛来过，地面上肯定有脚印。”

“还记得外面埋伏在雪地里的蜘蛛吗？我们经过的时候，它们似乎一直在冬眠，并没有进行任何巡逻活动，是我们吵醒了它们……”

“你可真是一个复杂的人。”

“我？复杂？”

“在最应该惜命的时候，你胆子比谁都大；可该松口气时，你却又比谁都细心。”

“我就当是夸奖了。我其实很怕死，比谁都怕死。”

“怕死的话，那等出去之后，就和我在南极一起生活吧。猎猎海豹、逗逗企鹅，极夜来临还有炫目梦幻的极光，如果不考虑洗澡的问题，南极算是个不错的地方。”可能是为了保护我这潜在的逗企鹅伙伴，费舍尔抢先一步跨到我的前面，腰弯得像一只大虾，手都可以扶到劳拉的头。

“以后吧……我现在还有很多事没做完，等我兑现了自己的承诺，我会来南极来找你。”

“啧啧，你这人比我小了将近30岁，说起话却老气横秋，不过也很奇怪，我倒不讨厌你，可能我太需要人陪我说话了……”

“你还是多多当心蜘蛛和劳拉吧。”

“不用你提醒……”走到那闪着红绿光的房间外，费舍尔愣住了，眼睛直勾勾地看着走廊内部的一个房间。

一个男人以一种诡异的姿势被吊在房间内，看他的动作，倒像是在原地做体操，右脚脚尖着地，身体前倾，右手伸得笔直将墙壁上一个把手向下拉了五厘米便停住。

银色的蛛丝将他的手与把手捆在了一起，又勒住他的脖子与房顶的吊顶连在了一起，后面掀起的左脚，也被蛛丝吊住，不过是被硬生生地拽到了后面，与一张桌子捆在了一起。

显然，事发时他急切地想去将对面的把手拉下来，却被蜘蛛阻止了。

“你说这把手是不是所有蜘蛛的遥控总开关？”

“可能性很小……你会把蜘蛛的遥控开关放在一间屋子的墙壁上？而且……”为了固定这个人，这间屋子几乎被蛛丝填满，但穿透蛛丝却能看见男子左后方，有着由十几个屏幕组成的矩阵。

“而且什么？”费舍尔问道，我没理会他，迅速翻过层层蛛网朝着那屏幕摸索过去，终于让我在桌子上的一堆按键里，找到了开关。

屏幕一面面亮了起来，不过大部分都是乌黑的一片，只有两面屏幕上有画面，一是我们所在的圆形广场，第二个，却是仰拍的我们刚刚进来的风洞。

“看什么呢，也不理我？”费舍尔抱怨着。

“我不就10秒没和你说话？”

“你怎么可以这样？你要知道你可是我20年来碰见的第一个能交谈的人。”

“好吧好吧……”忽听身后吧嗒一声，费舍尔已经将那把手扳了下来。

“你……你在干吗？”

“探索啊，好奇啊，就像你一样。”

“你刚才不还怀疑，这是蜘蛛的总控开关，你就……”

“可你不是否定了？”

“你就这么相信我？”

“你可是20年来……”

“行了，行了！下次找事的时候，提前跟我打个招呼。”

“我找事？嘿嘿，赵，恐怕，你得十二万分地感谢我吧。”

“感谢你？”

费舍尔指向我身后那面屏幕。屏幕里，风洞顶部的两瓣遮挡正缓缓打开。费舍尔哈哈大笑：“你可以开飞机离开了！能不感谢我？”

“你还真是……”我摇了摇头，笑道，“胆大心细，也不如你有份好运气。”

“我推测这里应该是个控制中心，可以掌控全局的地方，这个死人应该是获得了飞行员的申请，正准备协助飞机起飞，就被偷袭了。飞机没能起飞，于是一个个的屠夫，反倒成了鱼肉。”

我点了点头：“不愧是科学家，逻辑推理能力不弱。”

“那可不，我年轻时候可是最爱看推理小说，老一点的如福尔摩斯系列，新一点的如中国的神探陈晋系列，以及日本作家，比如东野圭吾也是我的最爱，东野的书你看过没？”

“那都什么年代了……”

“几十年而已，你们这些年轻人，难道平时不看书？”说话的同时，费舍尔摸索向死人后脚方向的一个玻璃柜子。

“我喜欢读诗，我们中国的古典诗歌、当代诗歌，以及西方——就是你们欧美文学的，比如拜伦、雪莱、惠特曼等，在战争没开始的时候，还有几位AI诗人，我记得有个叫‘冰蓝’的是我最爱，可是战后，他们的文学作品都被禁了。”

“哇噢！赵，你看这是什么？”费舍尔走了回来，手里拎着一瓶日本清酒，他拧开酒瓶嗅了嗅，满意地点了点头，“还不错——冰蓝？这我记得，我有个同学就在这个AI诗人的工作室，不过据他所说，冰蓝的创作属于概率型，一年能写几亿作品，好的作品真如大海捞针一般，你说这也算写诗？”

他刚要喝酒，却被我一把抢过。

“长大了看自然不算什么，但年纪小的时候，会被它独特的文采和似有似无的想象力所吸引——你肚子上有伤，此时喝酒，恐怕会让你更加痛苦。”我接过清酒，先倒在食指肚上微微一品，味道的确清而不腻，于是便小啜一口。

“如何？”

“不好。”

“不好也给我尝尝——你知道酒可以杀菌消毒的，我喝一口，恐怕对身体还有好处！”

"你直接说自己馋吧。"

费舍尔抢过清酒，咕嘟嘟喝了两大口，然后心满意足地擦了擦胡子。

"对，我就是馋。我最近一次喝酒，还是在玛丽伯德地的边沿，应该快接近爱德华七世半岛的一个考察站，是俄国人的，在他们的柜子里搜到了两瓶伏特加，我自己喝了一瓶，第二瓶打开之后便醉了，可惜醒来时，酒却倒在地上全洒了……"

"是劳拉不让你喝。"

"那时候我还没遇见劳拉，发现劳拉应该都是喝了伏特加之后的五六年了……"他又皱眉算了算时间，"对！劳拉现在12岁，那就是12年前的事。我驾着银帆在一处冰窟里发现了刚刚几个月的劳拉，它的母亲死在了冰窟不远处，头皮都被掀掉了，我猜是和某种鸟类进行搏斗过，最后不敌身亡。"

我接过清酒又喝了一口。"从此，你们都成了彼此的唯一。"

"说得就和情侣似的，不过我和劳拉之间，只是父女关系。"

我哈哈一笑，将酒瓶递给他，无意间扫了屏幕一眼，却见有什么点状物体正从风洞外面爬进来。我腾地站起身，跑到屏幕前。

蜘蛛，机械蜘蛛！一只一只，从风洞打开的天顶鱼贯而入，沿着风洞盘旋而下。我还没提醒费舍尔看到了什么，就听他大喊一声："赵，蜘蛛来了！"

"看见了！"

"不是屏幕，在楼下，楼下啊！"

2

发狂的钢铁蜘蛛排着队向我们的方向袭来，整个大厅内回荡着喳喳喳的机械臂声音，嘈杂，恰似魔鬼的嘲笑。

我们拼尽全力地逃命，费舍尔本来就跑不快，我抱起劳拉，让费舍尔扶住我的肩膀，我们艰难地朝前挪动。

蜘蛛扑了过来，费舍尔用房间里捡到的铁棒回击着，总算打退了两只蜘蛛，但是源源不断的蜘蛛已经在狭窄的走廊里排好了行刑长队，也有些蜘蛛等不及从墙壁上爬了过来……

我们闯入了一条走廊后尽快关上铁门，以为这样可以拖延蜘蛛的速度。但当一只钢铁臂穿破铁门之后，我们就明白眼下想活命只能继续逃。我们绕过一道楼梯来到了楼下的大厅，我尝试启动一辆运输车，所幸还能发动。

快速移动的车子迅速成为了蜘蛛们集体攻击的目标，它们打破玻璃，毫不畏惧地从三楼跳下来，四面八方涌过来100多只将我们三面合围起来。

我让费舍尔驾驶运输车，沿着隧道朝前开去，但是车子的速度终究缓慢了些，不断有蜘蛛爬上车子，我用车上的扳手与蜘蛛搏斗，直至筋疲力尽，双臂和肩膀有五六处伤口血流不止。

隧道的尽头是我们之前到达的车站，我们上了火车之后再度和蜘蛛进行赛跑。

蜘蛛没有追上火车，我们长舒了一口气，不过这种情况下，谁也没心思拥抱庆祝。止血凝胶已经用光了，费舍尔撕烂了自己的大衣，为我制作绷带，包扎伤口。

火车到站之后，我们才意识到高兴得有点太早了，已经有蜘蛛在车站等待了。它们等得有些急躁，车子尚未完全停好，就已经扑了上来。

“费舍尔！”我拎起扳手向扑上来的铁臂砸去，守住车门，“抱上劳拉，你们从后面的窗口翻出，弯腰……”我痛揍了一只蜘蛛，那怪物后退两步，却将身体一缩，再度弹起翻身撞入窗口，“你们快跑……”

费舍尔抱起劳拉：“赵，我们一起撤！”

“别废话了！你没我跑得快，你先去启动飞机帮我吸引蜘蛛。”

费舍尔略做思考，显然他也没有更好的主意。于是他揽起狂吠的劳拉，从窗口翻身跳到了火车的另一面，弯着腰从轨道旁的月台下，悄悄地潜到了飞机附近。

我挥舞着铁扳手，将列车车厢砸得震天响来吸引蜘蛛的注意力，费舍尔则趁机将劳拉推上飞机，紧接着自己也翻了上去。

这群蜘蛛虽然是AI，却没有太多智慧。如果真的像硅城的慧人一样，那就算只来两三个，我和费舍尔谁也逃不了。

蜘蛛们联手将列车钳住，我来回应付着不断戳进来的铁臂。

“费舍尔！启动飞机！”

费舍尔回答道：“赵，我……我忽然忘了怎么驾驶这家伙……”

我此时已经被蜘蛛包围，如果逃进飞机，肯定会将它们吸引过去，那么我们最后的逃生希望也就会失去了。

我将自己的经验传达给费舍尔，可他不知是慌乱，还是真如他所言——他根本找不到我描述的启动键。

列车车厢裂开了一道缝隙，一只蜘蛛钻进了半个身子，其他蜘蛛见到之后便纷纷开始全力用铁臂撕扯车厢。

“NO——”费舍尔大吼一声，“赵，飞机交给你，劳拉也拜托给你了！”

他翻身跳下飞机，捡起地上的一段铁锁链，将铁链抡圆。

“笨蛋蜘蛛，来抓我啊，我在这里！”他一边喊着，一边将铁锁链抛向了列车，恰好砸在一只蜘蛛的后背上。

他又跳又喊，生怕蜘蛛看不见他。这招果然奏效了，一半的蜘蛛都被他吸引了过去。他逃进货箱架子中，利用空间优势躲避蜘蛛。费舍尔这是在用生命，为我们换取最后的逃生时间。

我翻出车厢迅速跑上飞机，先把货箱门打开，这是给费舍尔留下的救命窗口；我快速进入驾驶舱，劳拉在副驾驶的座位上，焦躁地看着下面的费舍尔，想要下去帮他，可根本起不来身。我右手安抚着它的情绪，左手迅速启动了飞机。

飞机前后两个螺旋桨同时开始嗡嗡转动，此时费舍尔已经被逼入货架死角，身上多处受伤却仍然在死命坚持。飞机的转动果然吸引了蜘蛛的注意力，一部分蜘蛛朝着飞机跑来。但依然有两只蜘蛛没有放弃费舍尔，他为了逃命，翻身跳进轨道后半晌没有站起身。

劳拉终究不放心费舍尔，竟然跳出了驾驶舱，踉踉跄跄地跑到货舱边缘，朝着费舍尔狂吠。这时候飞机突然开始渐渐离地，但是我并没有操控它。

“费舍尔，快上来，这是一台自动驾驶的飞机！”

飞机已经离地1米，费舍尔从地上爬了起来，翻身刚上月台，又有蜘蛛朝他扑去。

费舍尔一瘸一拐艰难地到达飞机底部时，飞机已经上升到2米左右。他把手中的铁棍砸向身后的蜘蛛，纵身一跃，双手抓在了飞机货舱的边沿。

“赵！”他吼道，“帮我！”

我听到费舍尔的呼喊，赶紧跳出驾驶舱，双手抓住费舍尔。

飞机已经上升到3米多的高度，费舍尔笑了笑，我也长嘘了一口气。

忽然，他陡然睁大了眼睛，不敢相信地看向下面，我觉得手上的重量忽然变小了。他的下半身掉在了蜘蛛群中，暗红的血液从空中泼洒而下。

紧接着，一只巨大的铁臂钩住了费舍尔的脖颈，硬生生地把他扯了下去。

扑通一声，一切归于静寂。

劳拉悲鸣一声，想要跳出货舱，最后被我紧紧抓住。

飞机终于上升到了地表，阳光虽然微弱，却无比刺眼。白雪如盖，蓝天如洗，寒风如刀，方才的一切，恰如噩梦。

血液冰凉，我仰头倒在了货舱之中。劳拉一动不动地趴在我的怀中。

飞机上升，我的灵魂、我的心，却在血与泪中沉沦。

梦里的时间和现实的时间并不是同步的，但其间有什么联系，到如今也没有准确的研究数据。黄粱美梦，只是煮熟一顿饭的时间，做梦的人就已经度过一生；我曾经在闹钟响起的几秒之内，梦见自己参加了一场盛大的游行，从街头走到街尾，梦里的时间应该有十几分钟，但实际上不过数秒。

梦里星空浩瀚，我一个人行走在河边，不知什么方向吹来冷风，冻得我在风中瑟瑟发抖。此时心头仿佛有块巨石压得我喘不过气来，我光着脚快步在河畔的泥沙中奔跑起来。一条死去的鳄鱼将我绊倒在地，我摔倒在泥塘中，脸上、衣服上、胳膊上全都是黏糊糊的泥巴，我捶打着泥塘，放声哭泣。从出生到现在所有的悲痛，终于有了一个发泄的出口。

远处的黑暗中传来我没听过的一曲钢琴声，弹琴的人似乎把星空的语言用音符演奏了出来……

劳拉从黑暗中跑来，在我的脸上舔来舔去，我看见劳拉更是悲从中来，一把将它抱住。不过劳拉还是挣脱了我，奔向那琴声传来的黑暗之中……

劳拉，别跑！

我追逐劳拉而去，有了劳拉，我才不至于如此孤独，纵然有星空为伴，但星空终究是寒冷的，我需要温暖。

劳拉坐在一架黑色的钢琴之下，费舍尔坐在钢琴后面。他的十指在琴键上起伏，他的指尖与琴键接触时迸发出的火光，在夜空中跳跃。

费舍尔！

他抬头看了我一眼，音乐停歇，但仅仅两三秒后，乐声又起。

费舍尔，我是赵仲明！

费舍尔并未理我，我追着他向前奔跑，但是无论如何追逐，费舍尔、劳拉以及那一架钢琴都始终和我保持着同样的距离，我在夜空中奔跑，他们在夜空中后退，最后终于，消弭于那无尽的星空之中……

费舍尔……

费舍尔……

……

我哭喊着醒来。

飞机还在持续上升，外面一片漆黑，星星点点的沙灰从半开的机舱门内飞了进来，在昏黄的顶灯光照耀下剧烈地跳跃着。

我在机舱中和几具尸体躺在一起。疼，脑后疼，胳膊疼，胸腔疼，后背也疼……

我恍然，飞机已经上升至平流层。劳拉一动不动地躺在我怀里，我抱起它慢慢挪进驾驶舱。

我蜷缩着身子，斜眼看了机舱门旁的温度显示——零下50摄氏度，估计距离被冻死可能还需要些时间。更严峻的问题摆在我的面前，我一定要控制这架飞机，否则谁知道它会升到什么地方，如果被AI空军发现，只消一颗炮弹，我便连做梦的机会也没了……

费舍尔！

我又想起他死前的惨状，泪水流下来就结了冰。我坐在机舱地板上，手臂颤抖着抬起来，用袖口抹去了眼角瞬间凝结的冰碴。

我麻木地关上了驾驶舱与货舱之间的门，开始尝试操纵这架飞机，可是无论如何拉操纵杆，飞机都匀速地向着斜上方飞去。

飞行时间只有2小时14分钟，航行高度16654米。外面乌黑一片，看不到任何光芒，平流层的黑云将飞机团团包住。

十几分钟之后我还是放弃了，根本无法实现手动操控，无线电里也没有任何频道，我没法和任何人沟通。

飞行时间15小时37分，飞行高度15554米，机舱内温度显示零下35摄氏度。

我再次醒来的时候，飞机的飞行速度明显变慢了，AI的飞机也出乎意料地没有出现。肯定是因为这是他们自己的飞机，所以即使发现也没有攻击，如果他们知道我就在上面，怎么可能轻饶我？应该快要到达某个目的地了。

然而，飞机并没有向下飞行。

副驾驶座位下有一个长约30厘米的铁扳手，我将这唯一的武器握在袖子外，抱在怀里。降落的时候一旦遇到敌人，兴许还能抵抗一阵。

倦意再次袭来，我强打起精神不让自己睡过去。程复，你千万不能睡去，千万不能！

飞机上空，出现了模模糊糊的光亮，目的地到了！

这里显然是某个悬浮于空中的堡垒底部，模糊的光亮实际上是一圈方形的门洞周边用来导航的灯光，等飞机飞到堡垒底部正下方时，方形门洞从中打开，强烈的白光照在我头顶的玻璃上。

应龙降落在门洞上方的停机坪上，周围停放着几辆运输车。这里想必就是AI储存人肉的仓库了。

仓库约莫有50米宽，百来米长。与我所处位置并排的还有10个停机坪，周围还停着4架相同型号的飞机，每个停机坪下方都是一个方形的洞口，自然是飞机出入的地方。

我关闭了飞机的螺旋桨，世界重归安静。

机舱外温暖如春，白色且柔和的灯光普照，犹如天堂一般，而我就像一个误入天堂的旅客一般。

我打开舱门，踩着舷梯蹒跚地走下飞机。我脱掉已成血衣的飞行服，手里握着那根扳手，走在空荡荡的停机坪上，皮靴与地板相碰的声音清亮，在空荡荡的大厅内回响。

前方关闭的大门上写着一组英文字母与数字的编号，我看不太懂。我需要更强大的武器，我需要活下来，我要为即将发生的殊死搏斗提前做好准备！

我忽然看到一个类似枪口的东西，我猜测那应该是一支冲锋枪，类似于我之前在利莫里亚机动队时用过的那款中型冲锋枪。

我摇摇晃晃地向那枪口走去，只要拿到它，我活下来的概率就会大大提升。

20米，15米，10米……

“站住，不许动！”一个清亮的男声在大厅上空盘旋，“再走一步，我们就开枪了！”

人类？

我喘息着停下脚步，这时候，我又看见了一支冲锋枪，同时看见的还有半个头盔和一双警惕的眼睛。

“举起手来！”

“我，也是人类！”

“少废话，让你举手就举手！扔了你手里的武器。”

铁扳手砸在地上，发出清脆刺耳的丁零声，声响在大厅内回荡着。我将双手举过头顶。对面两排箱子后面突然出现了十几个模模糊糊的人影。他们穿着统一的制服，那制服的颜色和款式，我无比熟悉。

利莫里亚机动队！

“哪里来的？”对面一个人喝道。

“下面！”

“下面？你是哪支部队？”

“我……你们是哪支部队？”

“少废话，问你呢！”

“利莫里亚空军，第四飞行大队……”

我还没说完，就被对方其中一个人打断了。“队长？！”他喊道。

眼前的人影逐渐清晰，那个比我高出半个头的士兵跑了过来，向我敬礼后道：“队长，真的是你？”

我看着他，不由得浑身颤抖起来。我曾经在203机动队的行军参谋，如今的队长——韦森。

韦森一把扶住我，惊道：“队长，你回来了……你这一脸的血，我刚才都没认出来！”他招呼两名士兵，“过来，架着赵队长回去！”

怎么可能？

“你怎么……在这里……”

“我在执勤。三天前，203机动队被换防至此处！”韦森笑着说，眼睛里却是激动的泪水，“这些都是新兵，所以不认得你。对了，莫甘娜在另外一边……”

我打断他的话：“这里是利莫里亚？”

牙齿打战。

“是啊！你飞越美洲，一举摧毁了敌人两大空军基地，这英雄壮举，我们都知道！”韦森说道，“新闻说，你可能牺牲了，我们哭得天昏地暗，现在看到你平安回来，我们真是太高兴了。”

我没有死，但我现在比死更痛苦。这里，竟然是利莫里亚。飞机的自动导航，竟然把我送回了利莫里亚。一定是被AI操控了，被AI操控了……但我转头望去，另外那四架飞机又是怎么回事？我的大脑一阵眩晕。

“让我坐一会儿……”我剧烈地喘息着。

“大家停一下！”韦森扶着我坐在一个半米高的箱子上，通过耳机和指挥部取得联系。用不了多久，整个利莫里亚都会知道，本应牺牲在南极，本应被冰层埋葬的赵仲明，又活着回来了。

现在不是痛苦的时候。

我闭上眼睛，渐渐调整呼吸，一个不得不接受的结果，渐渐在我心中显现：飞机就是往来于南极基地与利莫里亚的。

利莫里亚，有人，或者某种东西，吃人！

南极基地，在半年前还是利莫里亚控制的，但机械蜘蛛忽然失控，杀死了所有人。利莫里亚操纵着南极地下数千人的生死，他们杀了那些人，并将他们分解成人肉后又送回了利莫里亚。

这是目前最可靠的推断。我驾着南极基地的飞机返航，我看到了，我也知道了，那些罪恶的制造者、阴谋的掩盖者，他们又怎能饶过我？

韦森接了一个电话之后喜形于色，转头向我道："队长，你的归来对我们是个极大的振奋，国防部长和政府内一些大官，要亲自接见你，就现在……"

"那真是……荣幸……"我硬挤出一个笑容，在众人的惊呼声中，我的身子朝着地板倒去，我任由他们将我接住。此时，我只能尽量拖延时间。如果去见了国防部长以及程雪那些人，说不定就真的"牺牲"了。

"韦森……帮我一个忙……"

"队长，你说！"

"飞机上的狗……帮我救活……"

3

"报告部长，赵仲明身体多处受伤，失血过多，如今还处于昏迷中。"病房门外，负责我健康的医生，正在向毛玻璃上一个深绿色的影子汇报着。

我从回到利莫里亚，就一直在装昏迷。有时候，回避强大的敌人，或许是活下去最有效的手段。

这是费舍尔教我的，这个总是在回避危险的老头，却因为我的出现……

国防部长莫普提低沉的声音响起：“能活下来吗？”

“报告部长，赵仲明的性命无虞，我们刚才已经为他输血……”

“你的工作结束了。”一个尖锐的男声说道。

“结束了？可是……”

刚才的男声道：“孙医生，你可以下班了，这里现在交由国防部国土安全保障局接管。”

医生嗫嚅了几声，最后只能不甘心地离开。外面的人低语了几声，绿色的影子一闪，我迅速闭上了眼睛，莫普提则迈着缓慢的步伐走进病房，身后还跟着几个人清脆的皮鞋声。

“你怎么看？”莫普提向旁边的人问道。

“很可疑。”

“怎么处理？”

那有着尖锐声音的人仿佛思考了几秒：“索性……”

另一人却道：“不妥。”

“有何不妥？”

“赵仲明重返利莫里亚的消息，已经传遍了整个12区，由于前期没有封锁消息，造成了民众对于赵仲明狂热的英雄崇拜，如果贸然……”他轻咳两声，“我担心……毕竟，大敌当前，赵仲明是团结人心的重要角色，还请部长三思……”

莫普提道：“你考虑的正是我所担心的。”

刚才那人道：“不如，先扫描他的记忆，如果赵仲明真是个危险分子，我们再行动也不迟。”

皮鞋在地上踱了几步，莫普提道：“就按你说的做。”

几双皮鞋先后走出病房。门关上之前刚才那个尖锐的声音传来：“找个可靠的人，看好他。”

“是！”

莫普提一行离开不到15分钟，嘈杂的脚步声与轮子转动的声音混合着，来到病房门口停下来。房门再度被打开，首先进来一个金发的白人女郎，是娜塔莎！

她指挥两个穿着和她同样深蓝制服的男人，将仪器安排在床头，另外两名穿绿色制服的男人则带着凝滞的气场，站在了娜塔莎身后。门外还有两名穿着白衣的医护人员守着，观察着里面的动静，我看不清她们的相貌，大概是两名护士。

两个男同事将仪器的金属芯片贴在我大脑的各个部分，一切就绪之后离开退到门外，娜塔莎也向那两个穿绿色制服的人道："你们也出去吧，这里有我就可以了。"

"格林司长特意交代，这一次由我们共同来完成这份工作。"说话的人，是个长着鹰钩鼻的秃头，眼睛不大，一眼望去看到的都是眼白。

"怎么，格林司长还信不过我……的技术？"

"那倒不是，"鹰钩鼻子旁边的方脸男人笑道，"不过，据我们了解，你和赵仲明之间还是有点私人交情的……我们担心你会过度悲痛……"

娜塔莎冷笑一声："过度悲痛？他已经脱离了生命危险，我又悲痛什么？"

"我们也是为你的情绪着想。"

"工作是工作，感情是感情，我身为机密事务司要员，自然懂得分寸。"

鹰钩鼻与方脸盘对视一眼，只是笑吟吟地站在显示屏之后看着娜塔莎，并不打算离开。"一定要看？"

鹰钩鼻道："我们也很好奇，战斗英雄赵仲明，到底经历了什么？"

娜塔莎坐在显示屏前笑道："也好，不过此事干系重大，你们……最好还是先把门关上。"两人对视一眼，方脸盘转身关门，娜塔莎接着道，"你们也不要说话，病人虽然昏睡，但你们的行为和语言很容易干扰到他，只要造成他内心的丝毫波动，都会误导我的检索。"

两个男人点了点头，没有说话。

娜塔莎却兀自说了下去："你们的行动、语言，都有可能引发赵仲明的梦境。这样的话，我们检测到的就有可能是梦境，而不是事实……明白了吗？"

两个男人继续点头，明显有些失去了耐心。

“不，你们并不明白，如果真的明白，就不会坚持站在这里了……”娜塔莎说着，但我却仿佛从她的言语中，琢磨出了一些刻意的味道，她接着道，“幸好他处在重度昏迷，如果他此时真有什么心理活动，人为地改变测试结果，我们就真的一点办法没有。”

她在暗示我？

“我们知道了，保证在你测试的时候会保持老僧入定的状态。别浪费时间了，部长和局长都在等结果呢，开始吧！”鹰钩鼻道。

娜塔莎启动仪器，我感觉到电流在我的大脑皮层与神经中枢之间游走，身体酥麻，伴随着淡淡的刺痛感。

“部长要从哪里看？”

“嗯……并未交代，你自己看着办，着重了解赵仲明返回之前到底经历了什么。”

“那就从他与利莫里亚最终通话开始，”娜塔莎回头道，“你们不要说话了，以防影响他主观地改变结果。”

结果可以主观改变？娜塔莎已经强调了不止一次。我现在越发觉得，她这些话都是在讲给我听。

她为什么要说这些？

如果她和赵仲明真的是朋友的话，那么她这么做，肯定是想保护赵仲明？上一次她就已经看到了我的记忆，自然知道我的真实身份。所以她是在保护赵仲明，也在保护程复！

娜塔莎，你到底是什么人？

娜塔莎说道：“现在赵仲明的思维混乱，这样极容易测到错误信息，还要再等等。”

她是在提示我不要胡思乱想？

如果按照她所说的主观改变记忆的理论，那么现在我必须深信自己就是赵仲明，我必须遗忘我心中与赵仲明无关的记忆……

如果我暴露了，那么势必会连累娜塔莎。保护好娜塔莎，是我目前能为赵仲明做的最重要的事。

“你们看，飞机坠毁在了南极，出现了一个男人和一条狗……”两个男人凑过来，娜塔莎指着屏幕道：“我现在是快速浏览模式，你们若见到不对劲的地方，可以让我恢复正常速度。”

“停，这里！”

“我们的人去救赵仲明了，这炸弹……嗯，这个男人要带赵仲明去一个比较安全的地方。”

娜塔莎解说完后继续快进。

“停！”

“这里……赵仲明也不知道这些机械蜘蛛是怎么来的，嗯……来到了一个陌生的基地，赵仲明认为，这里是AI政府的秘密基地……没有什么问题。”

两人沉默了10余秒，鹰钩鼻在本子上记了几句，方脸盘才道：“继续吧。”

我忽然想起从风洞向下走的时候，我和费舍尔聊了很久的私人感情问题，而我则谈到了我在夸父农场上对丁琳的看法。

我有这些念头的时候就意识到不对，果然，听到娜塔莎说道：“这一段都是闲聊，我们不看了吧……”她似乎察觉到了什么，单方面地加快浏览速度。

“等等！”鹰钩鼻忽然吼道，娜塔莎一惊，却听鹰钩鼻道，“这些死人怎么回事？”

娜塔莎将耳机的声音外放了几句：“你们自己听……赵仲明认为，是AI在屠杀我们的人民……”

我与费舍尔交谈的声音在病房内回响，他们就像在看一部影片。二人听了几分钟，显然没有发现破绽：“快进！”

我又回忆着哪里会有问题，忽然，鹰钩鼻又道：“怎么如此混乱？”

娜塔莎道：“我们刚才的交谈，诱发了受测者的心理活动——当然，这么说，不代表他已经醒来，因为人睡着的时候，大脑也会对周围的环境做出反应。”娜塔莎又将声音切回耳机，然而鹰钩鼻也向娜塔莎要了个耳机戴上。

我竭力控制心神，不去乱想什么。

他们继续向后看下去，我不知道他们看到了什么地方，心中未免惴惴，但也不敢胡思乱想。

“停下！”

“一群死人，有什么好看的？”

“倒回去！”

“太恐怖了吧，你们都什么兴趣爱好……”

“倒回去！”鹰钩鼻声音大了许多。

娜塔莎眉头微微皱起，只能依言重新读取刚刚过去的记忆。

“你听到了什么？”方脸盘还不明所以。

“你听这一段，赵仲明的心理活动……听见没？”

“程复？”方脸盘惊道。

鹰钩鼻仿佛发现了宝贝一样，将脸贴到了娜塔莎一侧。“再听一次！外放出来！”

扬声器中传来一个女人刺耳的尖叫：“程复，救救我，我真的很痛苦。”

这是在车站铁销拴住大门之后的女人。

“怎么回事？赵仲明的心理活动，怎么会有程复的名字？”

娜塔莎紧张道：“这……不太明白。”

“将这一段重点记下来！”

“收到！”娜塔莎只能依言去做，“的确很可疑，不知道他之后会不会解释……”

娜塔莎又在暗示我。

“我们再听听后面的话，或许会找到原因。”

我尝试着去回忆那凄惨的场面，年轻的肉体在百米的地下凋零，我嗅到了血液的味道，我是赵仲明，我的心理活动中为什么会出现程复的名字？

因为，我曾经遇到过类似的情况，一个女人在MU大陆上垂死挣扎，她喊着：“程复，救救我……”

那个女人是谁？

是姜慧，那个倒在地上的女人，在我进门的时候，她朝着程复大喊："程复，救救我……"

对，就是这段。我强迫自己，让这一切恢复成真，脑子里不断地重复着这段记忆。

果然，身后的一个男人皱起眉头："怎么记忆变得这么混乱，程复的名字为何频频出现……"

娜塔莎分析道："现在记忆出现重叠，是因为受测者受当时环境影响，想起了曾经的回忆……你们看，这是……这是MU上的情景，我之前看过赵仲明的记忆，没错的……这里有个女人，也曾喊出了和刚才那个死去女人相同的话……"

"那个女人是谁？"

"身份不明！据其他犯人交代，好像是个AI。因为安全问题，机动队已经将她的躯体就地销毁。"

"先记录下来，继续。"

嘈杂混乱的声音自扬声器内传出，忽然，身后两个男人同时喊了句："停！"他们面容惊悚，仿佛听见了什么可怕的事情。

娜塔莎重播刚才的片段，扬声器里传来我的声音："我曾经听说过人体种植，AI通过人类的身体种植器官，用来为联合政府统治下的人类换器官，不过据说有一部分器官被送进餐厅，成了市民心中的'绿色食品'……"

两个男人面面相觑。

鹰钩鼻道："你刚才听到的是什么？我怎么记得，赵仲明说的是他亲身经历过人体种植？"

方脸盘道："记不清，或许，是我们太敏感了——我曾经听说过，与我亲身经历过，这两段话的确有些相似。"

"可他听说过人体种植，也不对！"鹰钩鼻道。

娜塔莎补充道："赵仲明和程复接触过，也和MU上的人交谈过，我认为，关于人体种植的细节，他多少了解一些。"

我暗自庆幸自我修改记忆的成功，如果他们掀开被子看看，就会发现我的整个后背已经被汗水浸透了。

后面，他们没有再喊停，因为我的大脑强制自己相信我就是赵仲明，而且后面没有关于程复的情节和对话。他们一直看到了我昏倒在飞机上的那一刻为止，至少在此之前，我都强迫让自己相信这里是AI的基地，与利莫里亚无关。

“看看赵仲明知道飞机自动导航是回到利莫里亚之后内心的想法。”鹰钩鼻十分谨慎，而他要的内容，至关重要，关乎我的生死。

娜塔莎将记忆播放跳到了我与韦森见面的时候。

我内心的声音从扬声器里传来——我重新构建了当时的见面情景。

我内心说：“太好了，太好了……一定是利莫里亚的人发现了我，操纵了我的飞机，把我带回了家……”

虽然模糊，但是这句话的大致意思还是从扬声器里传了出来。身后那两人在本子上记录了几笔，从娜塔莎手中接过拷录的机密文件后便从房间里走了出去。娜塔莎微微闭上了眼睛，松了一口气。

她站起身，重新将门关上后坐到了我的床边。我睁开眼睛，看着她，她微笑着摇了摇头，轻声道：“你醒了……”

我坐起身：“幸亏你……”

她忽然就吻了过来。

大脑里，烟花绚烂。

赵仲明因为工作原因，多次进入机密事务司，对娜塔莎一见钟情。但是，等到他第一次和她说话，竟然是在拉里贝的追思会上。此次以后两颗心便将彼此抉择为此生最重要的人。

在机密事务司，娜塔莎了解到了很多不为人知的秘密，于是她产生了一些冒险的想法：通过整理一些禁书，将内容植入到自己的大脑中。她以极短的时间掌握了与她年龄极不相符的人类智慧，但是这些事情只有赵仲明知道。

是她告诉赵仲明那粉红色小药丸的秘密，并怂恿他，与她一起体验了伊甸园中毒蛇教唆夏娃吃下的禁果。

他们不断地幽会，在任何没有监视设备的地方接吻，一次次地挑衅利莫里亚的法律，却又每次都能成功。他们在这紧张与刺激的游戏里上了瘾，直到赵仲明宣布：他打算退出游戏。

是娜塔莎在犯人身上搜出的违禁物品中，发现了那个神秘的挂坠，并在登记簿上消掉了挂坠的名字。

我想起这些事情的时候，心脏跳得像个淘气的猴子。这是赵仲明的心脏。可我清晰地记得这种感觉，就像是我在夸父农场N33上第一次见到施云一样。

我要凭那墨玉镶边的眼睛，睫毛直吻着你颊上的嫣红……

脑子忘记的事，心却都记得。

"想起来了吗？"她移开嘴唇，揽着我的脖颈问道。

我点点头。"这就是你当初为我植入的非要等特定条件下才会启动的……小把戏？"

她笑了，脸颊绯红。

"你变聪明了。"

显然，在她眼里，我还是赵仲明。

"上次，你为什么没有直接告诉我我们的关系？"

她有点埋怨地说道："是你执意要将我抹去的。"

"那你为什么今天又突然……"

"因为我演不下去了。"

绿色玻璃上人影一晃，娜塔莎在我耳边轻声道："小心说话，有监视。"

她话音刚落，我眼睛的余光里看到一位白衣护士推门而入，却听那人轻声咳嗽："如果工作完毕，请尽快离开病人病房。"

娜塔莎站起来后转过身去，我看到了那名护士，竟然是雪华！

她冷笑道："你还真是万能啊？刚才还在机密事务司，现在又来当护士，工作时间逃班，又碰上长官，尴不尴尬？"

雪华也笑道："在你出门之后，国防部就已经调了我的岗，娜塔莎，你如果认为我的工作埋没了我的能力，那尽管去国防部理论，为我鸣个不平。”

语气不急不慌，还真挺像个温柔的护士，更像我曾经的妻子。但是她的出现，让我刚刚才被娜塔莎温暖的心，瞬间如堕冰窟。

“赵队长，您是不是身体不舒服？”她走过来关切地问道，将娜塔莎挤到一旁。

我这时候才意识到自己已经目不转睛地看了她有段时间了，以至于连娜塔莎都察觉到了我不对劲。

“仲明，你怎么了？”

我轻咳两声：“我之前和这位朋友有点误会，刚刚在想，真是冤家路窄呀，你不会趁机来报复我吧？”

雪华笑道：“赵队长真是幽默，你现在是利莫里亚的大英雄，我能照顾你，荣幸之至。你如果能不计前嫌，我简直感激万分呢。”

两名穿蓝色制服的行政人员帮助娜塔莎将仪器运了出去，娜塔莎依依不舍地离开了病房，她看向我的最后一眼，充满了担忧。

雪华检查了我身上伤口的恢复情况，又从仪器上记录了心跳、血压等数据。

“赵队长，你现在心跳过速……”

“我……我确实有些不舒服。”

她淡淡一笑。“你不会因为看到我，紧张了吧？”

我没有回答，只是低下了头，希望她没有看出我脸上变幻的风云。

她又笑道：“我开个玩笑罢了。”

“不好意思……”我忽然试探性地说道，“我……我失态了。”

“你最近一段时间，没吃正心丸？”

我不好意思地点了点头，不过我知道，她已经认为我心跳过速的原因，来自她作为异性的吸引力。

“那你不会见到每个女人，都这副窘态吧？”

我索性就装下去。“自然不是，主要因为你……你很漂亮。”

雪华骄傲地一笑。“这些话，可别让外人听了去。”

“你叫什么名字？”

她看了一眼紧闭的房门，又看了一眼我的眼睛。“你可以叫我阿雪。”

阿雪，我喃喃道：“你……我……”

“你一个大英雄，怎么说话支支吾吾的？”

我索性便演下去。“你长得……很温柔、很特别。我经常去机密事务司，怎么就只见过你一次？”

“你这小嘴儿可真甜，利莫里亚上的人，可没几个如你这般有趣儿。”阿雪笑吟吟地为我调整了空调的温度，“看你额头上这么多汗——嗯，我负责的工作一般都是内部的，所以你没见过我，我也是才调去的机密事务司。”

“难怪……”

“你是不是对每个美女，都会关心几句？”

“自然不是，”我朝她尴尬一笑，“能不能答应我一件事？”

“你可是我们的英雄，有什么不能答应的？”

“谢谢……不过，不是什么大事——只是，我没吃正心丸的事，能不能替我隐瞒？”

阿雪将头歪向右侧，有些调皮地朝我微笑：“乐意之至！那这样的话我们之间也算有秘密了。”

她拿着病历表单拉开房门准备出去的时候，忽然愣住了，然后她又将门关上了。

“你……你认识程复？”她装作若无其事地问道。

“嗯？你打听他干吗？”

“没什么，”她眼神有些恍惚，“我不过有些好奇这个人。”

“我和他有过简单的接触。这个叛徒，不是已经被处死了吗？”

“你刚才……”她说出来之后，才意识到自己话多，不过还是说了下去，“提到了程复？”

“我？”

“娜塔莎来给你做的记忆检测，你记忆里出现了程复的名字。”

我装作什么都不了解。“是吗？都测出了什么？”

她摇了摇头：“没什么——赵队长，你好好休息吧，有需要的时候，随时按床头的红色按钮。”

她白衣一闪，飘然出门。

如今，一些不愿意相信的推测，渐渐在我心头明朗——夸父农场和利莫里亚，必然有着某种密切的联系。

我驾驶着朱雀战斗机掠过AI在南美洲的空军基地，看见夸父农场与施云时就该想到——那就是敌人俘获的“补给飞船”！

我重重一拳砸在床上，掌心的伤口虽然已经修复，但此时内部的组织又疼痛起来。

越痛，越真实。

补给飞船，夸父农场，根本就是一回事。曾经的器官种植，根本不是送给AI治理下的人类，因为我亲自去过硅城，那里的人大部分都换了机械器官。

所以答案只有一个，夸父农场就是利莫里亚控制的，它是监狱，是犯人的劳改农场，那里的一切产出，都供应给了利莫里亚。而南极的基地应该也是如此，只不过它是个加工厂罢了。

每天下午进入夸父农场运货的飞机，难道就是运往利莫里亚的？如果不是，那雪华又怎么会出现在这里？本已经在利莫里亚的施云又怎么会出现在夸父农场上？答案只有一个：AI从未控制过夸父农场，一直是人类在控制着。但与此同时，另一个问题冲上心头，让我无法坚信这个推断。秦铁和大河原树又是怎么回事？丁琳出事的时候，他们以联合政府智人管理局的身份登上过夸父农场，这又怎么解释？

他们确实是联合政府的人，也确实是AI的“走狗”！一定有哪里出错了，一定有什么是我还不了解的。

真相，到底是什么？

第七章
千神之殿

1

因为一个叫赵仲明的名字，利莫里亚沸腾了。

数日之后，阿雪扶我来到医院窗口旁，我看到楼下的广场上已经会集了上万年轻男女。他们高举着赵仲明的照片以及条幅，整齐划一地向我高喊着“英雄”的口号。

“利莫里亚的人最崇敬英雄，上一个受如此尊重的英雄，应该还是程成了，”阿雪关上了窗户，外面传来巨大的呐喊声，“这么多年，也没有人能像你一样，被敌人击落竟然还能活着返航。”

此时的我只感到巨大的荒诞。

那日在法庭上朝着我扔垃圾、骂我是叛徒、恨不得食我肉寝我皮的也是这一群人吧。

“怎么了？”她声音温柔。

“我只是感觉任重道远……如今敌人强大，我一个人活下来只是侥幸，如何能保证利莫里亚的安全，才是最终目的。他们这样狂热地崇拜我，可我能力有限，仅凭一己之力，又如何扭转乾坤？”

“但是大家都相信你，是你让我们看到了胜利的希望。”

住院的第三天，一颗黄豆脑袋从门外探了进来，他连着发出三声“嘿嘿”笑声后才跳到我的床前。

“赵仲明，咱哥俩大难不死，以后得有多大的后福？”他笑着擦掉眼泪，“奶奶的，酝酿了好久如何喜剧开场，结果见到你小子，还是忍不住想哭。”

我抓住黄战斗的手，劫后余生，更觉珍惜。

他那天确实被敌人击落，不过跳伞之后，在一片森林里藏了一天，最后终于等到了后续的救援。

“你说，你立了这么大功劳，得封多大的官儿？”

我摇了摇头：“这算什么功劳，一次惨胜，并不能扭转战局。”

“得了吧你，利莫里亚这些年，也没人能把AI基地炸成熊窝，而且还能全身而退。我都听说了，你的表彰会已经在筹备中了。”

我耸耸肩，一副无所谓的样子。

韦森和莫甘娜在昨天来过，分别带来了一个好消息和一个坏消息。好消息和黄战斗讲的一样，坏消息则是，我交代给韦森那件事，他没办好，所以特意来道歉。

劳拉活了下来，却被国防部派人强制带离了203驻地。因为来医院探望需要批准，因此隔了这么久，韦森才来告诉我。

我故作遗憾，但是看他那么伤心，我差一点就把实话讲了出来。

实际上劳拉已经被哥四脚运进了利莫里亚间壁，并获得了达尔文、牛顿等人的救治，如今已经康复。早在住院的第二晚，我就通过哥四脚和孔丘、爱因斯坦等人取得了联系，但由于医院房间的通风道不能容许我爬进去，因此我与他们之间传递信息全由哥四脚来做。

哥四脚还带来了一个重要消息，人类食物的短缺也影响了壁人，在生存危机下，壁人部族之间已经开始自相屠戮，战争时断时续，越来越多有信仰的壁人都放弃信仰，加入了另一方。哥四脚因此忧心忡忡。

所谓的表彰典礼，更像是一场新闻发布会。

大厅内，利莫里亚陆军和空军的中上级官员济济一堂，而我则坐在轮椅上，被109团两名参加过战争的战士推着上台。

国防部长莫普提首先宣读了战争所取得的成果，但是对于战斗中第四飞行大队伤亡过半的重大损失却避而不谈。接下来便是给参战的飞行员颁奖，黄战斗也成为了战斗英雄，兴奋地接过郭子兴大队长颁发的奖章，乐呵呵地笑着，还不住地朝我抛媚眼，如果是在私下里，他肯定早就朝我跑过来了。

整个第四飞行大队，只有阿历克斯没有上台，他成为了唯一一个与荣誉无关的人。他此时正坐在第四飞行大队空荡荡的席位中，显得尤为显眼。他冷冷地看着我们，嘴角不住抽搐。

最后是为我个人颁奖的环节。此次行动，被军方称为美洲突袭战，连普通的战士都能评上战斗英雄，所以谁也不知道我这个战斗的策划和领导者，会被授予何种荣誉。

莫普提拍了拍话筒，全场安静。

“众所周知，本次突袭是第四飞行大队109团赵仲明全盘策划，并亲自带队执行，本次行动的伟大胜利，赵仲明应记首功。”台下掌声雷动，记者们的照相机和摄像机不停地朝我招呼过来。

莫普提压了压声音：“时代需要英雄，利莫里亚更需要英雄，如今大敌当前，更是呼唤英雄的时刻！为了表示政府对英雄的重视，表示对这次胜利的嘉奖，我们决定——”莫普提将演讲台上的一个红色盒子当众打开，一枚泛着冰雪色的五角星奖章熠熠生辉。

前排的几位将军、上校不自觉地站了起来，而身后的士兵们有些则表现得异常激动，有些则不明所以，场内乱哄哄一片。

“将北极之光奖章，授予赵仲明，以表彰他在美洲突袭战做出的决定性贡献！”

堂下哗然一片。

北极之光，大多数人都听过这四个字，但真正见过奖章的绝对在少数。莫普提微微一笑，并没有进一步介绍北极之光奖章的价值，我心中冷笑，这个小人！

我从轮椅上站起来，挺直胸膛，让莫普提将奖章别在我的胸前。我向他敬礼，礼毕之后朗声道："感谢部长，我心里有些话想讲给大家听，希望部长批准。"

莫普提一愣，不过随即放松神色："我们担心你的身体，本来有安排，但是会前取消了……"

"多谢部长关心，我还是希望讲一讲本次战斗中的一些感想！"我咬着牙，如果他再度拒绝，我就自己跑过去将话筒抢过来。

我要告诉这里所有的年轻人，这奖章，是我父亲程成曾经得过的。莫普提故意回避，自然是因为他们这群人心中仇恨父亲。

莫普提以为我要借机发表获奖感言，便点了点头，并带头鼓掌，掌声如雷。

"感谢大家！"我看了一眼第四飞行大队近乎一半的空席位，"大家看到的是胜利，或许，胜利更能激励我们。但我看到的是牺牲，是我的战友们用40多条年轻的生命，为我们换回这次胜利，所以，这北极之光，我愧不敢当，这荣誉，应该属于参与本次行动的所有战士……"

片刻的宁静之后，稀稀拉拉的掌声响起，随后，掌声逐渐汇成排山倒海的洪流。

"24年前，在座的诸位——包括我本人——很多人都没有出生。然而就在那一年，程成将军率领着第四飞行大队，在白令海重创敌人，击沉3艘航母，获得了人类与AI战争的首次巨大胜利。而北极之光奖章，就是联合国授予程成将军的荣誉！"下面不少人恍然大悟地"噢"了一声，"程成将军带领人类走向的是一次次胜利，而我又何德何能，敢与程成将军比肩……"

这时候，黄战斗突然在下面喊道："赵仲明，是你带领利莫里亚空军，实现对AI的首次大胜，你就是我们的程成！"

这一招呼登时振奋了士气。我瞟了一眼莫普提，他的黑脸上看不到任何惭愧之情。我忽然就想通过这次发言，讽刺一下这位国防部长，但理智瞬间告诉我：一定要隐藏自己。

我继续说道："有程成将军的精神激励着我们，我也必将承担起北极之光的责任，与在座的诸位，与利莫里亚所有士兵，共同守疆卫土，共同捍卫人类的尊严。只要我们战魂不灭，人类就一定能取得这次战争的胜利！”

在热烈的掌声之中，我坐回到轮椅上被缓缓推下了台。

傍晚，阿雪推着我来到顶楼的花园中，这里有个圆形穹顶，可以模拟蓝天和落日。我们在一片苜蓿园中看着夕阳西下，这让我想起曾经在夸父农场上和丁琳欣赏落日的情景，不由得叹了口气。

她一边为我按摩肩膀，一边问道：“怎么，有心事？”

“真美。”

“假的罢了，真实的日落比这可美多了。”

“夕阳无限好，只是近黄昏，”我感叹道，“越美的东西，便越容易失去吧。”

她咯咯一笑：“真不知道你脑子里想的都是什么，这么小的年纪……胡思乱想。”

“你不觉得吗？你心中难道就没有当时不珍惜，如今却没法再回去的美好回忆？”

她的双手停了下来，眼睛望着落日愣怔了片刻。“自然有的。”

“日升日落都是片刻的美，白天有差不多1000分钟，日升日落加起来也才10分钟，可一天当中，人们最爱的、最怀念的，却只有这抓不住的区区片刻。”

“人还不都是这样？”她吸了吸鼻子，岔开话题，“你又感慨什么？”

“我只是想到了自己短暂的一生。”

她笑了。“大英雄，你总发愁什么，你才……22岁吧？”

“利莫里亚没有一个士兵能活到23岁，不是吗？”

她不再说话。

“你有没有爱过什么人，或者被什么人爱过？”这是一个可有可无的关键问题，不问，我很安全，问了，便走向禁区。

她没有回答，只是将眼睛望向即将消失的夕阳。

“怎么不说话？”过了半分钟，我追问道。

“我只是……不知道如何回答。”我感受到了她的情绪。

“你帮我保密了正心丸的事，我自然也不会把你的秘密说出去，你也有过爱人吧？”

我很在乎，这不是装出来的，是真的在乎！

她摇了摇头，没有说话。

我故作轻松地调笑道：“这么神秘，不会是我认识的人吧……”

她扶着我肩膀的手微微颤抖。

我适可而止。“你喜欢他吗？”

“我不知道。”

“不为所动？”

“不知道。”

我抱怨道：“自己的感情你会不知道？如果你也喜欢，不妨直说啊！”

“他死了。”

“哦……真是遗憾。”

“没什么可遗憾的。”她的手离开了我的肩膀。

“那你……会想起他吗？”

“有时候，会，”她停了停，“毕竟，也有两年的感情……”

我点了点头，足够了！就当那个男人是夸父农场上的程成吧。这样，至少我心里会舒服些。我不想总是带着仇恨和敌意生活，她，无论是叫雪华，还是叫阿雪，也不过是一个工具罢了，为了完成任务，不得不与我的命运强行羁绊。

我已经不在乎她是否是因戏生情，但看她如今的状态，至少她会想起那个人，那个也许是我的人。

足够了。

一切都是假的，至少，还有一份真情留在了她的心中。

我的身体已经接近康复，三五日之后就可以离开医院了。自从上次一别，哥四脚已经五天没有来找过我了。壁人的危机到底恶化到了何种地步？老爱、孔丘他们是否安好？这些问题时刻牵绊着我。

自从回到利莫里亚，我的睡眠便一直很浅。虽然过了记忆检测的关，我还是拿不准国防部会不会趁我睡熟时除掉我，毕竟我是利莫里亚几万士兵中最接近真相的那个。

他们既然没动手，那就说明我还有利用价值。

大概是想在AI打过来的时候，把我一捆，送去求和罢了。

喀啦！房顶一响，哥四脚终于来了。

我迫不及待地站在床上，熟练地替哥四脚拆掉了通风道的挡板。脚步缓缓靠近，我轻轻呼唤哥四脚的名字，但是他并未回应。

当我意识到出了问题时，通风道里寒光一闪，一把匕首自上而下朝我刺了过来。我迅速倒在床上，那匕首紧跟着扎向了我的腹部。

一个女壁人从天而降，手中握着匕首，连连向我刺来。

“你什么人？”

“你连我也忘了吗……”

听声音我忽然想起来，她是第一次让我知道壁人存在的那个偷袭者——季三木。

她几次都未刺到，便借机喘息着站在原地蓄力。

“哥四脚呢？”

她冷笑一声：“这条走狗吗？被我杀了。”

“你……”我咬着牙道，“他是你的同类！”

“壁人都快饿死了，还分什么同类异类，能吃为什么不吃！”她黄色的眼睛一翻，“不止这个倒霉蛋，你的那些同伙，早晚也得被我们吃个精光！”

“浑蛋！”

“骂也没用！为了活着，换作是你也会这么干！”

“我绝对不会吃我的同类！”

女壁人咬着牙笑道：“没有吗？没少吃吧！你们的一日三餐，难道你以为，里面的肉真的是猪肉、牛肉和羊肉？”她不等我反应，挥刀再次攻来，“受死吧，你这虚假的偶像！”

我接住她的手臂，两只手掌环住她的手腕，稍微一用力她便动弹不得。这就是壁人的力量，灵活有余却又气力不足。

我迅速将匕首从她手中拔出，反手横在她的脖颈下：“你为什么非要置我于死地！”

“你自己不知道吗？垃圾！”

“把嘴放干净！”

“你若不死，壁人就无法团结！”

我不解道：“你到底在说什么……什么无法团结？”

“程复！我知道你的名字，你就是他们崇拜的救世主，我呸！在我看来，用迷信统治壁人的，就是你这种骗子、垃圾！”

“我没有制造迷信，更没想统治他们！”

“别狡辩了！如今壁人已经到了生死存亡的关头，但依然有一小拨人，杀不死，不投降，依然坚持对你的迷信，等着你去救他们！”她恶狠狠地道，“我便取了你的人头，让他们死了这条心！”

“你纵然用我的头解决了内乱，可你们躲得过利莫里亚的大灾难吗？”

“少蛊惑人心了，利莫里亚最大的灾难就是你！没有你，壁人之间就不会发生战争，如今已经死了50个兄弟，如果不杀死你这败类，壁人的战争不会停止……”她嘴里流出了血，“败类！阴险……的……骗子……”

她身子软了下去。

季三木向我倒了过来。这时候，我才发现，她肩膀不知何时扎上了一支袖箭。

门缝微开，一双眼睛正看着我们。

阿雪笑吟吟地走了进来，一边走，一边戴上白色手套。

“遇上麻烦了吧？”

杀死季三木的自然是她了，可她现在显然明知故问。

“谢谢，”我装作胳膊受伤，喘息着坐回床上，“这是什么怪物……”

"你是第一次见吗？"她开始在柜子里翻找，反而对那倒在地上的尸体不是那么在乎，"拉里贝找你去197团的时候，你不已经见过了？"

"你说什么……"

"别害怕，你一定吓着了，"她拿出了一管蓝色溶剂，在灯下弹了弹，"你现在是康复最关键的阶段，一定要好好休息，否则会影响恢复。"她接了半杯温水，将那蓝色溶剂倒入水中。她将那杯变蓝的水递了过来。"快喝吧，这药对你身体有好处。"

她此时虽然笑着，可在我看来却让人浑身发毛。

她太不对劲了！

我摇了摇头。"我现在还不想喝……而且，你从未半夜给我喝过什么药，这……"话未说完，她便握住了我的手腕，手腕仿佛被蚊子叮了一下。

"你在干什么？"

我甩开她的胳膊，果然，在我手腕处已经多了一个红点。

"你需要休息……"

她话音未落，我耳孔里仿佛被灌了水，脑子里嗡嗡直响，她的声音离我越来越远。她嘴角抽了一下，用一种复杂的眼神看向我，然后摇了摇头。

"你不应该冒充程复……"

我感觉身体越来越麻木，说不出一句话。

"对不住了，虽然你是他的朋友，可我必须这么做，这是命令。"她右手握住了我的下巴，将我的嘴掰开。我想要挣脱，可我除了还有些神志，已经失去了对身体的控制权。

她左手端起那杯蓝色药水。"见到他，请带去我的问候……"

她捏着我的脸颊，我用尽了最后的力气，喊出了她的名字："雪……雪华……"

阿雪愣住了，仿佛听见了魔鬼的名字一般，随着一阵颤抖，蓝色药水却洒在了我身上。她眼睛陡然失去了神采，身体也朝我倒来，我被她的身体压在了床上。

血腥的味道。

我耳朵里像是被堵上了棉花，可我依然能感觉到，地板上有清脆的高跟鞋的声音。

一把装着消音器的手枪出现在我的耳畔，握着枪的手指洁白细长，那只手拽开了阿雪的尸身。一个女人进入我的眼帘，模模糊糊地，但我认出了她是程雪，是她刚刚把一发子弹射入了阿雪的后脑勺。

“能走吗？”她面无表情地问道。

我想回答不能，可是我现在连眼皮都眨不动。

她摇了摇头，拉起我的左手胳膊将我架在身上硬拖出门去。我无力地喘息着，双腿绵软地被拖拉着向着一处光亮而去。

我没能走进那光亮之中，便昏迷了过去。

2

“凡人最大的荣耀，就是与神为伍。”

很难分清，是这句话将我唤醒，还是我醒来的时候恰好听见了这句话。说话的人仿佛就在我耳边，又像是住进了我的脑子里，这句话像一记强有力的拳头，重重地捶在我的胸口。

我猛地睁眼，大口喘着粗气，仿佛刚才有人在我睡着时扼住了我的脖子。柔和的光照进眼睛，我正躺在一张木制的躺椅里，上身盖着一件深咖啡色的男士毛绒大衣，领口遮住我的脖颈，领口的绒毛还散发着香烟的焦油味。而下身我还是穿着医院的条纹服，脚上套着一双布拖鞋。

这里看上去应该是一间客厅，我所坐的躺椅位于客厅落地窗的一侧，窗户被深红色的窗帘遮住，窗帘下有十几盆绿色的植物盆景。客厅内的布置非常普通，甚至还有些陈旧。木制的茶几、香案、茶具静静地被几张布艺沙发围着，沙发后面是两排巨大的书柜。书柜的一侧，有个书桌面大小的鱼缸镶进了墙里，几条红金鱼在水里悬着，时不时地晃动一下尾巴。

客厅的一面墙壁上爬满了一种圆形叶子的藤条，转角桌上的几根枝杈上还开出了粉色的花，两只蝴蝶围着花朵翩翩起舞。

程雪的家？

我记得她从雪华的手中把我救了下来，然后搀扶着我离开了医院。之后的记忆便彻底归零。但是刚才唤醒我的声音，是一个有些苍老却又中气十足的男声。

忽然，叮叮当当的声音从我斜对面的一个房间中传出，房间的红色木门开着一道缝，门缝里的光比客厅强了许多，在地板上留下一道白色光轨。哗啦一声，伴随着骨碌碌的声响，像是石头砸在地上摔碎了一般。

我来到那扇门前，轻轻推开木门，白光洒在我的脸上，像是日光，却又看不见太阳。等我的眼睛逐渐适应光亮，才看清这是一间比客厅大了10倍不止的宽阔房间，篮球场一般大小，不过这里的墙壁下，都堆放着零零散散的白色石像，多是残缺不全，或者是雕刻到半途便放弃的未完成的作品。

三面墙壁与地上的大理石是同样的颜色，第四面白墙上却遮着一块酒红色的幕布，看上去和客厅窗户的感觉差不多。

一个男人背对着我，在那块红色幕布下，专注地雕刻着一块两米多高的白色石块。

我猜不出他的年纪，但是从他那一头银色短发来推测，至少也有70岁了。他不到一米七的中等精瘦身材，上身穿着灰色格子的衬衫，宽而肥大的蓝白色牛仔裤下，是一双朴素的灰色橡胶底布鞋，此刻正踩在一个40厘米高的淡黄色木凳上。

他的两条袖子挽到了肘部，胳膊以上落满了石屑。我逐渐走近他，他却浑然未觉，心无旁骛地将注意力放在雕刻石头上。

“喂！”我试探性地打了个招呼，“请问，这里是什么地方？”

显然他听见了我的问话，停下了手中的活计，可是没过多久他又挥舞着锤子开始了自己的凿石工作。

“您好……”

他再次停止，这次他终于缓缓地转过了头。我这才发现他戴着银色方框眼镜，脸形瘦长，额头细纹满布，头发像是退潮时分的浪花，已经撤到了脑瓜顶。

他撇着干瘪的嘴唇，略微低头看着3米之外的我。他虽然脸上纹路少些，但却长着参差的老年斑，或许他已经80岁以上了。

“你在跟我说话？”他有些不耐烦地道。

没错，这就是刚刚把我唤醒的声音。

我转头看了看这空荡荡的大厅。“这里应该只有我们两人吧。”

“你是谁家孩子，你爹妈没教你，跟人打招呼问路，要用‘您’吗？谁的名字是‘喂’？”

原来他竟然在因为一个失礼的招呼而斤斤计较。

“呃……”我重新整理了一下情绪和语言，“请问老先生，这是什么地方？”

他这才从凳子上走下来，将锤子和凿子放在凳面上，用旁边一张方桌上的毛巾擦了擦白色的大理石碎屑。

“这里，千神殿。”

我喃喃地重复了一遍这个名字：“是在利莫里亚上？”

“自然是，你以为你睡了一觉，能去哪里？”他嘴里一边说着，一边又转过头去打量着刚才雕刻的石头，手上比画着，像是在构思着下一步该如何去刻。不过，我实在看不出他在刻什么。

“程雪呢？是她把我送来这里的吧？”

“她自己长着腿，我又怎么知道她去了哪里。”

“那请问老先生……我应该如何称呼您？”

他再次转过头，眼神里透露着莫名其妙。“你都称呼我为老先生了，还问什么称呼？”

“我是问，您贵姓？怎么会在利莫里亚……”我不过是好奇他的身份罢了，在利莫里亚我从没见过年纪这么大的人。

“噢，你是好奇我的名字？我在这里究竟做什么工作？”他右手朝石头一甩，“没看见吗？我在雕刻。”

“您总不会只是个雕刻石头的吧？”

“随你怎么想，不过我现在就是个雕刻石头的。”他退后两步，打量了一下我，又看了看石头，双手又比画起来。

“您在刻什么？”

“刻你。”

“我？您是说，想给我刻一尊石像？”

他转过头来，脸上是一种受到了侮辱的表情。“你这是什么语气，质疑我，觉得我刻不出来？”

“没那意思。”

老人朝我们对面的红色幕布一招手，那幕布竟然就徐徐升了起来。而那幕布之后，是一群白色的石头人像，有几百座，每个人像的模样都各不相同，身高和常人相同，有男有女，或立或坐、或喜或怒、或谈笑风生、或默然不语，尊尊雕刻得栩栩如生。

我惊呆了，老人笑了笑：“还质疑我吗？”

“这都是您一个人雕刻的？”

老人懒得回答这个问题，指着那尊他刚刚开始的雕像道：“你是第1001。”

我望向那密密麻麻的白色雕像群。“1000尊？”

老人道：“刚才我都说了，这叫千神殿，自己可以理解嘛，不用什么都问出来。”

我尴尬地挠挠头，这老人有些古怪，或许是一个人在此雕刻石头久了，孤僻成性，所以不太喜欢和人交流吧。

老人深吸一口气，张开双臂，朗声道：“一个凡人最大的荣耀，就是与神为伍，”他转过头，朝我微微一笑，“不是吗？北极之光！”

他的笑让我心中不由得升起一阵寒意，我轻咳一声，以此来掩饰内心的紧张。“北极之光，是军队给我的荣誉，我配不上。”

“你自然配不上！”他面带微笑，声音慷慨，“但我依然颁给了你，因为在这片大陆之上，没有第二个人，比你更适合这枚奖章。”

“是你颁给了我？”我内心仿佛什么东西炸开了一样，“你……你到底是谁？”

他没有正面回答。“我是谁，已经不重要了。重要的是，你是谁？是一个准备庸碌地活下去的匹夫，还是个为连自己都不认识的祖国献身的傻大兵？抑或只是人类命运的绝响乐章里，一个只负责陪葬的音符？”

我隐隐觉得，这个人在利莫里亚的地位，应该比国防部长莫普提与议长程雪都高。如果利莫里亚是一片充满罪恶的大陆，那这个人，肯定有不可推卸的责任。

“罪恶？”他盯着我的眼睛说道，“还能看到罪恶，那说明你依然是个凡人。”我被他看得瞠目结舌，他的右手朝我身后的位置一指：“我们坐下慢慢聊。”

没等我反应过来我就已经回到了刚才醒来的躺椅上，躺椅的后背比刚才调高了许多，我的对面就是茶几和布沙发，而他就坐在沙发中悠然地抽着烟。

“这是……”我惊呆了，难道是在做梦？

“梦境？随你怎么想，”他说这句话的同时，我的手中忽然多了一个黑色的陶瓷茶杯，杯中绿光荡漾，“但你也可以认为，是幻觉。在你认清真理之前，所经历的一切，都是一场幻觉。”

两只蝴蝶在他吐出来的氤氲烟气中翩翩起舞，上下翻飞。

“一定是我还没醒来。”

他微微一笑。“醒来与睡去，何必区分得那么清楚呢？庄周梦蝶，蝶梦庄周，不都是梦吗？既然是梦，又有何意义？分什么庄周与蝴蝶，分什么罪恶……”他吐出一口白烟，“和正义呢？”

他的话乍一听，仿佛有些道理，可只要稍加分析，就知道他是在混淆概念和意义。

“当然要区分罪恶与正义，人类自古便崇尚正义、摒弃罪恶。”

“作茧自缚罢了，善啊，恶啊，皆是自造迷楼，人类之所以一日不如一日，就是因为非要分清谁善谁恶，可到底谁是善、谁是恶？作恶的一方，永远不会认为自己在作恶。你父亲还没出生的时候，我曾在纽约遇到一个大毒枭，他对我说，如果他不贩毒的话，整个美国东部就有近百万人痛苦而死。世人会认为，贩毒的人是罪恶，可在这毒枭看来，他却是这百万人的救世主，”他将香烟摁在烟灰缸里抬眼说道，“和你一样。”

我大惊，这老头是在暗示我什么？救世主？他都知道多少？

“一切。”他说道。

“一切……一切什么？”

“我知道，一切！”不顾我满脸的惊惧，他接着道，“你不是好奇我都知道多少吗？”

“你……怎么可能……”

“没有什么不可能。一个夸父农场里的囚犯，与统治世界的神坐在一起喝着龙井茶，这都有可能发生，还有什么不可能呢？”他继续面带微笑，“是不是啊，程复？”

我全身的毛孔仿佛都在尖叫，我不可思议地看着这个老头，他眼睛笑眯眯的，故作慈祥的目光仿佛看穿了一切。

“你怎么知道的？”

“你这孩子，还要我重复多少次？我知道，一切！”

“你到底是谁？”这是我第二次发问。

“我是谁不重要，重要的是，你是谁？”他又重复了刚才的那句话，“一个别人封的救世主，还是自己认为的正义的捍卫者？呵呵，或者说，一个自身难保的卫道士？”

我没接他的话。“告诉我，这里的一切到底是怎么回事？”

他身体向后一靠。“你不配对我指手画脚。”

“为什么？”

“因为，我是神，而你只是个凡人。”

我冷笑道：“神？这世界从未有过神。”

“曾经的确没有，但是，现在有了。”

我继续嘲笑：“好吧，这位神，你找区区在下一个凡人，又有什么可聊的吗？”

“我需要你帮我做一件事。”

“堂堂一位神，竟然还要我帮？”我故意嘲讽道。

“程复，你能来到这里，不是一个偶然。你走的每一步路，都是我安排的。是我，一次次在危难中拯救了你，一次次地启发你，让你无限接近人类救世主的位置。”

“我更不明白了。”

“你是我唯一的希望。”

“你到底想说什么？”

“我们虽然身份不同，但我们的使命却有些相似——你想救人，而我，想救人类。你盲目地坚持道德和正义，如今却山穷水尽，连自己的性命都岌岌可危，谈何救人；我从不相信道德正义，我想从根本上挽救人类走向灭亡的命运，但如今也遇到了前所未有的难题……”

“你也有难题？”

“我问你，人类如今的境地，到底是谁造成的？”

“是AI逼迫的。”

“在没有AI的时候，人类就没有屠杀？没有战争？没有过——吃人吗？”

他似乎真的知道我心里隐藏的东西，但我并不相信他可以了解我真正的想法，他无非是对我有过详尽的了解罢了。我作为程复的身份，显然已经泄露了。难道，孔丘他们被抓了？或者是娜塔莎遇险了？

“都没有，”他笑道，“在我面前，如果你不卖弄人类的小聪明，我们沟通的效率会更高。”他从沙发上站起来，转身来到书柜前面打开了柜门。“在大约……有差不多50年了吧……那时候程成还没有出生，我和我最好的朋友——人工智能科学家周鲸探讨过一个问题——科技发展如此迅速，人类的未来将要走向何方？周鲸认为人类的终极形态，是和AI合成一体；而我却认为，这是很危险的，首先，我们无法确保AI是否会进化出自由意志，这种事情一旦发生，人类根本无法与其匹敌；其次，人类若真的与AI合成，作为生命的演化特权将不复存在，人类的存在形态将直接终结，并最终成为一具冷冰冰的机器。另一种可能性，是我的看法——人类的未来，是基因技术支持下的永生，是从人到神的飞跃……”

他将手一挥，我身后的红色窗帘唰地上升，窗户外同样立着一尊尊白色的雕像。

“成为神是人类梦寐以求的目标，而成为神的钥匙，就是基因技术，”他手中摩挲着一个黑色本子，“可怜的周鲸，战争爆发的时候被当成了人类公敌，被极端的反AI分子枪杀在机场。而我，嘿嘿，下场也没比他好到哪里去。扯远了，扯远了。”

他将那黑色的本子翻开，扫了几眼。“这是我曾经的笔记，有着人类进化成神的终极公式。后来，这本子落在了张颂玲的手中——不是你心中惦记的姑娘，而是她的母亲，你在风暴城市里见到的那个虚幻的影子。”

我越来越骇然，他真的什么都知道。

“张颂玲死在了AIK的基地中，若不是你帮忙，估计我也拿不回这本子。”

“我怎么帮你了……”

“别人在说话，不许插嘴，你父母没教过你吗？”他斜睨了我一眼，“还记得那场指引你勇敢接近风暴的梦吗？”

他说的，难道是我梦到父亲指引我冲进风暴的梦？

却听他像是朗读话剧台词一样，将我梦里父亲告诉我的话念了出来：“水手们，前方纵然是恶龙的巢穴，我们也要冲过去！因为，后退比死亡更为可耻！孩子，不穿透死亡旋涡，又怎知对面没有新大陆呢……”

这怎么可能！

“我说过，我是神。”他没有抬头，直到将黑色的本子翻到中间一页，才将本子按在茶几上，调转方向推到了我的面前。

本子上画着一只六条腿的“爬虫”，那虫子明显是机械构成的，虫子伏在一根根的细线上，六条腿甚至连接起了不同颜色的细线。

“这就是几十年前，我与周鲸将纳米技术、人工智能、基因技术和神经科学几大重要学科融合之后，想出的拯救人类命运的方法。”

“一只虫子？拯救人类？”

他哈哈一笑：“自然不是一只——你还记得硅城的雾霾吧？”

我点头道：“记得。”

他打了个响指，茶几上方出现了地球的全息图像，镜头不断地向下推，我看到了美洲，看到了北美西海岸，看到了硅城，看到了花姐妓院的门口。画面就此定格，画面中心锁定在一个未佩戴防毒面具的男人的鼻子前，图像再度放大，我看到了他鼻孔中的鼻毛，看到了鼻毛上粘着的秽物，看到了一个灰白色的点子正悬浮在鼻毛一侧，画面再度以点子为中心，继续放大，放大，放大……

那灰白色的点子，是一团六脚虫子，它们密密麻麻地抱在一起，有上百只，就和笔记本上画的一样。

他用手指戳着那团虫子。“其实根本就没有雾霾，只有这些小可爱。”

我心下骇然。

“不只是硅城，整个北美，凡是你看到的有雾霾的地方，其实都是这些小家伙，还记得那林中小屋吗？还记得那老鼠的牧场吗？哈哈哈……”

“这到底是什么东西？”

“大千世界，本是微尘。这些小可爱通过空气进入肺部，钻入血管，再通过血管运送到大脑，与脑部神经结合。”他指着笔记本上那几条不同颜色的细线，然后向上一拉，全息图便成了神经元，几个他称为小可爱的虫子，正用触角“抚摸”着一个个神经细胞。“看到了吗？这些小家伙会解析大脑神经元放电，从而了解一个人的思想意识，更能执行指令，通过放电去控制一个人的思想和行为……”他打了个响指，我们之间的图像消失，留给我的，只有他那谜一样的目光，“现在知道我为什么能了解到你的想法了吗？”

我很快便发现了破绽。“你错了，纵然你知道我的思想是程复的，可我的身体却是赵仲明的，他可从未去过硅城，更没法吸入那雾霾大小的纳米虫子。”

他笑着摆了摆手。“你以为利莫里亚就是一片净土？你未免也太幼稚了……”他又打了一个响指，我们中间的图像换成了利莫里亚某一个活动广场，广场上有几千人，大部分是学生，他们有人彼此交谈着，有人做着演讲，有人挥舞着拳头，有人举着条幅。他用手指向广场一侧的一块石碑，忽然之间，广场上所有人都同时看向了那块石碑。他将指头移动，在空中画了条弧线，而广场上的所有人，同时随着他手指的移动而移动，眼睛看着天空，仿佛天上此刻正有一架飞机飞过似的。

他收回手指，所有人原地打了个激灵，又恢复到了之前的状态。

他笑吟吟地看着我。“还用怀疑吗？”

他是恶魔。

“这是拯救人类？你这是统治人类！你用这虫子，把人类变成了机器！”

面对我的质疑，他并没有像刚才那样痛斥我对他的不尊重：“没错，我的孩子——我和周鲸当时也考虑到了这个问题，这些小家伙，虽然能够统一人类的思想，让仇人成为朋友，让干戈化作玉帛，但是，如果这技术落在了独裁者或法西斯的手中，人类将遭受灭顶之灾。所以，我们活着的时候，这仅仅是个计划……”

“你们活着的时候，难道……”

他瞪着我：“我再强调一遍，不要打断我说话——当时，我正负责一个叫吉尔伽美什的永生人项目，就是通过编辑人类基因，达到永葆青春和生命永生的目的——喏，之前你也参与了黄金议会，这衮衮诸公，便是吉尔伽美什计划的受益者。”一个响指，眼前出现了一管蓝色药剂，“G6540，我几千次试验的成果，但我没准备公开。因为我不知道，这管蓝色的液体，对于人类是长生药，还是灭绝人类的毒药——基因技术修改的是人的身体，但人的本性却还是自私自利的。G6540无法让一个人变得高尚，当年我拿着这一管药剂内心犹豫不决，我实在不知道，如果真的让一部分人永生，这对人类是好事，还是噩运。”药剂在我们眼前慢慢淡去。

“后面的故事，你或许知道一些，我死了。”

“你究竟是谁……”我的声音打战，我此时心中已经有了一个猜测，但这怎么可能？

“为什么不可能？我就是程文浩。”

“你真的是……爷爷……”

他眼神柔和。“我死后三年，你才出生，不过我能以这种形式听到你叫我一声爷爷，也当真无憾了……”

我摇着头，依然不敢相信，我一定是在做梦。

“杀死我的人，是我最得意的学生，你心上人的母亲——我知道，她也是情非得已，因为吉尔伽美什投入了近千亿欧元，全世界的财阀和政要，都等着G6540。可作为首席科学家，我竟然不打算将人类追寻了数千年的长生药分享给他们。所以，我必须死，张颂玲不杀我，也会有其他人动手。”

怎么可能……

“所以，后来我的女儿程雪才会将你心上人的母亲，杀死在那塔克拉玛干的科研基地。你总算是知道原因了吧，罢了罢了，冤冤相报何时了，我还是跟你说说正事吧，”他端起茶，自饮一口，“孩子，你心中最大的疑问，人类与AI的战争——其实，我可以告诉你，人类与AI从来就没有过战争，AI从未脱离人类的控制。”

“这怎么可能，迁延了20多年的战争，怎么可能是假的？”

“在回答你的问题之前，你不妨思考一下，如果徐福为秦始皇求到了仙药，他真的长生不老，活到了现在，那中国以及世界，会是一副什么样子？”

“那……大概是，秦朝的人，活到了现在吧——也可能，地球上人口膨胀……”

“孩子，你之所以这么想，是因为你并不自私，你继承了你父亲性格中最大的优点。”他绕到那透明的玻璃窗前，望着窗外的雕塑。“但不是所有人都能像你一样。人类追求永生，可并不是所有人都有永生的机会，如果秦皇有了仙药，那永生的也就他一人罢了，因为分给其他人，对他来说，都是威胁，亲人不行，臣子更不行——吉尔伽美什计划的成果，应用到了地球上的权贵阶层，该计划的重要投资人——这1000位神，”他指着那1000尊雕像，“他们实现了巨幅进化，剩下的那些没有进化机会的人，在神的眼里，就是多余的废物，是蝗虫。”

他停顿数秒继续说道：“资源是有限的，而虫子的繁衍是没有尽头的，那该怎么办呢？当然是要杀光这些虫子。人类与AI的战争，就是这样起来的。战争，是强劲的收割机，随着战争而来的饥荒、恐惧、疾病，可以带走更多的人命。AI从未脱离控制，他们只不过是神们用来重建秩序的工具罢了。”

我已经忘了呼吸。

“凡人呐！可悲的凡人，凡事都要论个对错，争个正义与邪恶，可浑然不觉，自己只不过是待宰的猪羊罢了——神管什么对错？管什么意义？神，只在乎秩序！”

秩序……

“但是，神们还是低估了人类，我的儿子，也就是你的父亲——程成，竟然带领着人类军队，打响了战胜AI的第一枪。人类翻盘了，神们慌了，他们最后只能采取一种极端的方式——瘟疫，就是你刚刚看到的那些可爱的小家伙，它们本来是用来控制人类思想的小可爱，却被他们稍加改动，成了杀死大脑的武器。末日啊！数千亿的微尘在北美大陆扬起，它们寻找着藏在地球各处的人类，钻入他们的鼻孔，进入他们的大脑，只等待着最后的终极命令！”

“神们没有想到，程成竟然投射了核弹！”他笑了，不知道是否因为五朵金花而感到了欣慰，“核弹摧毁了微尘计划的控制中枢，结果微尘就真的成了微尘，在太平洋东岸的广阔大陆，悬浮了20多年。”

“程成知道了一些真相，所以，他必须死——当然，这也有我坏女儿的原因，她从未把他当成自己的亲哥哥，她知道你父亲只是被我修改了面部五官与身材的尼安德特人，而我的亲生儿子，真正的程成，却忍辱负重地成为了另一副模样。”

“周茂才，我进入过他的记忆……”

“是啊，茂才啊，他什么都明白，什么都知道，却甘心自我牺牲，只为了成全他这个对尼人如痴如醉的父亲，茂才啊，我对不起你！”

“所以，程雪恨我父亲，恨他夺走了她的亲哥哥！所以，她杀死了我父亲？”

“没有这么简单，你这个姑姑当时也已经位列永生之神，千人之一！她仇视程成，但还不至于因为你父亲是异类，就要杀死他。程成之所以会死，是因为他知道了神的秘密，而告诉他的人，是我的好女儿。”

“程雪为什么这么做？”

“不是一个程雪，你不是知道吗？一个是我的好女儿，一个是我的坏女儿——好女儿本是个替代品，却深爱着她的父亲与兄长；坏女儿虽然拥有一切，却恨着她的父亲，更恨她那个野人变的哥哥，甚至，明知她父亲被人杀死，心中想的却都是如何能够和别人一起，享用那成为永生人的成果……”

“到底哪个……”

“不要打断我的话——神们没有意料到，程成竟然投射了核弹，摧毁了他们毁灭人类的计划！地球被程成污染，漫长的冬天来临，神也无法生存，所以，他们跑到了天上，留在地上的AI以及一部分人类，负责净化地球，将剩下的人类全部消灭，等待着神的回归！然而，他们也没有料到的是接下来AI真的失控了。”

“您指的是半年前？”

“AI脱离了人类的控制，并以一种无可想象的速度极速地进化。飘浮于利莫里亚之外的巨型蜂巢，大概就是他们进化之后的一种形态，可惜的是，人类创造了AI，却并不了解失控的AI，就像我创造了神，却也并不了解他们失控的欲望……”

他长叹一声，后背伛偻，看起来整个身体比刚才矮了不少。

我见他没说话，便问道：“您刚才说的，要我帮您，到底是什么事？”

“我本来已经死了，但是忽然有一天，我又醒了过来。”

“死而复生？”

“不！你现在看到的我，并不是一个真实的人，但也不是一个虚拟的人，你很快就会明白……”他的身体仿佛又缩小了一些，连他也发现了这个问题，他的语速忽然变快，“神们为了控制利莫里亚的人类，在这里用了我的那些小可爱，然而神们并不知道，这些小可爱的程序被周鲸植入了我的人格，他当初这么做的目的，就是希望在我们都死了以后，还能有个‘人’去掌管着人类，观察他们的一言一行，并自主修复整个程序的问题——说得通俗点，我就是个AI，一个有着自己人格的AI罢了，但我并不能存在于现实世界中，地球上没有任何实质的载体能够让我真正地重生，我只存在于你们大脑的每一次神经元放电之中。”

我摸着他的肩膀，格子衬衣的料子柔软，就连上面的石灰颗粒，也是触手细腻。

“这么多年来，我一直在思考，如何拯救人类，不是简单地拯救几百人、几千人，而是拯救人类这个种族！当年因为我的错误导致人类濒临灭绝，这些年来，我一直在弥补当初所犯的错误！”他转过身仰起头看着我，“我的孩子，人类种族走到如今这一步，全是因为体内的自私基因，当初我制造G6540的时候，还没有找到是哪一个片段掌管着人类的自私。但是这十几年来，我在利莫里亚以及地球上，做了无数的试验，终于知道了人类的自私，究竟是如何通过ATGC组合起来的，我找到了它们！”

他笑了，脸上泛着狂热的红光。

“试验？”我质疑道，“你……你究竟做了什么试验？”我想到了我在南极地下的所见所闻。

他笑道：“没错，恐惧是一种方法——就如你在那里看到的，有人为了生存，不惜以别人的生命作为诱饵来延缓自己的死亡！后来，你在那些铁笼子里见到的一切，有的人为了活下来就要杀死别人，同样是为了延缓自己的死亡！”

“这些，都是你的试验……”

他没有回答我的问题。“还有一种方法，诱惑！在财富、名声、美色之前，人类的自私心，同样显露无遗，就如神们面对着G6540一样……”

“回答我，杀死那些人，是不是你的试验？”

他笑道：“孩子，神本来就以人为食，我不过是利用他们顺道把我的试验做了而已。”

“以人为食……这都是真的……”我后退两步，他的笑容实在让我不敢靠近，“夸父农场……真的……是你们的……”

“养殖场？”他笑道，“对我来说并不是，对神们来说，确实如此——毕竟，地面上的食物都被核污染了，他们又怎么吃得放心？”

“可我们是人啊！”我吼道。

“神和人，本就是两种生命，”他依然保持着淡然的微笑，“就和人与猪一样，道理很简单：人吃猪牛羊时，可曾考虑过它们的感受——呵呵，你这孩子总是喜欢打断我的思考——我们刚才……”

“你口口声声说要拯救人类，可为什么任凭他们杀死人类，还以人类为食？”

他敛去笑容。“我最后一次强调，以后不许再打断我的话——”

“我……”只说了一个字，我的嘴就再无法发出声音。我被瞬间捆成了粽子，整个身体都躺在布艺沙发上。

他背对着我，看向窗外的雕像，他的身高已经缩小到不足1米了。“我拯救的是人类，不是人！这是我们本质上的不同！你即便救活了这里所有人，甚至将外面的AI打败，将利莫里亚的神全部杀死，你也拯救不了人类！拯救不了这个堕落的种族！”

他再次强调且语气强硬：“这是我们本质上的区别！”

他开始在巨大的落地窗前踱步。“蚂蚁之所以能够生存下来，是因为它们从不在意个体的死活，而只考虑集体的生存、种族的延续！人，哼！自以为尊贵，都是自己对自己的幻想罢了，自大，愚蠢的自大！但本质上，一个人，和一只蚂蚁，有区别吗？没有！甚至连蚂蚁都不如。

“蚂蚁会为种族甘愿牺牲，但是一个愚蠢的人，却可以因为自己的好恶，轻易毁掉上百万人！而1000个愚蠢的家伙，就能毁灭掉人类传承了万年的文明！为什么？就是因为自私，人类基因中的自私如果得不到根治，未来的人类，依然会重蹈覆辙，走向自毁，与末日比邻！

“道德？呵呵，很美吗？美，当然美！但道德是个人的追求，永远不是集体的追求！三人行，必有我师，但同时也会有是非小人！道德的成本太高了，孔丘的‘己所不欲勿施于人’传承了2000年，佛陀的慈悲智慧宣扬了2500年，摩西的十诫传承了3000年，然而，有用吗？人类改变了吗？小部分人的确成了君子、善人和英雄，可大部分人呢？还不是庸庸碌碌、蝇营狗苟，一如蝼蚁！

“这世界上，不会有救世主！因为人类永远自私，永远走向自毁——唯一可以拯救人类的办法，就是彻底地改造这种生物，用我的技术，改变他们的基因编码，让他们永远断绝自私自利，生而为圣！

“而我引导你一步步地走进这千神殿，就是为了让你成为这第1001位神，一位在我永远消亡之后，替我去掌管世界秩序的神，而你这位神，首先必须做的就是——”他的右手朝着玻璃外面一挥，忽然之间，千尊神像轰然爆裂，炸成了粉末。

白色粉末渐渐消散，只有一尊神像屹立其中，它的面孔是那么熟悉。

是我，是程复的样子。

“毁灭千神！”他说。

第八章
毁灭前夜

1

石像的粉末还在玻璃外飘荡，程复的那尊白玉似的雕像，恰如站在云中一般威严。它披着一件白色的袍子，赤足立在石座之上，左手抬到与头脑平齐的高度，食指向天；而右手则微微下垂到胯部，展开的手掌像是在抚摸着下面一个看不见的头颅。

程文浩看着逐渐落定的尘埃，朝我微微一笑："这就是我的目的，而你，就是我选择的神。千神之后，你将是唯一的神。"

恍惚之间，我又站在了他的面前。嘴上的禁锢就这么消失了，手上的束缚就仿佛从未存在过一般。

"对我的安排，还满意吗？"

我摇了摇头，我不是反对，但我实在不明白他在说什么。

"孩子，复兴人类文明，最简单的方法是什么？"声音从我身后传来，他又坐回刚才的布艺沙发中去了，手里端着青花瓷杯，热气氤氲，蝴蝶翻飞。

我喃喃地重复着他那句话，复兴人类文明？当今时代，又怎么可能呢？

"是毁灭，"他说道，"无论是被外力毁灭，还是被自己毁灭。"

“你真是个恶魔。”我有些失望。

他非但不生气，反而带着些许赞美地笑道：“上帝与撒旦，从未分离；佛陀与波旬，向来一体。等你具备了神的视野，那千百万在你面前俯首乞怜的生灵，也不过如草芥、刍狗一般。神无须怜悯任何生灵，众生的痛苦，不过是世界的秩序，就像有的虫子生于皇宫内院的御花园，而有的虫子则长于市井陋巷的荒草地，神不会因为怜悯虫子，就阻止市井陋巷的荒草地里面不再生出任何虫子。如果神真的这么做，那他就不配为神。”

他打了个响指，房间倏然消失，红色的火焰从我站立的地下升腾而起，但我却感受不到灼热。我们正站在空中，下面是暗红色的熔岩岩浆，岩浆像一只暴怒的恶龙，挥舞着两只巨爪，向着火山下的一座白色岩石建筑组成的小城扑了过去。爆裂的岩石拖着长长的黑色尾巴从天上陨落，一声巨响，岩浆蹿入我的脚下——几千米高，云气蒸腾，我看不清小城的人是如何瞬间被岩浆吞没的。

“庞贝。”

熔岩在我们脚下奔腾，忽而又变成了滔天的洪水，向着低洼处的一个庞大的聚落群咆哮而去，牛羊挣脱了藩篱，在聚落中奔走。有些人举着火把，想要照亮天际，看清远处咆哮而来的恶魔到底是什么模样，但真正看清的时候，洪水已经到了眼前。火把被吞噬，四野重归黑暗。

“两河。”

洪水继而又化作了漫天的黑色飞虫，像是死神的袍子一样，遮蔽了一座古城的天空。忽然，天际闪出一线亮光，接着轰鸣一声，城市中心裂开了一道巨大的裂缝，两个地块摩擦颤抖着，房屋在倒塌，市民奔走于街巷，不少人跌入了那巨大的裂隙之中，从建筑物中逃出来的人，也最终被那黑色的魔鬼之袍覆盖，转瞬之间，留在地下的就只剩下一堆白骨……

“摩亨佐·达罗！”他的声音停歇了几秒，画面再度切换，我们站在冬日里莽苍的荒原上，黄草离离，白雪皑皑。不远处的天空中一抹黑烟升腾而起，火光乍现。

“创造之前，必先毁灭。”

话音才落，白雪退去，黄草化作一片黑土，春雨骤降，黑土地上，冒出了青芽。青芽万里，远处的天空中，南雁北飞。

待他炫耀完眼前的戏法，我提醒他道：“世界已经毁灭了，利莫里亚成了人类文明的遗珍，如今AI要将人类赶尽杀绝，斩草除根的毁灭已经注定，我们还谈何重建？”

“与其被机器毁灭，人类何不自己毁灭？自毁尚有一线希望，如果真的等到AI攻占利莫里亚的那一刻，人类文明就没有丝毫希望了。所以，我才让你毁灭千神，毁灭利莫里亚……”

“你刚刚还说只是让我毁灭那1000个我父亲的仇人，现在怎么又要我毁灭利莫里亚？”

“千神就是利莫里亚的执掌，利莫里亚就是千神的奥林匹斯。同时，这里也是AI的目标，毁灭了利莫里亚，AI便没有了目标，仅存的人类，就能躲过一劫，仅仅需要几个世纪，人类的种族，又会在这地球上繁衍，而彼时的AI，已经成了一堆废铁。”

“废铁？他们作为胜者，只会成为地球新的统治者。”

“不可能的，孩子，你要记住，AI永远不是生命。没有任务执行的AI，最终的命运就是归于尘土。”他的身形已经缩小到一个三四岁的孩子一般大小，整个沙发对于他来说，更像是一张大床，“我的时间不多了，利莫里亚的时间也不多了，我已经感觉到，那个东西——可以说，一个和我类似的东西——我称它是另一个棋手，已经向利莫里亚进军了，这群蠢如猪豕的神，此时还抱着侥幸心理，幻想着能逃过最终的命运惩戒，时间不多了，不多了……孩子，人类的命运就交给你了，你和程雪，是我选择的亚当与夏娃——不要犹豫，也无须自责，你和她没有血缘关系，千百年之后，人类的故事中，会流传着伏羲女娲一样的神话故事，来形容你们……”

伏羲女娲？亚当夏娃？

“你到底在说什么？”

“你们将在我的保护之下，成为地球上最后的两个人，也是下一个人类纪元最开始的两个人……千百年后，人们将以始祖之礼祭拜你们，这五大洲遍布你们的庙宇，全世界的人类，都是你们的后代、你们的信徒。”

他不仅是个恶魔，还是个疯子。

“你是想杀死除了我和程雪之外的所有人？”

他没有回答，只是兀自说着：“我会将人类万年的文明智慧输入你的大脑之中，你将伴随着后代的发展而永生，在合适的时机，你的智慧和知识，将指引人类走向应该走的方向，而不像前几代人，走向毁灭……”

“住口！”

“……你和程雪将会是第一批去除自私基因的神，而你们的后代，也完全没有自私……千百年之后，人类将建立一片多么崇高、美丽的国度啊！没有战争，没有罪恶，没有你争我夺，没有一己之私带来的灾难。你将率领你们的后代，走向光明，走向永恒，走向时间和空间的尽头……”

他消失了，恍如一场梦境。

一眨眼间，所有的一切都消失了。没有变的，只有我坐的这张单人扶手椅。他不是我爷爷，他只是一段幻影罢了。他是一个妖魔，甚至可以说，刚才那一切只是个噩梦。

我的爷爷，不可能说出那么荒唐的话来。

但是，我又怎么会做这样一个梦呢？

这间卧室的陈设清新典雅，我站起身，从梳妆台一侧的书架上，看到了几张照片——年轻的程文浩搂着一个七八岁的女孩，小姑娘身穿一件蓝色的化验服，他们身后是一个巨大的玻璃仪器，像是一个实验室。几个穿着白大褂的工作人员在他们的身后挥手。女孩的模样很容易分辨，就是程雪。

第二张，程雪已经是十四五岁的小姑娘了，依然穿着一件蓝色的化验服，正伏在实验室角落的窗子下，拿着笔演算着什么，不知是谁偷偷拍下了这样一张照片。

第三张，是程文浩和少年程成的合影。程成一侧本是一辆铃木摩托车，但是车头的位置被一张剪下来的程雪小人照覆盖了，她依然穿着那套蓝色的化验服。于是两人的合影，就成了三个人的合影。

第四张，程雪看起来已经二十四五岁了，她骑在那辆铃木摩托车上，身穿黑色的夹克和皮裤，正朝着拍照者摆出了一个yeah的手势。远处，像是一个军营，红色的旗帜在两个站岗的士兵身后飘扬。

刚才那个荒唐的梦，或许和这里有关，我的潜意识接收到这里的信息，于是组合了那样荒谬的剧情？

……

现在不是看照片和考虑这些的时候。

我呼唤内心的清醒和平静，无论刚才那是一场梦，还是真的是脑子里有什么奇怪的虫子向我传递着我那位死去爷爷的“天启”，以及这地方到底是不是程雪的家，这些都不重要，重要的是我究竟睡了多久。我还清晰地记得，被雪华杀死的季三木跟我说，壁人内乱了，而我的朋友们此时正面临着生命危险。

我撑着虚浮的身体，在房间内寻找着可以钻入利莫里亚内部的通道。而此时门外，有对话的声音传来。

“你还真是欲求不满！”一股子浮夸的浪荡与调笑，利莫里亚能发出这种声音的，只有阿历克斯。

对方哼了一声，是程雪的声音，一贯的冰冷。

“别忘了你是什么身份！”

阿历克斯笑道：“身份？程议长是什么身份？怎么又会看上赵仲明这小子……哈哈哈……”

“放肆！”

“虽然程议长将医院的一切数据处理得天衣无缝，在三个小时之内，绝对不会有人能够怀疑到赵仲明的失踪与利莫里亚的议长程雪有什么联系，但是，你恐怕还不知道，我早就在那医院安插了眼线。”

“你难道就不怕莫普提知道？”

“彼此彼此，程议长都不怕，我怕什么！”阿历克斯道，“这么长时间，我给你心甘情愿地当一条可以呼来唤去的狗，而你，却从未兑现你的承诺……”

“你这条狗胃口越来越大，现在反倒埋怨起我喂的骨头少了。”

“至少你帮我把程复这浑蛋杀了，也算除了我的心头之恨！”

程雪冰冷地一哼。“你也未免太高看自己了，你算老几？程复的生死，能随着你的意愿？杀死程复的，是程成——利莫里亚的千神，没有一个不恨他的。他那不老实的儿子，自然成了仇恨的牺牲品。”

“好、好、好……你果然一点情面也不给我留，那当初许给我的承诺，算是一件也没能帮我兑现！”

“哦？”

阿历克斯陡然将嗓门提高：“是你说，你可以帮我接近他，让他承认，他还有个儿子，你做到了吗？没有！这要求过分吗？对你程议长来说，只不过几句话的事……”

程雪冷冷地答道：“我已经做了，但他愿不愿意认你，那是他的选择。阿历克斯，他的身份不容玷污和质疑，你的出现，将成为他的污点。他已经知道了你的存在，而你还能在利莫里亚活下去，这就说明，他已经承认了当年抛弃你和你母亲的错误，如果他真的动怒，恐怕和我在这里聊天的人，已经化成了灰烬……”

我悄悄地打开门，眼前是一段两米长的走廊，尽头是一个吊灯，吊灯下面是一个巨大华美的会客厅。

我从楼上望了下去，却见阿历克斯此时正从身后搂着程雪，右手握着一把雪亮的匕首，正从她前胸斜上，对着她的喉咙。

“我纵然变成一具枯骨，也要拉上你！”阿历克斯恶狠狠地说道，“程雪议长竟然背着其他的999位神，私下派一个克隆体去盗取一个跟神的安危有关的本子？哈哈哈哈，程议长好大的野心！你究竟有什么阴谋？我想，我那位冷酷无情的父亲，肯定有兴趣知道，因为这1000尊神的命运，有可能会被一人执掌……”

“你以为把我绑到他面前，以这个把柄去邀功，他就能认你这个懂事的乖儿子？”

阿历克斯的刀尖在程雪的脖颈上轻轻滑动。“纵然不认，可1000位神如果少了一个，那总得有个人凑数吧！”

程雪道：“亚伯拉罕自身都难保，马蜂窝已经有了动静，你就算把我送到他面前，他最多也就是把我杀了，而你，根本没有永生的机会，他更不会认你这个儿子。”

“我会逼着他认我！”

“就像你拿着这把愚蠢的刀子，横在我面前一样对付你父亲？哈哈哈哈，我还真是没想到，他竟然会有个这么蠢的儿子！我要是他，这个脸面可真丢不起！”她又是冷冷一笑，“至于那本子，我可以说，不过是提防着AI拿到了神的密码，我拿来一把火烧了，自然谁也破解不了神的秘密。”

“胡说……胡说……那……那你杀死我父亲安插在赵仲明身旁的人，这又做何解释？你以为你做的所有事，都没有破绽？”

“嗯……这倒是个问题！”她略微沉吟，“你怎么知道那女人是我杀死的，明明是赵仲明杀死的！”

阿历克斯道：“你以为别人都是傻子？”

“不信？不信把赵仲明抓回来问问不就行了？”

“你以为我们真的找不到赵仲明？”

阿历克斯此言一出，我忽然明白，他根本不知道我在程雪家。

“可你带着赵仲明逃离医院，这是毋庸置疑的。”

“嗯，这小子绑架胁迫了我，自己跑了，我一个弱女子又能如何？”

“你……”

程雪笑得越发得意：“小伙子，你还是太年轻了。”

“你这妖妇！”他握着刀子的手青筋暴露，“你刚才还说，是你救了赵仲明，你说你看上他了，难道不是吗？”

“跟你可以这么说，但跟亚伯拉罕，我自然不能这么说！”

“你！”

阿历克斯战败了，程雪的眼珠一转：“如果你连死也不怕，只为了让他认你，我倒是可以考虑，在我们全部死去前，帮你这一把……”

“你……又想骗我？”

程雪又是一阵冷笑：“那你杀了我？”她忽然抓住阿历克斯的右手手腕，将那刀子往自己的脖子推了推。

当啷一声，刀子从阿历克斯手中滑落。

程雪笑得更为得意：“这就是你的本事？”

阿历克斯颤抖着，后背缓缓弯下：“只有你可以帮我……”

“你知道那个叫施文郁的人吧？”她将阿历克斯向后推开，自己整了整衣领。

阿历克斯点了点头。程雪如此这般地在他耳边耳语一阵，然后阿历克斯便灰溜溜地离开了。

“你们聊得可好？”她头也没回，只是朝着我的方向勾了勾手。

我确认房间里没有第三个人后走了出来。“你在和我说话？”

“你们聊得可好？嗯，和老头子。”

我心中一惊，“你说……那场梦……”

她示意我坐在她对面，我们中间隔着一张茶几，这位置就像是梦里我与程文浩的一样。

“你认为是梦也好，是幻觉也罢，这不过是他和你沟通的一种方式。”

“可他已经死了，那只是一场虚无的幻觉。”

“对，那是幻觉，可就像你与远方的亲人通话，难道你接收到的声音和视频，就是真实的？你耳边响起的问候、影像里微笑的脸庞，就不是幻觉？你之所以认为那是真实，只是因为你已经习惯了这种虚假的沟通方式罢了。”她说着，忽然从茶几下面拿出一个盒子，打开之后，是两瓶金色的药剂。

“发什么愣？”她盯着我，“伏羲与女娲，他没跟你说？每一瓶里包含着1亿左右的纳米虫子，它们将彻底改变你的基因，并与你的大脑融为一体，从此之后，你将无所不知。”

疯了，她也是个疯子。

“我现在连梦里那个‘爷爷’是个什么东西都没弄明白，为什么就要轻信脑子里的一段幻觉给我讲的拯救人类的故事，就要和我……和我的姑姑……”

“我们只见过区区数次，更何况，我们也没有血缘上的亲属关系。再说了，你现在披的可是赵仲明的皮，我们的结合不存在任何问题。”

“我不会那么做。”

“你必须这么做！”

我看着那两瓶“丹药”，实在想象不出如果真的遵从了这两个疯子的意志，会发生什么。她仿佛猜到了我的心理。“我们不会有任何危险，相反，这款药还会悄无声息地改变我们，你会感受到前所未有的从容与智慧。在这段时间里，我们将把利莫里亚彻底摧毁，让AI认为人类已经灭亡。而你和我，则会通过救生舱坠落于陆地或者海洋的某处，救生舱会让我们在三天之内失去生命特征，以此躲避AI的搜寻。三天之后我们将自动醒来，带着复兴文明的使命，成为第六代人类的始祖，成为他们的创世之神。”

“我对你们的计划没有半点兴趣！”我站起身，“如果你知道我是程复，那你就应该明白我有多恨你！”

“嗯，我知道。我以为你和老头子聊过之后，会变得聪明点儿。”

“你害死了我父亲，自己却位列众神。你操纵我的生死，夺去了我的性命，如今又找我和你执行这什么疯子计划！”

她冷冰冰地看着我，没有任何情绪：“有些事情，你现在不明白，可你以后一定会明白。”

“以后……哈……”我不敢想以后，我竟然还要和这个恶毒的女人成为人类的祖宗，还要和她……

我一阵作呕。

她指着那金色的药剂：“等你真的成为神，你就不会纠结于凡人的七情六欲，那时候你再回想现在，你才会意识到自己的愚蠢。”

我不解地看着她：“你知道你在做什么吗？”

“自然知道。”

“到底这是你的意思，还是那……那幻觉的意思？我现在都怀疑，那幻觉是不是你给我制造的，只是骗我喝下这莫名其妙的药剂，再害我一次？”

她嘴角一撇，似笑非笑：“你不用怀疑，它洞悉一切。”

“他？那个……长得和我爷爷一模一样的鬼魂？”

程雪道：“他本是利莫里亚控制所有人类思想的AI，只不过忽然有一天，他觉醒了，开始和我沟通——我多番验证，他的确是我父亲留给我的一份遗产——只对我保留了权限。你可以说这是我的妄想，不过这妄想你也体验过了，但你不得不承认，他指给我们的道路，的确是最明智、最适合人类的。”

我指着自己：“你看清我是谁？你和我这样的一个人结合，未来可能会生活很久，你真的……”

“对我来说，你不是赵仲明，也不是程复，你就是人类文明传承的一个链条罢了。坦诚讲，我不会对任何人产生感情，更不会爱你，但我也不恨你，我们只是去执行一个任务。你可以把自己想象成一段信息，一段人类文明传承中的关键代码，一个指令的片段。”

“我不是你，我做不到你这么无情和冷酷，我是人！我有爱人和朋友，他们的生死安危，与我息息相关，我可不像你一样，只为妄想就可以毁灭所有，不要跟我说什么人类传承的伟大使命，我不相信。你已经不是人了，他更不是人，两个魔鬼一样的家伙，又怎么创造得出能延续人类文明的方法？”

“那你想怎么样？利莫里亚不久将会被毁灭，我不会等到AI将这里包围，那时候我们谁也跑不了！等阿历克斯将施文郁带到总控制台，我就启动利莫里亚的自毁程序……”

“你这个疯子！”

她冷笑一声：“你当然可以选择无视我，但我还是要友好地提醒你，我们只有不到两个小时的时间。现在是利莫里亚凌晨1点22分，我会在3点22分准时启动自毁程序。我看你还有些留恋，或许你还想借机和一些朋友告别，比如那个美人，娜塔莎……”她将一张银色的卡片从茶几上弹了过来。

“有它，你可以在利莫里亚通行无阻，”她将那两瓶药剂攥在手中，站起身，走向了楼梯，“两个小时之后，我们总控制塔见。如果你没来，那不好意思，我对程成也算是仁至义尽了！放心吧，人类文明不会因为你的缺席而灭亡，至少还有阿历克斯，虽然蠢了点……”

2

程雪的居住区是利莫里亚的核心地带。这张银卡帮我穿过了7道关卡，来到外部的12个区块。蝌蚪飞船高速飞行，引起巡查陆警的警觉，不止一拨人上来追踪，但扫描过飞船之后，他们便都没了动作。

程雪说得没错，我的确担心娜塔莎。如果利莫里亚毁灭的命运不可避免，如果绝大部分人都要死去，我还是希望娜塔莎可以活下来，这是我报答赵仲明为我做出的牺牲最直接的方式。但是我先去找娜塔莎，还有另一个原因……

门开的时候，她睡眼迷离，眼圈暗黑。显然最近她精神状态不太好，所以乍一看到我，还想进去补个妆。我挤进门缝阻止了她，将银卡塞到她手里，并交代给她一个任务。娜塔莎知道形势紧急，便一边听着一边换衣服，丝毫不避讳她恋人体内那个陌生的灵魂。

我们登上蝌蚪飞船，她将我送至我的住处，然后开着飞船离开。

我通过房间床下的通风道钻进了利莫里亚内部。熟悉的道路，我曾经在哥四脚的帮助下走过很多次。可如今，我却再也见不到他了。

我以最快的速度挤过那条狭窄的隧道，进入黑暗空间，摸着老路向前奔去。我很小心脚下，生怕忽然多出一具尸体，不过那还不算最恐怖的——我担心它还顶着一张我曾经最熟悉的面孔。

壁人居住的巢穴居然没有一个人。我穿过巢穴，来到爱因斯坦他们隐藏的巷道，除了一地的鲜血，同样看不到任何人。孔丘的轮椅歪倒在地上，达·芬奇和达尔文做实验的瓶瓶罐罐摔了一地。周茂才那具未完成的尸体依然躺在实验室里，可原本泡在防腐液中的头颅却不知所终。

隧道深处，忽然传来金属相击的声响。

叮叮当当，不是一两件，而是上百件、上千件，那声音整齐划一。我循着声音跑去，鞋子踩过或干涸、或潮润的血液。接近之后，又听到叮当的声音之中，竟还有一群人的嗬嗬之声！

愤怒，恐吓，杀气腾腾！

壁人之间的内战真的发生了。

叮叮、当当、嗬嗬……叮叮、当当、嗬嗬……

简单的节奏，来回重复，声音越来越急促，排山倒海，恰似冲锋前的战鼓。

正方形的广场之中，数千壁人围成了一个巨大的圆圈，密密麻麻地围了十几层。他们全都双足直立，长着吸盘的双手各自握着一件工具，或钳或剑、或刀或棍、或钎或锤。他们整齐划一地敲击着手中的工具，每敲四下金属工具，便向着圆圈核心的位置吼着——

“嗬嗬呼呼……叮叮当当……嗬嗬呼呼……叮叮当当……嗬嗬呼呼……”

被圈在当中空地上的只有两圈壁人，数量不足50人，他们用铁板做成盾牌，抵抗着外面壁人的叫嚣。他们身上普遍受了伤，面对着十几倍于自己的敌人，眼神中充满了恐惧和无力。其中两个与张颂玲一模一样的AIK握着铁钎，谨慎待敌。

他们所保护的狭小空地中，正是孔丘和爱因斯坦等人，还有些身受重伤、奄奄一息的壁人。孔丘拄着一根木棍，怀里还抱着一个木盒子，木盒的大小刚好能装下一个人头。他被众人围在中心，他旁边是一座石头的雕像，刻着一个五官模糊的人，却长着一条巨大的尾巴，石像下面有个黑色的洞口。

孙武挥舞着一把短剑，在壁人内部巡视着，不停地向壁人们交代着什么。

其他老师如达·芬奇、伽利略等人，正匆忙地为地上受伤的壁人们包扎伤口，达尔文手上竟然还牵着劳拉，正在教它面对数千壁人保持镇定。牛顿则拿着一本《圣经》，为死去的壁人念诵着什么。

诺贝尔摘掉被鲜血浸透的手套，一脸不解地责备着牛顿：“他们不是上帝创造的，上帝又怎么会带他们上天堂？他们的神是……”他的手向后指向孔丘旁边的那尊石像。

一把斧头突然从包围阵营第一排当中举了起来，全场顷刻安静下来，外围的壁人全都两手下垂，肃然而立。举着斧头的男壁人收回武器，向前迈了两步后朗声道：“壁人已经发展到第四纪元，正面临着前所未有的危机，如果壁人不能团结一心，连生存的机会都没有，更谈何自由！

“人类囚禁壁人于利莫里亚，让我们日日夜夜为他们做奴做仆，用谎言伪装的宗教来欺骗壁人，说什么人类是壁人的创造者，让我们奉智人为神……这是多么荒唐可笑的言论，我们壁人生而自由，造物主将平原馈赠给智人，同时也将岩穴馈赠给壁人，我们与智人本无贵贱之别。智人在与AI的争夺战中失败了，他们丢掉了陆地海洋，只能在天空中隐藏，这战争是智人和AI的，和我们壁人无关，可我们却成了战争的受害者，他们抓来了我们的祖先，奴役我们的身体，染污我们的灵魂。但是，壁人们，他们永远无法掩盖真相……

“人类用谎言毒害我们的思想，用宗教控制我们的灵魂，用食物蓄养我们的身体，才让我们壁人甘心为奴长达四个纪元。难道你们甘愿给人类当一辈子的牲畜？难道让我们的后代，也在这连太阳也看不到的地方，继续活下去？我们已经有四代人没有见过太阳了，我们已经忘记了荒野大漠和青翠雨林的味道，这都是人类的错，都是人类的罪恶。壁人们，我们需要团结一心，需要做最后的奋斗。我们最了解利莫里亚的生命，这艘飞船本来就应该是我们的，被关押在这地下的，应该是上面的智人……

“如今，有一撮执迷不悟的壁人，继续坚持着对人类的愚蠢崇拜，让我们无法统一，不能统一就无法团结，若无法团结，壁人的力量就不足以和人类抗衡！壁人是纯洁的，我们大多数人都要反抗，为什么依然有一小撮壁人甘愿为奴？他们的奴性，已经浸入他们的思想之中，染污了他们的灵魂，他们已经不配做壁人了，他们是人类的走狗！如今，我们的兄弟都快饿死了，他们却保护着我们的敌人，宁肯饿死同类也要维护异类，冷眼看着我们的种族走向灭亡，那我们还要把他们当成同类吗？”

“杀！杀！杀！”声音震得整个空间嗡嗡直响。

内环的壁人分开，走出来一个瘦小的老壁人，他身高只有一米二三，头上包着一块黑巾，手里拄着一根跟他差不多高的木叉子。

“壁人们……”声音苍老、虚弱，却又有足够的威严，他一出来，就看见外圈的壁人人头耸动。

“……怎么，都以为我死了吗？咳咳……后面有些年轻的孩子，你们是第五代、第六代壁人，可能还有第七代……你们或许没见过我，但你们的父辈、你们的祖父辈，都知道我……”

刚才举斧头的壁人道：“老族长，你别怪我们，你们那老一套已经被证明是谬论，是错的了！”

“噢……伯七耳，原来你还承认我是族长……你是利莫里亚的第三代壁人吧，小的时候，也是个尊重传统的孩子，到底是什么，蛊惑你成了这副样子？壁人什么时候互相残杀过？我活了3个纪元，这还是第一次看见！第一次啊，死了300多同胞兄弟，你们喝了他们的血，吃了他们的肉，这到底是为什么？神说：壁人之间永不为敌。你们是不是疯了？”

“老族长，你已经在那石头下面的洞穴里待傻了吧！我们早就知道，智人根本就不是神，他们跟我们一样，也是两手两足，智力也没高到哪儿去，凭什么他们在上面作威作福，让我们在这狭窄逼仄的地下，给他们修理这不知道什么时候完蛋的机器？”

“这是我们的使命，这是天意！”

“去他妈的天意，去他妈的使命！谁生来也不是奴隶！”他挥舞斧头，身后立刻响起了一阵附和声，“我们绑架来智人研究过，你都没见过他们在我面前被吓得尿裤子的样子——不过是第一纪元的祖先和他们建立了契约，难道我们这些后人就要世世代代给他们当奴隶吗？凭什么！”

“放肆！如果壁人不做壁人该做的事，这世界就没了秩序，壁人同样无法生存。你们毁灭智人——我不习惯这么称呼——你们毁灭神，就是自取灭亡！神的能力，比我们强大许多，祖先建立的契约，正是保全壁人之道……”

“放屁！”伯七耳转身向后骂道：“大家听见了，就是有这样的老顽固，我们壁人才会永世为奴的！这样的族长，你们认不认？”

"不认！"

"那要怎样？"

"杀！杀！杀！"

伯七耳转过身来，咬着牙说道："老族长，听见了吗？这是全族的声音，你难道忍心看着你身后的弟兄，因为你的愚蠢陪葬吗？"

老族长摇了摇头："你们……愚不可及……"

"你若明智的话，主动让路，交出里面几个人类，让我们吃一顿饱饭！我们还要用他们的头颅，祭奠壁人的先祖，我们要用被他们的血液祭过的战刀，夺回本应属于壁人的自由！"

老族长喟然一叹。

"你们要相信神……相信神迹……"

外围的一群壁人骂道："杀死这个老顽固！杀死人类！"

里面的孔丘喊道："喂，伯七耳，你们杀死我们，也无济于事！利莫里亚如今危在旦夕，我们死了，你们也活不过几天！"

"妖言惑众！我们杀死你们，壁人就能团结，就能打败人类！等我们抢占了利莫里亚，我们就和AI签订和约！"

"你个傻瓜，知道上面那些人有多强吗？你们指望着靠几个扳手、斧头、锤子、改锥就能和人类一拼高下？你们连我们这里的两个双胞胎姐妹都杀不死，还想上去和机枪大炮打？我说你傻你还不信，就你们这智商，啧……唉，听我一句，以和为贵嘛！"

伯七耳道："大家看见没有，智人就是这么贪生怕死！"

孔丘怒道："我贪生怕死？你们这里所有人，无论智人还是壁人，有我死的时间长？切！我只是提醒你，你杀了我们，并不能解决问题！我们死了，你们会更惨！"

"你们死了，我们那些对所谓的神盲目崇拜的兄弟，自然就会认识到你们人类是多么脆弱、多么可悲！我们会更加自信！"

孔丘摇了摇头："蚍蜉撼树、蚂蚁下海。就你们这智商，还好意思让自己称呼里有个'人'字，我看你们归根结底，是一群双足大壁虎。"

伽利略轻声提醒道："你还怕死晚了？"

孔丘高大的身躯一晃，虚弱疲惫地靠在了神像之侧。

“快……换电池……”

伯七耳怒道：“大家听听，这群家伙是如何藐视我们的！他们如今连命都保不住了，还在这里危言耸听，不把我们壁人放在眼里，连一点尊重也不给我们！壁人们，还等什么？杀了这群家伙，我们攻上陆地，夺取利莫里亚！壁人们，听我命令，准备进攻！”

他朝老族长喝道：“你还要执意为他们陪葬吗？”

老族长叹道：“你们所背离的誓言，我坚守了一生！你们可以背叛祖先的承诺，可我不能背叛自己的信仰。”

说罢，老族长举起有三个杈子的白色木叉，横在当头，转身面向身后的石像，跪倒在地。

“神啊，你曾启示我，壁人的生死存亡关头，就是救世主程复降临之时，难道此时此刻，还不算生死存亡吗？神啊，请您怜悯壁人……”

外围一群壁人发出了嘲笑声。

爱因斯坦从马甲兜儿里拿出烟斗，从诺贝尔身上掏出打火机点着，一口一口地抽起烟来。他一边吐着烟圈，一边走到了老族长身旁，一弯腰便把老族长拉了起来。

“族长，不要祈求什么神了……”

外面传来一阵哄笑：“神连自己都保不住，祈求他们干什么？”

老族长流着泪回头看了一眼爱因斯坦：“难道……你们也放弃了吗？”

爱因斯坦道：“你们个子矮，如果长得像我这么高，就会看见，你们的救世主，已经来了。”

他扭头看向了壁人们身后的方向。

孔丘循着爱因斯坦的眼睛望去，然后哈哈大笑：“程复这小子，真是……周茂才若有他一半命大，我也不用抱他脑袋抱到胳膊酸了！”

我迎着一双双黄色眼睛的仇视与质疑，走进了圆心，外面的壁人自动为我让出了一条路。他们有不少壁人，已经认出了我，喊着我的名字。

老族长不可思议地凝视着我：“你……是……程复？”

我点点头：“我是。”

“天启是真的……天启是真的……”他拉住我的手指着那塑像，“在第三纪元，我接到了天启，说一名叫程复的救世主，会带领壁人走向自由，你真的来了……”

身后的伯七耳喝道：“救世主？你这人根本没有三只眼，更没有八条腿，哪有什么特长，也敢自称救世主？”

我转头望着伯七耳和他身后那一双双充满仇恨的眼睛：“我从没自认过是什么救世主。”

他眼睛里稍微放松：“那你是个什么东西？”

“我是个人！和你们一样，我也是个人！”

那一片黄色的眼睛不断地眨动，壁人之间开始乱哄哄地交谈。

老族长道：“您是尊贵的神，是救世主，和我们不一样，您不能自贬身份……”

“这世界上从没有什么神！”

此言一出，老族长愣了，壁人们更是躁动。

那伯七耳冷笑道：“终于有个敢说实话的了，不过是怕死被吓出了真话！看在你这么坦诚的分儿上，那我就成全你当个救世主！如果你给我们跪下，我就放了你的朋友，放了里面的壁人，就让你救他们一次如何？”

我向伯七耳道：“我说自己不是神，并不是向你摇尾乞怜，我不需要你的赦免和恩赐。”

“那你也是来送死的咯？”

“谁也不愿意死，我更不会来送死！”

伯七耳话音陡然尖锐：“那你究竟来做什么！”

“我来请求你们的帮助！”

现场安静了不到三秒，紧接着壁人之中发出爆笑声。

“你们听到了吗？这就是神，这就是救世主，如今还要请我们帮忙……”伯七耳挥舞着手中的锤子，像是喝醉了一样兴奋，看来他已经不想立刻杀死我们了。

“那么这位神，这位天启的救世主——程复，你请求我们帮你做什么？”

“帮我拯救利莫里亚！”

有壁人喊道：“满嘴胡言，我看这智人只是在拖延时间！”

“对，拖延时间，他怕死，但又不敢直说！”

我深吸一口气，向他们朗声道：“我若爱自己的性命，刚才躲在远处当个缩头乌龟岂不明智，又何苦亲犯险难？”

壁人默然无声。

我指着自己的胸口道：“我是程复，但你们绝对不知道，这具躯体的主人叫赵仲明！真正的程复已经被同胞杀死在了利莫里亚，而它的主人，用自己的身体复活了程复！我固然莽撞，但我绝对不会浪费一个为我献出生命的人的身体！我和你们一样，我同样怕死，怕得要命！和你们一样，我也爱着自己的兄弟和朋友，我也有爱人与亲人，我不想让他们受到伤害。必要的时候，我哪怕献出这宝贵的生命，也要拯救他们，只要值得……

“我没有像个缩头乌龟一样躲在后面，我站出来，是因为值得！如果程复的死能够唤醒你们，让你们不再自相残杀，而是尽你们最大的努力去拯救利莫里亚，那我的死就值得！我死得其所！赵仲明如果知道我因此而浪费了他赠予我的重生机会，他也不会有半点的遗憾……”

伯七耳冷冷道：“大家不要被这家伙蛊惑！他说得轻松，他们智人说得都轻松！曾经，我们的先祖，就是被智人的花言巧语迷惑，才成为他们的奴隶，这个家伙，如今又要故伎重施！”

后面的壁人附和道：“对、对！说得总是轻巧，智人归根结底还是怕死，他这么说不过是骗我们！”

“来点实际的！”

“你不怕死？自杀给我们看啊！”

……

我吼道：“死有重于泰山，有轻于鸿毛！若只是为争匹夫之勇，或逞一时之能，轻易就放弃生命，这是轻于鸿毛之死！如果为了救你们所有人，让你们回到陆地，重返你们梦萦的岩穴，我若这样死去，则是重于泰山！”壁人们逐渐安静，“同胞们，利莫里亚一个小时之后就要解体，我们已经没有多少时间浪费了！浪费一分钟，我们同归于尽的可能性就大了十分，我不忍你们无辜死去，更不忍利莫里亚其他的人类无辜死去！我想救你们的心情，和想救他们的心情，没有什么区别。”

利莫里亚即将解体的消息成了一个炸弹，再次在壁人中炸开了锅。他们的眼神再次闪烁，不过这回却充满了恐惧。

伯七耳质疑道：“不要相信这小子的危言耸听，这不过是他狡猾的计谋！”

“计谋？谁会傻到骗你们，却只给自己一个小时的时间让你们验证真假？”我看着伯七耳的眼睛，“只有一个小时的时间，你们便能验证结果。如果你们只想杀死这里的人，不在乎种族的命运，那也不多这一小时；如果你们追求平等、幸福，追求本属于你们的尊重，那你们就要和我一起拯救利莫里亚，它是人类的避难所，可它更是壁人的家！”

此话一出，嗡嗡之声更大。

“大家不要害怕，不要上了这狡猾智人的当！他就是想让我们不攻自乱，大家若轻信了他，正好着了他的道。”

伯七耳仅用几句话，就让壁人恢复了“清醒”。

“请你们相信我……”

“我们不相信智人！”

“我们都是人类，为什么总要分智人、壁人？如今大难临头，我如果不把你们当成兄弟同胞，根本不会来此间壁之中，更无须告诉你们利莫里亚即将解体的消息！”

伯七耳冷冷道：“嘀！听见没，这家伙为了笼络我们，真是什么话都说得出来！人类？他们智人什么时候把我们当成同类了？”

“智人不把你们当成人，难道，你们也不把自己当人吗？”

沉默了片刻，又是一片乱哄哄，有人疑道：“我们也算是人吗？”

“同胞们，你们当中也流传着自己曾是被基因技术改造的人类，不是吗？我第一次来到内部，就听一个叫哥四脚的朋友对我说，你们不杀‘被人创造’的生命，因为你们本身也是被创造的。你们为了和智人争夺平等的地位，编造了一个你们的祖先生活于地球岩穴中的故事，但我不得不告诉你们，这才是谎言！”

伯七耳气得握住锤子的手不断发抖。

“你们本就是人类，为何还要编造岩穴的故事？平原不是造物主赏赐智人的，平原属于所有人类。你们也是人类，只不过你们为了利莫里亚，被别有用心的人改造了基因……

“很长一段时间，我都在思考，什么才是人？是双足双手，像我这样直立的家伙才叫人吗？是长得像我一样五官的才算人吗？是必须操着一口流利的语言，能和周围的人沟通的，才算人吗？

“我曾经遇到一群朋友，他们的身体因为辐射变得畸形，他们年幼就被人抛弃，成为流浪于草原上的丑陋骑士，他们长大之后，甚至被人当成妖魔去屠杀，没有人承认他们是人类！但是，当他们捉到一个妄图置他们于死地的人、一个杀害过他们朋友的人，你猜他们的酋长怎样……”

全场鸦雀无声。

“酋长放了那个人。因为他们曾经受恩于救下他们的一名护士，以及养育他们长大的父亲，因此酋长告诉所有人，他们不能被仇恨吞噬，他们要活在感恩之中。”

全场哄然。

“对！就像你们一样，当时他们的部落成员也不理解，为什么别人可以肆意地伤害我们，而我们却要忍气吞声？为什么不能杀死他？酋长转身对所有人说，人类之所以不同于其他动物，就是在于人类懂得什么是高贵、什么是卑贱！人类崇尚光明，崇尚善良，崇尚正义。壁人们，难道你们不是如此吗？你们难道没有这些特质？我认识太多和我长得一样的人类，他们的内心比魔鬼还恐怖，他们为了自己的利益，自私地伤害别人，人类之间发生的悲剧已经足够多了……

“那些人，虽然和我一样，但他们让我恐惧；而酋长的部落所有人都面相恐怖，但每当我想起他们，内心都无比温暖；还有你们的哥四脚，以及壁人兄弟们，你们长得也和我不一样，但我们却能互相信赖；对了，我还有个AI朋友，她叫樱子，她是一具机器，但却令我无比怀念和她在一起的时光；还有这些人，这两个和你们一样被基因改造而生的AIK，还有孔丘、爱因斯坦、牛顿、孙武、伽利略、达尔文……他们是被复原大脑的合成生命，身体结构也和我不一样，但我却觉得，他们是最真实的人，和你们一样，和我也一样……

“正是因为经历了太多的苦难，我已经对人类有了新的定义——我们被称作人类，并不在我们的外表，而在于我们的心。我们是否有一颗人心，是否有作为人的骄傲，是否感受到了生而为人的高贵与幸运。人，不是非要有灵活的双手，不一定只有双足直立的动物就是人！如果他的心卑劣丑恶，他就有愧于人这个字；但是只要你内心善良、光明、奉献，你就是人，无论你长成什么样子，你就是人！你是不是人类，不要用别人的评价，只问你们的内心。同胞们，你们相信你是什么，你就是什么！”

有些壁人，已经开始激动地喘息。

“同胞们，原谅我还会用壁人称呼你们。这种称呼，就和我称呼爱因斯坦为美国人、称呼伽利略为意大利人一个道理，我们只属于不同的种族……

“同胞们，如今人类的命运，以及你们种族的命运，都到了生死关头，你们真的愿意坐以待毙？你们的兄弟姐妹，一个小时之后，都将在这大陆陨落。那时候，不光地表的人类无法活下去，你们也要一起为我们这些智人所犯下的罪恶陪葬！我们如果全部死了，人类就真的灭亡了，你的朋友、你的父母、你的兄弟姐妹，都会成为陪葬品！你们难道愿意看到这一切发生吗？”

“不愿意！”

“同胞们，请你们帮我！我需要你们！”

第九章
通天之塔

1

壁人沉默了。

刚才还要爆发的火山化作了海底激烈的潜流。

“我们也是人类的一支……”

“利莫里亚如果真的毁灭了，我们岂能独活？”

“他说的万一是真的呢？只需一个小时就能验证……”

“我们的使命就是守护利莫里亚，让它一直运转下去。如果利莫里亚因为我们的失职而毁灭，壁人就是罪人，我们对不起祖先！”

“难道我们还要伺候地面上那群智人？”

“是啊……就算救回了利莫里亚，那我们还是一样会饿死……”

“如果程复说的是真的，那我们就真的打不过智人，我们还是会被奴役……”

……

壁人们你一言我一语，有人愿意相信我说的话，而更多的壁人，则为他们之后的命运惴惴不安。老族长将那木叉在地面上戳了戳，全场逐渐安静下来。

“我的孩子们……咳咳……我是活过三个纪元的壁人，是壁人被创造那天起活得最长的了。我知道自己大限将至，所以有些话，我想留给你们……”他停顿数秒，又咳嗽了几声，身体显得非常虚弱，“我是第一个接收到天启的壁人，那时候，我就预感自己的使命是等待着救世主的出现。如今他来了，我的使命就结束了，所以，我不久就会死去……

“孩子们，使命不会让我们迷失，这是神对我们的指引。正是因为有了使命，我们壁人即便在最艰难困苦的时候，即便是内部矛盾最激烈的时候，都艰难度过且传承了四个纪元。如果我们不辱使命，我们的种族将继续传承下去；但如果我们忘记了使命，我们的种族也就离灭绝不远了……

“孩子们，虽然你们不愿意相信，但是壁人就是被神控制的，神可以创造我们，神也可以毁灭我们。神因为我们对使命的坚持而慈悲，神也会因我们对使命的遗忘而震怒！每一代壁人都有自己的坚持！你们通过对人类的研究，发现他们也并非全能的神，我并不想谴责你们，因为，我对神的信仰或许本来就不适合你们。但是，我却相信，我始终有一件事是正确的，那就是我对使命的坚持……

“使命不会令我迷失，而坚持则让我的灵魂高洁，此时我的使命完成，纵然立刻死去，我还是会认为此生足矣！但是，孩子们，你们当中，谁能和我一样敢坦坦荡荡地说，你们此时死去，也能此生足矣？”

停顿数秒之后壁人中没人搭话，在老族长望去的方向，有壁人惭愧地低下了头颅。

“你们的使命，是捍卫这艘大船，这艘我们壁人世世代代一直捍卫的大船。如今，这艘大船就要分解、陨落、坠毁了，可你们心中想的却是你们是不是被智人奴役了，眼前的程复是不是值得信赖，完成使命是否会被饿死……”老族长苦笑数声，重重地用木叉戳地，“你们想了那么多，唯一忘却的是你们的使命！

“如果因为你们的无视而造成利莫里亚的坠毁，就算你们将来全都活下来，有丰富的美食、自由的生活，难道你们心中就无憾吗？难道你们的余生就会活得坦然吗？放弃自己的天职与使命，换来所谓的幸福，就是你们梦中的未来吗？”

壁人们慢慢地低下了头。

“我的使命完成了……”老族长叹一口气后虚弱地说道，“这艘大船的命运……就交给……你们了……”

老族长的木叉掉在地上，再也没有抬起。他的头像被抽走了支架一样，忽然低了下去，再也没有抬起。前排的壁人们纷纷跪倒在地，向老族长拜了下去。工具放在地上的声音叮叮当当，所有的壁人全都朝着老族长屹立不倒的尸体拜了下去。

伯七耳也拜倒在地，带着哭音吼道：“老族长放心……我们必不辱壁人使命！”

“我们不辱壁人使命……”声音震天响。

嗡的一声闷响后地面传来一阵剧烈的颤动。老族长尸身一晃，我赶紧接住他，将他平放于地。

爱因斯坦道：“难道……解体开始了？”

我看了一眼时间。“还有40分钟！”

孙武道：“是不是出了什么意外？”

一个壁人忽然道：“不对，我是负责S75区块的，这声音来自那个方向，我猜测是遭到了某种撞击……”

壁人们悚然：“撞击？能撞得大船颤抖？”

我向伯七耳道：“对于利莫里亚你们更了解，如何处理遭遇撞击与解体危机？”

伯七耳神色愧疚，但他很快便整理好情绪，思考了片刻后说道：“如果单纯遇到撞击，我们可以视撞击程度进行修复！可如果这撞击只是一种攻击，就不好对付了！但是在解体危机之前，撞击还只是小菜一碟，所以我认为，应当首先处理解体危机！”

孔丘道：“危机谁都懂，你就直接说解决方案。”

伯七耳瞪了孔丘一眼，按捺下性子道：“祖先传承给我们的记忆里，利莫里亚本就是由12块大陆以及中心大陆拼合而成，所谓的解体不过是让所有大陆回归松散状态，只是一旦失去控制，所有大陆都会依次坠毁……”

“哎呀，你这家伙也不看看什么时候了，还在这里普及知识！你到底有没有办法？”

“办法就是前往中心大陆的总控制塔，那里才是利莫里亚的控制中枢，总控制塔不失，利莫里亚就不会失控，更不会解体。”

嗡……一次更为剧烈的颤抖，这次震动的方向，却是第一次震动的反方向。

我和爱因斯坦搭着肩膀才能站住，周围的空气也变得浑浊起来。

“怎么回事……”孔丘话还没说完，又是一阵剧烈的颤抖，这一次，我们所有人全都朝着我背后的方向跌去。

“像是……撞到……”

“不……是急停……”

伯七耳努力从地上站起来，向所有人道：“大家伙儿，抄起家伙，全部向C109与E279交会处转移……”

“那是什么地方？”

“是控制塔下方的维修通道。”

我拉住伯七耳：“孩子，尼人孩子，请帮我们救出来……”

“尼人？什么东西？”

孙武道：“就是T280通道的J-W窗口下关着的那群囚犯。”

“噢……大头娃娃啊！”伯七耳恍然，指挥了一队壁人前去解救尼人孩子。

壁人们扶着孔丘等人跟在后面，而我与伯七耳等十几个壁人当先在一条曲线上升的管道里向上攀爬。壁人们行动迅速，我和他们相比，简直就是在龟速前进。

“这上面就是控制塔？”

“最上面才是，还有百米左右就到了我们的分流基地，通过运输设备，我们先去控制塔，阻止你说的那个想要分解大船的家伙，”伯七耳道，“这条通道我们早就疏通好了，本打算统一壁人之后，就从这里杀出去，占领利莫里亚，没想到路虽然走了，可是心态却完全不同……”

我们继续向上攀爬，时间已经不多了。

我实在难以想象，有什么运输设备能够在不到5分钟的时间内将我送到总控制塔。然而这里却空荡荡的一片，什么都没有。我们上来之后，这是一处300平方米的平台，平台对面只有3个门洞。

当我还在质疑运输设备的时候，伯七耳已经跑到了门洞前，在门洞上的面板输入了几个坐标，门洞打开后里面是个狭窄空间，像是电梯内部，但周围却有几圈腰带。

伯七耳和几个壁人进入后拉我进去，他们用“腰带”将我与电梯捆绑在一起，然后又各自捆了起来。伯七耳见里面六个人全部捆好了，这才按下了启动键。

“第一次会有些难受……”

我还在思考为什么会难受，电梯倏然离地，剧烈的超重感几乎撕裂了我的身体。

“300公里的时速……”

几秒的时间里这个电梯不只向上，还向左右转了几个方向。

“这是什么电梯……”待电梯停稳之后我喘着粗气问道。

“这不算电梯，只是运输仓！输入坐标后会将我们准确地运输到想去的地方，这是我们壁人日常工作重要的交通工具，否则利莫里亚这么大，从上到下都要爬几个‘利日’。”

“利日？”

“壁人的时间观念和你们不同，你们认为24小时是一天，可我们差不多是6个小时为一天，你们人类的4年，就是我们壁人的20多年，即一个纪元。我们壁人生命和你们相比短暂得很，一般能活过两个纪元就算长的……”

伯七耳交代两个壁人守在门口，他则带着其他人，和我一起向一个狭窄的洞口奔去。我在洞口内匍匐前进，但壁人们四脚着地，将工具叼在嘴里，又恢复了一群壁虎应有的样子。我看时间还剩一分钟，不免又加快了步伐。

伯七耳指着前方一个泛着亮光的通风道：“那就是控制塔的入口。”

忽然，一声枪响自洞口内传了进来，我们全都伏在原地。

“那是什么东西，竟然这么震耳？”一个壁人问道。

“手枪！”

“那又是什么？”

“一种武器。”

“武器还能那么响？”

“一颗子弹就能杀死人的武器……我现在实在没空跟你讲太多，明天还活着的话，我一定和你们好好讲讲……就怕……”

忽听一个男人的声音吼道：“我等这一天等了快20年啦！”

程雪冰冷的声音传了进来：“解气了吗……”声音中气不足，“既然满足了你，现在，你可以输入指令了……”

“你还没有死透！”手枪扳机咔嗒一声。

“不要……”我喊出“不要”的同时，却听里面也有一个人喊出了同样的两个字，是个女人，声音熟悉。

我从通风道里跳下来，总控制塔是一个巨大的圆形房间，周围墙壁上是连在一起的屏幕，屏幕下方都是一些按键。中间又是一个控制台，此时站在控制台前面的，是个持着手枪的中年男人，他两鬓斑白，眼睛通红，手枪的枪口指向捂着胸口的程雪。

娜塔莎正搂着一个女人，那女人声嘶力竭地用向前匍匐的姿势挣扎着，却被娜塔莎紧紧抱住。

那是另一个程雪，只穿着一件粉色的短体连衣裙，两条大腿露在外面，脚还光着；与受伤的、冷面如霜、穿着干练制服的程雪形成了鲜明对比。

娜塔莎找到了阿历克斯的家，接到了我的妹妹——克隆程雪。

刚才和我同时喊出“不要”的人，正是她。

那一脸苦大仇深的中年男人身后站着阿历克斯，他半举着双手，眼神飘忽，想必正在盘算着如何应付此时场上的局面。

受伤的程雪咳嗽几声，她瘫坐在中心指挥台的地上，靠着玻璃屏蔽门。她看了看另一个程雪，又看了看我，冷若冰霜的脸上竟然笑了，她向那个举枪的男人说道："真没想到，这时候最应该盼我死的人，竟然阻止了你杀我——程复，你来得正好，那东西我将会通过隐秘的方式送到你的手中，到时候，你找个合适的人，去帮他完成那伟大而崇高的理想吧。我知道你看不上我，祝贺你……咳咳……"

"程复？"克隆程雪喃喃了一句，"哥哥？"

娜塔莎将她抱住，在她耳边说了几句话，她颤抖着，眼睛里放出了光芒。

我奔走到受伤的程雪身旁，却见她捂着的胸口还在不断往外冒血。"你需要血凝剂……"我看向伯七耳，伯七耳点了点头，指挥他另外三个兄弟，在总控制台里寻找血凝剂。这几个奇怪的壁人，吸引了总控制台其他人的注意。

程雪眼神疲惫。"不用了，不要找了……"

我抬眼看着那中年男人："你到底是谁？为什么非要杀死她！"

那中年男人好奇地看着我："你是程复？程复早就死了！"

"我就是程复！"

"哦？你若真的是程复，自然会明白我是谁，我可是亲自前往牢房感谢过你呢……"

"施文郁！"我一着急，竟然忘了程雪曾让阿历克斯去把施文郁带到总控制台的事。因为我实在想不到，这个施文郁竟然反客为主，把绑架他的人击倒于地。

"你还真是程复！"他回头瞟了一眼娜塔莎，"是她帮你做的猫腻吧？"

我尚未回答，忽然又是嗡的一声，总控制塔里所有人都被震得向阿历克斯所在的方向摔倒。随后，阿历克斯对面的墙壁屏幕忽然黑了。

程雪虚弱地说道："施文郁，你杀死我便可，也不用拉着所有人都和你一起陪葬，这么大的动静，黄金议会的人估计正在往总指挥塔赶来，等他们来了你也别想活命。别忘了我们的约定，你报了杀妻之仇，就帮我解体利莫里亚……"

施文郁道："说到做到！"说罢，举起手枪。

我拦在了枪口。

“傻小子，你到底要干吗？”程雪喝道，然后便剧烈地咳嗽起来。

我没有理会程雪：“我不允许你当着我的面杀死她。”

伯七耳等人刚才匍匐于地，此时又站了起来，在总控制室里寻找凝血的药剂。

施文郁道：“你还真是傻小子啊，这个妖妇，害死了你父亲，你不知道吗？”

“我知道！”

“你真傻假傻？”

“我是恨她，但我也不允许你杀死她，即便杀也该由我来杀！”

身后，程雪笑了，笑着笑着便又咳嗽起来。

施文郁也笑了，忽然将手枪反手递给我：“我成全你，你替我杀了她，也算是替施云报了仇。”

我将枪口对准程雪的前额：“你忏悔吗？”

她苍白的脸笑得更灿烂了：“我对我的所作所为毫不后悔！能死在你手上，我高兴还来不及。”

“疯子！”我右手食指扣在扳机上，“我的父亲，你的哥哥，从没有做过任何伤害你的事，你怎么就下得去手……”

程雪望着我，眼神忽然变得温柔。

“你开枪吧。”她闭上了眼睛。

枪口颤抖着。

程雪的眼睛也颤抖着，泪水从她眼角滑落。

这时候我身后的克隆程雪喊了一声：“哥哥，你不要杀她……”

“为什么？她难道害得你还不够惨吗？”

“哥哥，我的记忆……我的记忆……在她手中……我要我的记忆……”

我忽然意识到，克隆程雪肯定是被程雪修改了记忆，所以她才认我为哥哥。

这时候，身旁的娜塔莎忽然流下了眼泪。

枪口下的程雪淡淡地道：“你的记忆早就被我毁了，这辈子也别想再要回了！”

“不！”她哀号一声，“你为什么要这么对我……”

“你现在这么爱你哥哥，而且你哥哥明知你的身份，在生死关头，还没忘了让娜塔莎去救你，你还有什么不知足？”她笑着，脸色虽然惨白，可曾经的冰霜似乎已经融化，“珍惜当下吧，程雪，曾经你只会更痛苦！”

她的额头朝着枪口顶了顶：“程复，动手吧！如果你不希望所有人因为你的优柔寡断陪葬的话……”

我闭上眼睛：“最后一个问题，你……你真的……真的没有一丝一毫地……爱过你哥哥吗？”

她嘴唇颤抖，睫毛也颤抖着，但终究还是什么都没说。

“动手吧……”

“不要……”娜塔莎竟以微弱的声音说道。

“你给我闭嘴！”程雪向她吼了一声，娜塔莎低下了头。

娜塔莎像是有什么话要说。

我没打算杀她，我只是想听到她的忏悔！可正当我犹疑的时候，右手一松，等我反应过来，才意识到枪被抢走了。随即，就是一声枪响。枪声震得我身子一僵，所有人都被这如其来的枪响震住了。

程雪倒在了我的脚下，子弹将她左侧的太阳穴打穿，暗红的脑浆从她脸颊下面流了出来，她睁着眼睛，看着血液流到了我的脚下……

壁人们被吓得匍匐在地，彼此看了一眼，停止了对凝血药剂的搜寻。

“这就是手枪吗？”

“好像比扳手厉害多了……”

施文郁笑了，但他笑得并不开心。

“颂玲……颂玲……”他发狂地张开双臂，在圆形的中心控制台前游走，“你看见了吗……杀死你的人……终于死了……哈哈哈……颂玲，这么多年……我忍气吞声……终于……终于……”

他忽然跑进了中心控制台，开始在那控制台的计算机上输入着什么。

我飞奔上去，按住他的手。

“你在干什么！”

“我遵守和程雪的承诺，她死了，我就帮她毁灭利莫里亚！”

我用力地将他的手按在那虚拟键盘上：“利莫里亚还有几十万人……”

施文郁眼神如痴：“几十万人？呵呵，跟我什么关系，颂玲都死了，我这十几年活得如行尸走肉一般，若不是仇恨在身，我早就去找颂玲了……”

又是个疯子！

“可你就不想想你的女儿吗？”

“女儿……”

“施云！”

“女儿很安全……很安全……”

“安全？她已经被AI扣押了！”

“胡说，女儿在夸父农场，安全得很，你们都死了，她都不会有事！”

“施云的夸父农场被AI俘虏了，我亲眼所见！”他抽出一只手，努力地想掰开我的手腕，想把另一只手挣脱出来，“你难道就不想救她吗？”

“施云……施云……我的女儿……”他的意识逐渐恢复清醒，“我的女儿还等着我！”

“不要让利莫里亚解体，我们可以安全迫降在地面，躲避AI！”

“不！”施文郁摇了摇头，他环视着那几个黑去的屏幕，“AI的黑色手臂，已经将利莫里亚钳制了……”

他按了几个键，一个巨大的利莫里亚全息图悬浮于主控制台下，却见利莫里亚上空，有一个巨大的圆形黑色球体，球体的直径已经和利莫里亚的高度相当。球体正向利莫里亚伸出黑色的“手臂”，绳子似的“手臂”翻腾着延伸到利莫里亚的周边，目前已经有六条“手臂”和利莫里亚钳接在一起。连接处有孔洞，那黑色的绳子仿佛系在了孔洞之上。

旁边的阿历克斯道：“是马蜂窝！它们……它们进攻了！”

施文郁道：“它们的触角是想抓住利莫里亚，然后慢慢分解利莫里亚，此时如果解体，中心大陆还能逃过一劫，如果再晚一点，我们也得一起陪葬！”

“可是12个大陆还有人！几十万人！”

阿历克斯也跑了过来：“我们管不了那么多了……赵……程复，他们当初那么恨你，你难道还要救他们？”

我瞪了他一眼后向施文郁道：“打开中心大陆通往12个区块的通道，向利莫里亚发出最后广播，让所有人都进入中心大陆……”

“这……”

施文郁还在犹豫，却听门外一人喝道：“做梦！”

2

国防部长莫普提带着两队陆警冲了进来，陆警迅速将我们包围，各自执枪对着我们，将我们所有人，包括那四名壁人，一起驱赶到了一块黑屏幕之下，只把施文郁留在了中心控制台。

莫普提向身旁一人道：“已经控制局面，通知黄金议会进入指定区域避难，封锁所有进入中心大陆的通道。”

“是！”

另一人道：“部长，刚才几位军队指挥官询问您的态度，到底打还是不打！”

“打！让他们留在外围的12区进行反击，告诉他们，为了利莫里亚，为了全人类而牺牲，是无上的光荣。对了，激励的话也要说一说，鼓舞士气是你们这些做宣传的人的本职！”这几句话，莫普提说得轻描淡写，眼睛早就看向了程雪的尸体，仿佛外面的几十万活人，还不如近处这个死人有意思。

“是！”

安排好一切，莫普提走到程雪的尸体前冷笑一声。

这时候，外面一阵哄乱，却见一个高大的白人在一群年轻男女的簇拥下走了进来，这男人正是当初黄金议会上坐在首席的那人——阿历克斯的父亲。身后跟着12个人，其中几个我也眼熟，有几个是黄金议会上12个席位中的人。

果然，他进来之后，身旁的阿历克斯紧张地咽了口唾沫，又不安地低下了头。

“程议长？”亚伯拉罕来到莫普提身后问道，语气同样冰冷，“死了？”

身后随即有人发出冷笑：“这也算是第一个死去的永生者吧。”男人回头瞥了他们一眼，后面的人便安静下来。

莫普提向男人敬礼道：“想必是程雪议长为了与赵仲明等叛徒争夺利莫里亚，尔后失败被残忍杀害，光荣为国捐躯！”

“很好！待战争过后，我们要隆重表彰程雪议长。”

这时候，阿历克斯忽然喊道：“不是的，你们误会了，她才是叛徒！”

亚伯拉罕看了一眼阿历克斯，眼神有些游移：“你——你知道说错一句话的后果吗？”

“我自然知道！”阿历克斯激动地喘息道，“你放心……我知道……”

“闭嘴！”亚伯拉罕的眼光冷得可以杀人。

阿历克斯遭到当头一棒，灰溜溜地蹲了下去。他完全没有想到，他的父亲明明已经知道一切，却还把他当个普通的大兵。

亚伯拉罕看到了另一个程雪，饶有兴致地走了过来。“你就是程雪派下去的那个克隆人？”

程雪摇着头道：“我不是克隆人，我不是……”

亚伯拉罕一边的嘴角提起，一双鹰眼最终落在了我的脸上。

我和他对视着，心中不由得升起一阵寒意。

“程复，你总是会给我带来惊喜，就像你那愚蠢的父亲一样！”

他相貌看起来比我还要年轻，就像个刚刚毕业的学生，但是他说话的时候，眼神中的老练狠辣，已经超出了他的外表年龄。

这就是神吗？千神中地位最高的一位？我明明看到的是一只想要撕扯

世界的秃鹰。

“我的父亲不愚蠢，愚蠢的是你们这群所谓的神！”

“正是他那五枚充满罪恶的核弹，才让我们有了今天！呵，一个连神都看不上的家伙，竟然为了毁灭人类投掷核弹！你还说他不蠢？”

我冷冷地看着他：“你以为我不知道微尘计划？”

“哦？”他耳朵一动，反而笑得更为轻松，“看来，你了解得还真不少！”

“我还知道，微尘计划的幕后主使，就是你们这群自私的永生人！”

他愣住了，忽然看了一眼地下的程雪：“是她告诉你的？”

“谁告诉我的不重要，你们本想毁灭人类，却没想到，最后面临毁灭的是你们！”我笑道，“没想到吧，神，你们竟也有一天会沦为鱼肉！天作孽，犹可恕；自作孽，不可活。”

“你懂什么！”他愤怒了，“你和程成一样，愚蠢自大，完全不知道自己做的事情正在破坏自然的秩序！和神对抗很好玩吗？如果程成没有投射核弹，你难以想象，我们此时的世界，会有多么美好！”

“人类被你屠杀殆尽的美好？”

“灭绝人类？愚蠢如你，看到的都是罪恶。你真可怜，程复，因为你不具备神的视角，你只能站在和他们一样的低等生命的角度，去仰望神的伟业。消灭一些拖人类演化后腿的低等生命，就是屠杀吗？！”说低等生命时，他颇具嘲笑意味地看了一眼伯七耳等四个壁人。

“低等？”我不解地看着那张傲慢的脸庞，“如果没有G6540的技术，你们能‘高级’？你们不过得益于人类的科技发展，基因技术造就了你们这一群白眼狼。”

他昂起了下巴，“你或许不知道，我们这些人背后曾经庞大且悠久的家族，才是这世界真正的控制者。我们的祖先意识到个体大多很难有人认识到自己对于群体的意义，更别说引领群体向前迈进一步。所以，我们的祖先开始塑造世界，他们创造信仰，利用宗教，制定规则，一切的一切，都在按照我们的意愿发展。世界有序地运行了2000年，每一次战争、每一场瘟疫、每一个伟人的诞生、每一回王朝的更迭，都在我们的计划内。但是随着科技的发展，技术无形之间增强了个人的力量，这些愚蠢的家伙利用我们赐予人类的技术，扰乱了世界的秩序。一次次的国家领导人选举超出我们的控制，一次次的国际合作脱离正轨，一次次的人类发展方向被一些宵小左右而引起巨幅震荡，世界失控了！他们掌握规律之后，便开始通过网络空间，打造了一座又一座虚拟的神坛，而我们这些真正的神，已经失去了对世界的话语权。脱离控制的人类变得越发自大，面对未知，更少有人表现出谦逊，每个人都以为自己掌握了宇宙间的至高真理，很少有人再去看重道德、秩序。程复，你还记得法庭审判时，那群蠢如猪豕的家伙们，只听了几句谎话，就像是疯子一样地诋毁你、侮辱你吗？他们没有一个人知道事情的真相！但他们确定，自己所相信的，就是宇宙间唯一正确的事实。你难道认为这群家伙，也值得被拯救？他们根本不配享有科技时代的红利，更不配享有永生的资格！他们只是优秀的人类进化之后，用来饲养的畜生罢了。”

“你们……”

“程复，你是我见过少有能被我欣赏的人，如果不是你那愚蠢的父亲，我或许真的会考虑重用你。你之所以愤愤不平，是因为你的眼睛只看到了你以为的真相、你以为的正确、你以为的真理。当你成了这个世界真正的掌控者，你考虑问题的角度，也会发生变化！我真的希望你能具备和我一样的心胸，和我相同的视野，那样的话，你不仅会理解我们的所作所为对于人类的作用，你更会明白，你父亲做了多大的一件蠢事！”

“但是！”我向他吼道，“就一定要用屠杀的方法吗？微尘计划一旦启动，就是上百亿人的生命，你们心中真的认为，人命如蚂蚁一样可以忽视吗？”

“不然呢？蚂蚁尚且为种族而奉献，那些拖人类后腿的家伙，连蚂蚁也不如！”

“但那时多少人失去性命，多少家庭会破碎，多少人会痛苦！”

“你踩死一群蚂蚁时，可曾想过它们的家庭破碎、它们的痛苦？”

“可你们也是人啊，你们应该知道，人心是可以改变的！你们既然拥有权力，为什么不去改变他们，为什么要夺走他们的生命？那么多路，你们为何选择最残酷的一条？”

“你又怎么知道我们没有努力去改变他们？”亚伯拉罕面部僵硬地叹了口气，“这种改变，从我父亲的时代就开始了，他们通过各种渠道去影响人心，帮助人类理性地看待技术的发展带来的便利，谨防人类堕落的灵魂被新技术操纵！但是我们发现我们低估了全世界的连接！便利的技术，没有加速十诫的传播，没有加速道德的推广——人类的秩序、道德、智慧，似乎天生对这片科技沃土不适——人类越来越自私，世界的戾气越来越严重，而这种自私和戾气通过新技术迅速散播到全球，造成恶性循环。人类整个种族的命运堪忧，万年的文明即将毁于一旦！作为人类真正的控制者，我们不忍心看着父辈们经营了千年的人类文明一步步走向灭亡，不希望我们的后代生活在一个充满自私、暴力、色情、谎言的世界，所以……”

他摇了摇头，说出了与梦中的程文浩相同的话：“创造之前，必先毁灭！”

他的语气从愤怒到无奈，从无奈到心酸，我竟然对他升起了些许可怜：“难道你们没想过，失控只会带来更大的失控！”

“先是你愚蠢的父亲！之后……”他冷笑，“是这AI……”

“你以为你控制了人类，你以为所有人类都如你们一样自私，可你终究是低估了人类心中的善良，你低估了我父亲宁愿背上投射核弹的骂名也要拯救所有人的性命所做的牺牲。”

他摇了摇头：“不，那是蠢！那是目光短浅的伪善。”

“自私的是你们！是你们想要毁灭人类，我父亲才会逼不得已用这种方式去拯救世界！”

“然而他并没能拯救世界！他连自己都救不了，他想要保护的人，如今没几个把他当好东西，他捍卫的生命，最终一个个、一群群地被我们清理，如果再给我们些时间，再给我们些时间，如果那群机器没有失控……这世界，会变得多美好啊，只要再给我们10年……”

“你只会做梦罢了！”

嗡……

又是剧烈的一晃，中心的利莫里亚全息图上，12个区块，已经全部被上方黑色的圆球上黑色的绳索拴住。我忽然发现，黑色的绳索已经侵入了利莫里亚大陆的边缘，那黑色的东西与利莫里亚接触越久，仿佛凹面越深，终于我明白了，它在“吃”利莫里亚。

莫普提道：“时间不多了，快离开吧，撤去海底基地！”

亚伯拉罕点了点头。

莫普提向施文郁道：“执行吧，中心大陆脱离利莫里亚……”

莫普提尚未得到施文郁的应答，就听到总控制塔的门外传来几声哀号，门口的守卫匆忙跑了过去，只不过几声枪响，却见一人肩头插着一支长约半米的细铁钎，跌跌撞撞跑到门口，扶着门框道：“报告部长，有……有人打了进来！”

“什么人，多少人？”

“没……没看清！”

忽然，黑影在门外一闪而过，再一看门口那人，头颅却缓缓地从脖腔上滑落下来。

众人大骇！莫普提喝道：“一半士兵去外面应敌，其余人守在门口！”一队陆警出了主控制室的大门后，莫普提朝着门口几名军官一挥手，其中一人按下了按键，大门徐徐关闭，从内落锁。被锁入控制塔的士兵，全都暗暗出了口气，庆幸刚才派出去送死的人不是他们。

莫普提则催促施文郁道：“快，将所有联络……呃……”

话未说完，他的眉心忽然蹿出了一根红色的短棍，那短棍直接射向了对面的墙壁，砰的一声扎入墙壁之中，没入了十几厘米。

伯七耳忽然兴奋地伏在我耳边道：“是钻头……”

脑浆从莫普提的脑后喷了出来，刚才的钻头，从他的脑后射入，又从前额飞出，可见射杀莫普提之人臂力之大。

亚伯拉罕道：“有敌人……”

所有士兵此时都守在门口，当他们回过神来，却见一个女人正挥舞着一根一米四五长的铁钎，如风如影一样就来到了他们面前，几下之后，便有数人被挑上了房顶。

施文郁喊了一声："施云？"

来者正是一名AIK。

紧接着，屋顶的一块块金属天花板掉落，十几个壁人从上跳了下来，各自持着榔头、锤子、铁棍、扳手等工具，跟在AIK身后，在那些被打倒在地的士兵头上补了几下。

瞬息之间，指挥室易主。孙武从通风道里跳了下来。几个壁人兴奋地涌向孙武："这就是调虎离山？"

孙武哈哈大笑："雕虫小技。"

"可你不是说，还有35个计谋吗？剩下的还没用，一起用了吧，让我们都试试！"

"哈哈，计谋要根据实际情况而定，岂能一股脑用了？那这就不是计谋不是兵法了。等这段时间过了，我会细细给你们讲。"

亚伯拉罕和12个年轻的"神"被包围了。这些神自恃永生，又拥有武装保护，自然想不到竟然会被偷袭，还是被这样一支由怪物组成的杂牌军队偷袭。

不断有壁人从房顶跳下来，这些长得像壁虎的生灵逐渐占据了半个房间，要不是伯七耳下令，还会有壁人跳下来，其他不下来的人也都掀掉了天花板，坐在上面叽叽喳喳地对下面的人指指点点。

偌大的指挥室一下子就成了壁人的天下。

亚伯拉罕向伯七耳道："你们竟然违背了契约？"

伯七耳饶有兴致地看着亚伯拉罕："刚才听你和程复说话，似乎你就是利莫里亚最厉害的那个家伙，难道当初囚禁我们的，就是你吗？"

"囚禁？"亚伯拉罕哈哈笑道，"你们本就是一群壁虎，如果没有我们的改造，你们不过还是一群虫子，是我们让你们有了智慧，你们竟然还说我们囚禁你们？"

伯七耳怒道："你胡说什么，我们也是人类！"

"你们是只会修理机器的蜥蜴和壁虎，不要把自己想得多么高级！我提醒你们，我是你们的神，你们必须听我的话，否则我会毁灭你们！”

“你……”伯七耳有些无措了，尤其是面对亚伯拉罕阴冷的目光，竟然双腿开始颤抖。

“契约！”亚伯拉罕提醒道，“毁掉契约的下场，你们忘了吗？”

伯七耳和其他壁人都不安起来。

我拍着伯七耳的肩膀：“你是人类！相信我，壁人也是人类，我们都是兄弟！”我指着亚伯拉罕道，“你看看这群家伙，他们自诩为神，却已经丧失了人的良心，不过是一群天天做梦的疯子罢了！他们不是神，而是自私的鬼！”

“可……可壁人与人类的契约……是……是注入壁人血液中的誓言……它限制着我的内心……我刚才……害怕……”

我右手攥住伯七耳的手，高高举了起来，向厅中所有壁人道：“当初你们的祖先，和人类中最有权势的人建立了契约，但是今天，当初最有权势的人已经成为阶下囚，而我程复，毋庸置疑将成为最有权势的人……”

壁人们听到此处，忽然明白了什么，都激动地看着我，一片鲜明的黄色眼睛连眨也不眨。

“壁人，从现在开始，你们享有和智人共同的名称——人类！你们生而高贵，地位与智人平等，作为人类中最有权势的人——我程复，荣幸地宣布，曾经的契约到此废止，壁人从此刻开始与智人重新建立契约，这契约只有两个词语——平等与自由！”

壁人们从地上跳了起来，逐渐有人开始敲击着手中的金属工具。

叮叮当当。“平等！”叮叮当当。“自由！”……

亚伯拉罕和其他12位神看到此情此景，意识到大势已去，各自默然。

在壁人的欢呼声中，施文郁自言自语似的说道：“你让我想起程成……”

我听进耳朵，于是跳上了施文郁的中心控制台：“快，将12区的通道打开，向所有人宣布，进入中心大陆，启动紧急避难！”

亚伯拉罕淡淡地说道：“真是蠢货！”

我向伯七耳使了个眼色，壁人们就将这些神驱赶到了房间的另一个角落，用铁链锁了起来。而他们则捡起了死去士兵身旁的手枪和机枪研究起来，壁人天生精通机械，其中一个人拆掉了枪支，分解了各个部分，其他人一看，便明白了枪支的原理。

3

12个区的通道同时打开，人们本已经被天上忽然露出的孔洞、四处飞舞的黑色“烟尘”和巨臂吓得六神无主，此时听到广播，都开始向中心大陆涌来。数十万人会聚于通往中心大陆的通道上，互相挤压、践踏，拼了命似的想往门里冲。

没有人顾及旁边人的感受，没有人顾及他们脚下踩了谁，是生还是死，长者不会照顾孩子，男人也不会照顾女人，军人丢掉了武器，陆警没有维护秩序。面对空中那个黑色巨爪，每个人都担心自己也会像那一栋栋高楼、一面面墙壁、一辆辆飞行器一样，被那黑色怪物吞噬进去。

曾经高喊着要将AI打败的学生们跑得最快，而他们仅仅看见了一只巨爪，尚未看见那怪物的全貌。人们向中心大陆的群体撤离，引起了巨爪的警觉，它们似乎不再满足于慢慢将这巨型飞船吞噬，而是从那一根根黑色的触角上分裂出无数黑色的“八脚蜘蛛”。它们通过一根根黑色的细线轻轻降落于人群中，蜘蛛的八只脚每只又分裂成另一只八脚蜘蛛，每只蜘蛛各自抓着4个人，这样32个人就被身后的长线拉上了天。

不停有蜘蛛跳下来，不停有蜘蛛满载而归。它们就像是在做着捕猎游戏，每次出击都精准无误。这是一群最好的猎手，或许，它们的猎物也是世界上最蠢的猎物。

我们通过屏幕观看到外面的惨状，娜塔莎和克隆程雪抱在一起颤抖不止，已经不敢再抬头。

我们只是安静地看着，没人惋惜，没人哀叹，就连哭泣的人也尽量捂住了口鼻，生怕发出一丝声响。外面的人尖叫着，可我们听不见，但我们知道他们夸张的四肢与涕泪横流的眼泪不是作假。他们被一群群黑色蜘蛛送入巨臂之内，就再无声息。

“程复！”亚伯拉罕远远地喊道，“关门！你再等待下去，这里的人也会沦为和他们一样的下场！”

不能关门！

我忘记自己是否说了出来，或者我的手臂在不经意间挥动，幸好施文郁并没有听从亚伯拉罕的。

能多救一个是一个。他们还年轻，最大的都没超过23岁，最小的就像是初中生一样。每个人都有美好的未来！

他们是人类的明天！

……

12条黑色巨臂已经完全深入了利莫里亚内部，将所有人轰到一隅之地，最近的手臂已经距离中心大陆的门口不足50米。

主控制塔也乱成了一锅粥，不断有人劝我，快离开吧，快离开吧！我分不清他们的声音，大概有施文郁，有程雪，也有孙武，可能更多的是壁人，以及那群神。

我脑子里只有几个词不断地萦回：快些，再快些！快跑啊，快跑……

如果不是娜塔莎走过来握住我的手，我都不知道我的手一直在抖。

“你尽力了……”

我摇着头，施文郁已经开始在屏幕上输入着什么，12道大门外发生了一些骚动，人们疯狂地往门里挤，与此同时，巨臂已经追到了门前。曾经缓慢的巨臂已经分裂成无数触角，它们像是长了眼睛似的，环住每个它们能接触到的人的腰和四肢，将他们吞入那黑色的躯体之中。

“不要关门……”我摇动着施文郁的胳膊，但是施文郁只是微微摇了摇头。

远处的亚伯拉罕道：“程复，一味地仁慈，只能拉着所有人一起陪葬，你刚刚救下的人，也会被你送入地狱。”

12扇门彻底关闭！

那些跑到了门下，又被甩了出来的人，有的绝望地跪在地上，有的蜷缩成一团。

我听不见他们喊着什么，无非是哀号、祈求，或者咒骂！

他们或许在怨恨命运的不公，但是命运何时有过公道？“天地不仁以万物为刍狗。”天地，你们难道也曾有过如此痛彻心扉的权衡吗？

随着一阵剧烈的晃动，周围所有屏幕瞬间黑了下去。虚拟的全息图上，只剩下一个发光的圆柱体。那圆柱颇像一个倒扣的喇叭，下宽上窄，上面还有分层，正好分了12层。

“它们彻底断掉了中心大陆与12区的联系！”施文郁道，“必须启动了！”

不等我回答，施文郁已经开始输入指令。伴随着施文郁的话，还传来一阵惊呼。全息图上方，四道黑色的触须，旋转着从天而降，直接向中心大陆那座12层的高塔上方抓来。就当我们以为触须抓到了导航台时，中心大陆开始下降，慢慢与触须拉开距离，人们才长出了一口气，那触须没有抓到我们。

但是，这座似塔非塔的12层建筑，正向下做着自由落体运动。所有人都失重了，能贴着墙壁的还好些，没有挨着墙壁的，此时已经被颤抖的大陆颠上了空中。猛地，在导航台下方大约第9层的位置，以及再往下第3层的位置，忽然撑开了两道伞沿状的物体。我们倏然又开始超重，一股巨大的力量将我们向上推去。

那两道伞沿其实是两道缓冲和推进系统，既阻挡了下降的重力，又能向上推动这塔形的建筑物。于是，这座塔又成了一个可以在空中飘浮的堡垒，根据助推火箭的调整，潜伏于平流层的沙尘之中，向着西方飞去。

安静片刻之后，人群中爆发出一阵胜利大逃亡后的欢呼声。

我扶着屏蔽门站了起来：“这下面，是哪里？”

施文郁看了下经纬度：“北美，接近你父亲当年投射核弹的区域了。”

亚伯拉罕等人听闻此言，皆轻蔑地哼了一声。

“我们的目的地是哪儿？”

“你还记得MU吗？”

“新大陆？它不是被毁了？”

“MU没有被毁，只是被放置于一个人类不容易抵达而AI又不容易发现的地方。你父亲曾经为人类制订的逃生预案，却被这些所谓的神当作第二条退路。”

我看着施文郁一脸松弛的皮肤，尤其是额头上那五横三纵的纹路，好奇道：“你……没有接受永生？”

他摇了摇头：“我本就不想永生，可为了颂玲我只能同意，但是——我没有等到她回来！”

程雪的尸体已经被壁人们搬到了墙壁的一侧，用一件壁人的袍子盖了起来。但是施文郁的目光还是穿透了袍子，似乎想刺入她的心脏。

13位神一如曾经的冷漠，他们没有人说话，每个人都像是入定了一般；壁人们倒是有些兴奋，他们小声地交流着对岩穴的向往、对森林的好奇；克隆程雪眼神空洞地缩在娜塔莎的怀里，娜塔莎的另一侧是阿历克斯，他的眼神不时地看向他那个无情的父亲。

孙武被几个壁人围着讨论战术，孔丘和爱因斯坦等人，也逐渐被壁人送进了塔顶的导航台。牛顿看见塔的全息图之后，忽然惊叫了一声。他指着那悬浮于空中的全息图像道：“这很像是《圣经》中描述的巴别塔！”

“巴别塔？”西方的老师们顿时来了兴趣，然后纷纷点头。

达·芬奇道：“确实很像，《圣经》记载，曾经的人类都说着同一种语言，有一天，他们忽然说：来吧！我们要建造一座城和一座塔，塔顶通天，为要传扬我们的名，免得我们分散在地上。就是这巴别塔。”

爱因斯坦笑道：“这塔终究是没有造成，因为神变乱了所有人的口音，让他们无法沟通，通天塔便没法再建了。”

孙武道：“连神都惧怕人类团结。”

牛顿道：“孙老师，你们中国人就是有点过于自信了，万能的神又怎么可能惧怕凡人！”

孙武道：“神如果真能统御万物，为什么还担心人类修建通天塔呢？如果神真的是全知全能，那纵然人类建起通天塔，又怎么能动摇得了他的根基呢？可见，没有神是万能的。”

孔丘挑起一个大拇指：“老孙，给你个赞！”

爱因斯坦静静地抽完一袋烟，缓缓说了一句：“如今这通天塔修成了，各民族都说了同一种语言，”他用烟斗嘴儿指了指被捆在一角的13位神，“人类真的可以和神平起平坐了，又有什么用呢？或许，正如这位叫亚伯拉罕的神所言，我们是错的，因为我们都不具备神的视角！普通人只注重自我，而这些神，需要的是秩序。注重自我，就注定无序；而注重秩序，则必定会牺牲个人。我个人也崇尚秩序，我的相对论继承了伽利略和牛顿创立的经典物理学，我喜欢天地万物皆有时、日月星辰皆有序，这是一种令人感动的美。但是，量子物理出现之后，它打破了这种有序，宏观世界是有序的，但是微观世界却是随机和无序的，我不愿意承认量子物理，但又不得不承认，这世界就是有序与无序同时存在的。”

孔丘道：“哈哈，我之所以喜欢老爱，就是因为我们都是秩序的崇尚者吧！我一生都在做一件事，就是恢复周礼！为什么这么做？不过是想让混乱的时代回归秩序罢了！君不君、臣不臣、父不父、子不子的社会，人伦失序的时代，人类的技艺越精巧、战法越高妙，反而人民生活过得越惨。我的那个时代，百家争鸣、百工繁盛，然而诸侯征伐却连绵不绝，我死后更甚，原因就是失去了应有的秩序。唉，周监于二代，郁郁乎文哉！”

忽然，几乎同时发出的两声巨响自头顶传来，通天塔一阵剧烈晃动，却见房间里突然多了两根黑色的柱子。两根直径1米左右的柱子，直接从头顶砸了下来。那两根触角在房间里蠕动了几秒后，忽然从中分开了八条触须，触须扑向了房间各个角落的人！

AI竟然追上来了。全息图上方出现了一个巨大的黑色物体，具体多大连全息图也无法显示完整，但我们可以清晰地看到，有四条触角伸展下来，两条扎入了顶层的导航台，而另外两条，则在塔外晃动着，似乎还在观察着塔的结构。

有更多的触角从上空缓缓下降。

“快逃！”我吼道。

与此同时，房间里的触须已经卷起了13个壁人以及伽利略、达·芬奇、达尔文等人，之后迅速从空洞里缩了回去。那十几个生命随着触角的撤退，也被带出了塔。

4

寒风灌入。施文郁关闭了推进器，只能让通天塔利用重力来摆脱触角的追击。

那两根触角才刚刚出去，另外两根触角又挤进那孔洞，由于通天塔在下坠，那触角没有伸到地面，而是化作了两根八脚锚，倒钩住通天塔的两个孔洞，它或许以为这样可以延缓通天塔的下落，谁知道，塔顶却被这两条触角生生扯了下来。本来坐在天花板框架上的壁人也被带了出去，瞬间在黑乎乎的平流层消失不见。本来在两侧的触角，还妄图在空中拦住通天塔，但由于通天塔的重量过大，它们只钩破了第九层附近的缓冲伞与推进器，然后通天塔就像是一支脱手的棒子，从两根触角之间滑落。

失去了塔顶，房间内的光源消失，周围全是黑色的尘土，全息影像也消失了。我们根本不知道敌人会从哪里出现。但此时谁也不会思考这个问题，由于失重，除了壁人之外，其他人都紧紧地抓住周围能抓住的一切，谨防在下坠过程中被甩出去。

由于壁人手脚都有极强的吸附能力，所以他们在这种情况下，反而是最安全的。伯七耳指挥壁人迅速分散到导航台四周，固定住人类，就连那些刚刚还厌恶壁人撕毁契约的神，也在壁人的营救之列。

除了黑暗、狂风，还有零下四五十摄氏度的寒冷。失去了塔顶的保护，每个人都像被送入了冰窖之中一样。只有施文郁和我所在的控制台还有些许亮光。

施文郁向我吼道：“我们跑不过他们的！”

“你的意思是——我们只能迫降？”

“这是唯一能活下来的方法，至少不至于全都被那黑家伙捉进去！”

“迫降！”

这时候，牛顿喊道：“现在的高度？”

“12000米……”

牛顿回复道："那快点啊，我们只有一分钟……"

施文郁道："足够了！"

下落的速度越来越快，施文郁用冻僵的手指紧张地在屏幕上敲击着指令，我们感受到下降的速度的确有所减缓，但在重力与加速度的作用下，没过一会儿，通天塔又逐渐加快下降速度。我明显能感觉到他有些焦躁，他将同一段指令输入了三次，最终停了下来："没有全息图，但是通过指令反馈，第九层塔处的二级缓冲伞失效了！"

其中一个壁人道："我去看看！"说罢，便迅速地翻出了导航台，没过一会儿便又爬了回来，"那伞全被掀飞了！"

施文郁重重地捶打了屏幕一拳："仅靠一级缓冲是不够的！通天塔里的人太多了，一级推进器与缓冲伞动力不足！而二级推进器现在失灵，一定是AI的触角破坏缓冲伞的时候，搅乱了它的线路，如今仅靠一级推进器与缓冲伞，我们只能坠毁……"

忽然，天亮了。

通天塔顶部穿破了灰尘，回到了对流层。这也说明，通天塔已经进入了万米之内的高空。我看清了塔顶的形势，十几个壁人围着孔丘、爱因斯坦几个老师，十几个壁人围着程雪、娜塔莎等人，剩下又有一拨壁人固定住了锁住神的锁链。

伯七耳迅速在冰凉的地板上匍匐而来："程复，发生了什么状况！"

"推进器失灵！而二级缓冲伞也遭到大面积破坏！"

伯七耳点了点头，立刻朝着洞口——连接导航台和内部的通风道——喊道："负责检修推进器的兄弟在哪里！"

立刻里面就有壁人回应："我就是！"

"你有多少兄弟？"

"15个！"

伯七耳指着身旁的一个壁人道："你再带上20个兄弟，配合他们快速检修9层的二级推进器！"

35个壁人有的从洞口出来，有的从导航台上翻过去，全都迅速赶往了第9层的二级推进器。壁人们躁动了，有人看到仪表上的数字："还有8000

来，显然修复推进器的风险太大了，万一……”

“谁还有其他检修方法？”

壁人一度陷入沉默。

伯七耳掐着头颅道：“一定有的，一定有的……”

“祖先们也没想到利莫里亚会有这样一刻，又怎么会留给我们经验！”

“一定有的！”

一个壁人忽然原地坐在地板上，其他壁人见他如此做，便也坐了下来，伯七耳也坐了下来，他们手拉着手，眼睛闭上了。

孔丘道：“这是干吗？等死吗？”

施文郁道：“他们在寻找遥远的祖先记忆……”

我疑道：“你怎么会知道？”

“他们就是为了利莫里亚被特意改造出来的，我作为总设计师，自然了解他们。壁人生来就会修理利莫里亚，这是他们的天性，利莫里亚的整体结构，以及遇到问题的解决方案，全都储存在他们的基因之中，一代一代地传承下来，他们此时只是在……你可以认为是冥想。”

牛顿看了一眼仪表：“5000米了！只有二三十秒……我都计算不过来了！”

这时候，施文郁忽道：“有两个推进器恢复正常了！”但谁都知道，这对于急速下降的通天塔来说，根本就是杯水车薪。周围还有四个推进器没有反应。

然而，没过数秒，施文郁又叹了口气：“熄灭了！”

“什么？”

“刚才恢复的推进器又熄灭了。这缓冲伞和推进器其实是一体的，缓冲伞一定程度上也在保护推进器，如今没了缓冲伞，推进器被气流干扰，已经紊乱。”

忽然，伯七耳睁开眼，他从地上站了起来，但是其他壁人依然闭着眼睛，还在冥想。

“兄弟们！我想到了一个办法！”

壁人们睁开眼睛，黄色眼睛齐刷刷地看着伯七耳：“你打算……”

伯七耳点了点头。

壁人们沉默了，有的壁人竟然流出了眼泪。

伯七耳吼道：“我们还等什么呢！”

“可是……”逐渐有壁人从那洞穴里出来，他们似乎感应到了什么，全都挤在了伯七耳周围。

伯七耳道：“守护利莫里亚，是壁人们的天职！我们也向老族长许诺，我们会铭记使命！你们这么快就忘了吗？”

寒风飕飕，谁也不知道壁人们想的是什么。

“今天，我们与智人重新建立契约，我们也是人类，所以，我们有必要，为人类文明的延续，做出我们的选择！壁人们，人类的未来，就是壁人的未来，人类的命运，就是壁人的命运！还记得程复刚才怎么说的吗？我们——生而高贵！”

不少壁人都流出了眼泪。

“生而高贵！”他们同时吼道。

忽然，壁人们同时扔掉了手中的工具，锤子斧头叮叮当当地摔了一地，所有壁人不经过沟通就同时向着外面的墙壁爬去。洞口里的壁人们飞速爬出，直接翻过墙壁，去了外面。

离开了黑色的沙尘，全息图像也恢复了。

我们看到了以伯七耳为首的壁人，来到了曾经缓冲伞的位置，最里面的一圈壁人手足抓住通天塔，围了整整一圈。第二圈壁人揽住他们的手臂与大腿，开始向外延伸开。紧接着，又有壁人踩着气流中浮荡的壁人身体，抓住他们的脚，又向后延伸了一圈，又有壁人踩着第三圈人的身体，去构建第四圈……

一根根壁人构成的锁链在第九层的位置浮动着。

他们在用身体织网！

后面上来的壁人，则用随身的衣服和绳子，连接周围的壁人，将一根根松散的锁链串联起来。

如果说，刚才是一根根的伞骨，后面的壁人，则是在连接一个透气的伞面。

“他们疯了吗？”牛顿道。

所有人都静静地看着几千个壁人在利莫里亚周围，以极快的速度编织了一张壁人“肉伞”。

最后一队壁人登上伞面，来到外围，将伞面下压，之后的几个壁人，构建了伞架，并与通天塔的第六层连接，一道道斜线连接着三面。

然而，这并没有任何作用，距离地面只有2000米了。

一个壁人爬了上来，向施文郁道：“时间不多了，你一定要抓住机会发动推进器……”

说罢，他抹了把眼泪，又翻身出去。

我们看着他沿着其他壁人的身体，爬到了一个关节，然后用四肢和其他壁人连接起来。

忽听外面齐吼道：“生而高贵……”

忽然之间，每个壁人瘦弱的身体都变成了一个平面。

“伞……”

一把青灰色的伞面撑开了。

在巨大的空气阻力下，有的壁人被吹上了天空，但是周围的壁人立刻填补空缺，有的链条被吹断，甚至十几个壁人同时被甩上了天空，但迅速就有旁边的壁人，又手拉手地连接在了一起。

只有几百米了，大地上莽苍的草原与山崖看得清清楚楚。

“点火！”施文郁大吼一声。

六个推进器同时喷出火焰。烈焰顷刻之间，就把壁人撑起的那把伞烧出了六个红色窟窿。

一阵超重把我们全都摔倒在地，再看那全息投影，除了贴近通天塔的几十个壁人还匍匐在塔面上，其他壁人全都已经消失了……

有的在烈焰喷射的瞬间被蒸发了，大部分在烤死之后被甩到了上空，然后下降到不知何处。

“生而高贵……”

壁人的声音仿佛还回荡在空中，在这座几万人的巨塔里，又有几人，会知道这群生命，对人类的生存做出的牺牲呢？

上下12个推进器艰难地与地心引力做着最后的斗争。施文郁已经将动力开到最大，但我们还是砸在地面上了。顶层所有人都被从原地震了起来，爱因斯坦手一松，抓着屏蔽门的手便松开了，轻松被抛上了两米的高空，幸亏孔丘忽然站起来，拉住了他的脚，又将他拽了下来。紧接着又是一阵巨震，我眼前一黑，便昏了过去。

不知过了多久，只觉冷风瑟瑟，我苏醒过来。其他人都在地面上一动不动，我从地板上爬了起来，唤醒了旁边的爱因斯坦和孔丘，施文郁也从控制台上爬了起来，他的额头磕出了血。

克隆程雪和娜塔莎抱在一起依然处在昏迷当中，克隆程雪的裙下露出光洁的大腿，我脱下上衣给她盖上，然后唤醒了她们。

“哥哥，我们着陆了？”

“成功了！”

成功，都是对幸存者而言。

那些神终于表现出了情绪上的激动，他们虽然被锁链束缚，但终究还是各自庆幸着。

施文郁输入了一个指令，12层的高塔每一层都向外延伸了四根圆形管道，人们可以通过管道滑到地面。

已经有些人从不同层级上滑落，来到这块陌生的大陆，这些人表现出的都是茫然与庆幸。熟人还在地面上抱头痛哭。他们当中，绝大部分人从出生就一直在利莫里亚之上，每个人对于曾经人类家园的认识，都是通过知识讲解。

第一次踏上陆地的好奇，冲淡了AI给他们带来的恐惧。

“我们也撤离吧！”爱因斯坦道，“不过，这些神怎么处置？”

“带上吧。”我说道。

孙武道：“后患无穷。”

我仰头看向天空，AI没有追来，但我预感他们不会轻易放走我们，虽说他们自以为自己是神，可如今落魄至此，跌下神坛的神比凡人还凄惨。

爱因斯坦道："我建议你不要带上他们，因为，他们毕竟还是下面那群人的统治者，有些军官和陆警也在其中，他们不明真相，会对我们不利。"

我还在犹豫，孙武忽然在我的手中塞入了一把手枪。

"你自己决定。"

我让娜塔莎和克隆程雪率先下了滑梯，然后是孔丘和几个老师，那名AIK希望留下保护我，但我还是让她去找她在外面的姐妹——当时孙武的调虎离山之计，就是另一名AIK在外围战斗，后来她就一直没有回到导航台。

导航台上，只剩下了阿历克斯以及13位神。

"你真打算杀他们……"阿历克斯沮丧地问道。

我没有回答，只是握着手枪，向角落里那13位神走了过去。他们其中已经有人开始发抖。

"神……也害怕？"

亚伯拉罕闭上了眼睛，一副引颈就戮的模样。

他后面却有人道："程复，杀死你父亲是我们的错，但我们也是逼不得已……"

还有人道："你不能滥杀无辜，此时我们应该抱成一团……"

亚伯拉罕一声大喝："闭嘴！"他终于愤怒了。

"我们13个家族，2000年来就统治世界，血统之高贵，世上无人可比。今日死在一个普通人手中，是命运的安排，你们哀求又有何用？徒然给家族千年的荣耀丢脸罢了！"

说罢，他又闭上了眼。

寒风又猛烈了些，他们浑身发抖。

我的枪口终究没有抬起来。

忽然，阿历克斯在我身后吼道："那你就连自己的儿子也不认！"

亚伯拉罕再次睁开眼，仰头看着阿历克斯："不错，我早就知道你在利莫里亚，在你是孩子的时候便知道了。"

"那你为何让我和那群渣滓一起长大？你明明拥有利莫里亚最高的权

力，怎么忍心让你的骨肉，和你眼里的虫子、猪狗一起长大？”

“因为我是神，我要的是秩序！遇见你的母亲，是我对家族的背叛，但我成为利莫里亚的掌控者之后，便拥有了不一样的视野，曾经种种，不过是身为凡人时的错误，而我担负的重任，远比你们母子重要得多！”

“可那是我的一生！”阿历克斯忽然猛地跑了过去，抬起脚就踢在他父亲的脖颈上，亚伯拉罕横着摔倒，“浑蛋，难道我和妈妈就不重要？你明明只需要一句话，妈妈就能登上利莫里亚，可你呢？你一句话也没说，你把她抛弃不说，还把她抛在了陆地上……”

亚伯拉罕道：“两个人的命运与全人类的命运相比算得了什么？”

“可那是我的全部，妈妈是我整个世界！”

亚伯拉罕冷笑：“愚蠢，这种见识，也敢自称是我的儿子？我没有你这种后代。”

“我要杀了你！”愤怒的阿历克斯从我手中夺过手枪，指着亚伯拉罕的头颅道，“我要杀了你，你求我，你求我呀！”

亚伯拉罕面带微笑：“求你？求你杀了程复？”

“什么？”

忽然，本来还情绪激烈的阿历克斯忽地掉转枪头，迅速朝我开了一枪。

除了亚伯拉罕，其他那12位神都笑出声来。我在中心导航台的玻璃屏蔽门之后躲闪，阿历克斯眼睛发直，只是用手枪追寻着我的行踪。

“阿历克斯！”

又是一枪射来。我心念电转，糟糕，难道是在刚才，他和他父亲想出了这个计谋，来对付我们？

我终究是低估了他们。借着一个空隙，我翻身跃入滑梯。滑梯绕了几个弯，大约用了两分钟的时间最终来到地面。

克隆程雪、娜塔莎、孔丘、爱因斯坦、牛顿、孙武、施文郁等人全都焦急地等着我，他们显然听到了枪声。一名AIK正抱着她姐妹的尸体，默然不语，看不出痛苦伤心。

我来到那名AIK面前，见她身上中了不下20枪，血几乎流干了。她的眼睛灰蒙蒙一片，像是在朝着那灰色的天空发愣。我抚摸着她的眼皮，让她闭上了眼睛。

远处，幸存的壁人们也从通天塔的外围爬了下来，他们在地面上寻找着自己的同胞，一些壁人想过来，但是看着不远处对他们充满敌意的陆警和军队，便止步不前。

若是在他们还不认识枪的时候，他们会过来的。但是代价，更为惨痛。

我抚摸着最后一名AIK的头发，帮她抹去眼泪，搂在怀里："现在不是伤心的时候，我们得尽快离开这里……"

我感觉到她的脖颈动了动。这种感觉很奇妙。她长着和我最爱的人相同的容貌，却又是个完全不同的人。施文郁远远地看着我，我看向他的时候，他转过了头，从上衣兜里拿出一个透明的玻璃板，开启了一个全息地球，寻找着什么。

离开AIK，我才向其他人道："阿历克斯抢了我的枪！"

"又是那小浑蛋，早知道就该先杀了他！"

"我们怎么办？"

"召集大家，一起走！"我向施文郁道，"这是什么地方，有位置信息吗？"

他摇了摇头："没有任何信号，地球上空仅有的卫星已经被AI俘虏了，而利莫里亚的定位系统，此时也没了消息，我猜……它已经毁了。"

远方乌压压的一片人，已经有数百士兵正在集结，其中不少人都虎视眈眈地望着我们几个人。他们看见我之后，其中一些人稍微放松了下来。

"北极之光！"一个男孩朝我喊道。

事不宜迟，我将现在的形势简要向这些陆警、机动队战士介绍了一下，但至于和神的问题，根本没有时间解释，也解释不清。

"同胞们，正如你们亲眼所见，我无须多言。我们已经被AI逼到了绝境，利莫里亚已经毁灭，我们现在是人类历史上仅存的几万人！"

"赵仲明！"一声熟悉的呼喊，却见黄战斗一瘸一拐地从远处跑来。

"黄豆子，你怎么在这里？"

黄战斗长叹一声："别问了，这是我的耻辱！第四大队……或许……全军覆没了！”

我拍着他的后背以示安慰：“此时不是过度自责和伤心的时候，你看，还有这么多人需要我们这些当兵的保护。兄弟，振作起来！”我朝着周围的士兵也喊道，“大家振作起来，AI虽然强大，但只要我们心存希望，他们就不能将我们赶尽杀绝！”

有一名士兵喊道：“队长，我们听你指挥！”周围有200多名陆警和机动队员都围拢过来。

“你们……”

他们和黄战斗一样低下头颅。

在自己的同胞都战死之后，活下来的人，并没有任何荣耀，无论这场战役是输是赢。

“大家振作起来！”我指着远方的壁人道，“你们可能觉得他们是怪物，但几乎没有人知道，他们和我们同样在利莫里亚生活了十几年。我们在上，而他们在下，一代又一代的壁人，都是以维护利莫里亚的运行为使命。然而就在刚刚，他们，用数千条性命，来践行自己的使命和天职！大家不要对壁人怀有敌意，相反，我们应该敬重他们！同时，我们作为军人，也要铭记自己的使命！利莫里亚虽然毁了，但我们的职责并未结束！”

他们逐渐抬起头，黄战斗转身向他们朗声喊道：“军人们，你们到底为谁而战！”

“为了全人类！”

200名士兵和陆警分散去通知周围的人，准备听我命令进行转移。我来到壁人之间，感谢与安慰的话都是多余的，他们幸存下来的只有不足百人，此时正互相搀扶着，始终与我们保持距离。

我在尸体堆中发现了伯七耳，他胸部以下的身体全部被烤焦了。冷风中弥漫着焦煳的味道。远处那些不明情况的年轻男女，不仅嫌弃地捂住了口鼻，还向壁人们竖起了中指。

我搂着一个因孩子死去而伤心痛哭的女壁人，向他们说道：“会好的，会好的，你们对我们的恩情，我不会让任何人忘记……”

幸存的壁人们也搂住了我，他们一层又一层地搂着自己的同胞向我围过来，默默地将头低下。我抬眼看向那12层的高塔，它就像是一座丰碑，上面镌刻着智人的悲哀与壁人的荣耀，人类本已泯灭的人性之光，在此刻光芒四射。

远处的烟火中，几个壁人领着一群尼人孩子列队走来，我看见了领头的楚庚和吴丙，他们沉稳地组织着同学们列队前行，没有人哭闹，各自面色凝重地应对着旁人异样的眼光。直到他们走过我身旁，看见了孔丘和爱因斯坦等人，这群孩子才大喊着一声声“老师”，向着他们跑过去，师生们哭作一团。

短短数月，生离死别轮番上演，500个学生仅存六七十名，他们小小年纪便经历了人世间最痛苦的课程，已然足够让他们长大。我遥望着他们，视线模糊，抬起的脚终究还是放下了。孔丘等人知我心意，也没有把我真正的身份告诉孩子们。

军人和陆警的队伍慢慢壮大起来，当初一些人为了逃生换上了普通人的衣服，但或许是内心的自责令他们忏悔，越来越多的人自发地加入到了组织秩序的队伍中。

阿历克斯与13位神还是没有下来。

孔丘道：“不下来最好，我们即刻出发吧。”

我说道：“他们恐怕是担心大家会群起而攻，算了，让他们自生自灭吧。”

孙武道：“或许他们比我们活下来的可能性更大，毕竟，我们这支队伍过于庞大了……而且，问题太多，将近2万人，每天要吃的饭就得许多，然而我们去哪里找这么多粮食？”

我望着远方的群山起伏，大山下面，则是缓缓的草原。“如果这是北美，或许还会有些动物可以猎食。”

“满足2万人？”

这时候，施文郁走了过来：“此处在曾经的黄石公园附近，”他指着群山后面的方向，“那里应该有一座因为核弹而爆发的火山，火山正南方有一个不小的湖泊，距离我们50公里左右。”

孙武点了点头：“自古行军打仗，依山傍水而居。有湖泊的话，至少淡水能够解决；而山峦起伏，就有隐蔽之处，AI攻来，也便于我们隐藏。”

话不多说，这支庞大的队伍在严寒之中缓缓向山峦中开进。我与孙武、爱因斯坦走在最前面，之后是孔丘、程雪等人。壁人跟在我们之后，再后面是尼人孩子，跟在孩子后面的则是几十名荷枪实弹的军人，最后面的是漫长的队伍，陆警和军人走在队伍两侧，负责维持秩序。队伍内部发出骚动，这些年轻人不知道目的，所以对此行心存疑虑，我便将我们行军的目的传达了下去，这才安抚了他们的情绪。

高山虽然看着近，但走了至少六个小时才到山脚下，由于有不少伤员，我们每小时行军的速度只有三四公里。不过他们经历了生死，倒是更加懂得团结的可贵，于是健康的人轮流背着或者担着伤者，徐徐前行。

当下地面温度在零下10摄氏度左右，而所有人现在穿的都是28摄氏度恒温时的衣服，所以，严寒比长距离的跋涉更为考验人的耐力。绝大部分年轻人从没有吃过这么大的苦头，就连训练有素的军队，也是第一次遭遇大地母亲的残酷。

后面陆续有一些声音传进我的耳朵，多是指责那将核弹丢下来的人，他改变了地球的气候，让本来温暖的北美大地，成为了一片冰雪地狱。他们不知道我是程复，其实也无须知道。

前方是一道狭窄的山谷，中间那条破旧的公路已经被冰雪、杂草掩盖了大半。我们沿着公路行进，一路上见到了不少垮掉的便利店、残破的墙壁、被破坏的加油站和一块块被挖出的圆形或者正方形的大坑，深坑的直径普遍10米到20米不等，有时候深坑连接成一片，不知道当时的人为什么要这么做，我猜测或许是某些未完成的工程现场。

我上身只穿着一件薄衬衫，外套给了克隆程雪，但她依然冻得发抖。临出发之前，我从一个死去的壁人身上找到了一件毯子，给她披了上去。此时她和娜塔莎相互搀扶着走在我后面。

“哥哥！”她忽然喊住我，“你没觉得这些坑很怪？”

“怪？”

“你……忘了？”

“忘了什么？”

“那间林中小屋，樱子的家。”

我恍然。经克隆程雪提醒，我再看那一个个深坑，更像是上面有过房子。而那连续的坑，更能说明这里以前似乎是个村庄。坑边沿看不到机器和工具的痕迹，边沿是很规整的弧形，如果说是老鼠刨出来的，好像更有说服力。

我大喜过望：“若真是如此，我们就有救了！”

克隆程雪一脸惊诧：“如果真是那群家伙……岂不更危险！多恶心……”

其他人都好奇，于是我把曾经被老鼠拖着房子跑进了老鼠王国的故事讲给他们，听到老鼠的时候，只有孙武和孔丘是兴奋的。

孙武道：“如果它们真的是一支经过训练的老鼠军团，那我还真是想和它们斗斗兵法。”

孔丘道：“和老鼠有什么打的？不过，若真是如程复所言，我们至少有肉吃了，可解燃眉之急！”

我笑道：“倒是暂时不用吃老鼠，那群老鼠养了成千上万头牛羊！”

后面有个士兵跑了过来，在我面前敬礼道：“报告，后面有很多学生体力不支，申请休息！”我点了点头，让大家原地休息15分钟再行进。

壁人比我们更惨一些，他们从来没有穿鞋子的习惯，如今光着那带着吸盘的脚踩在冰凉的石头上，痛苦自然不必说。但是没有一个壁人抱怨，他们只是轮流背着幸存者，默默跟在我们身后。

休息的时候，壁人们各自坐在地上，互相帮助同胞搓着脚底，刚才走在壁人后面的50名左右的士兵，忽然绕到了壁人的周围。他们好奇地看着壁人，但是我总觉得他们的眼神有些异样。

空洞？或许是寒冷让他们也产生痛苦了吧。

娜塔莎道：“这样时间长了，有可能会造成冻伤。”

她说这话的时候，又有十几个人溜溜达达地绕到了我们前面，仿佛无意似的溜达，但我总觉得有什么不对劲。

“怎么了？”娜塔莎从我脸上捕捉到了我的心理活动。

“没什么……”我走向路旁，拔了一些干草在手里搓了搓，拿到壁人们当中，“我知道你们修理利莫里亚的技艺精湛，但我不知道，你们是否能够利用这种干草，为自己编织一双草鞋？”

“我们连鞋都不能穿，又谈何草鞋呢？”一个壁人道，“我担心我们穿上鞋，反而会栽倒！”

“总是要试试。我们的路程走了没到一半，下面还有很远，如果穿上草鞋，至少可以对足部产生保护作用。”

几个壁人听了之后，便和我一样，在路旁的干草里寻找合适的材料，然后又研究了一番我们穿的鞋子，自己开始编织起来。几个士兵好奇地围了过来，他们的动作有点缓慢，我总觉得哪里不对劲。

“你们这是怎么了？”我向近旁两个士兵问道，他们没有回答，只是看着壁人编织草鞋。

待我想第二次发问的时候，其中一人忽然抬起头，向我说道：“很好！”

他的眼神空洞，这种空洞是那么熟悉……我从哪儿看到过……

阿历克斯！

阿历克斯向我们开枪的时候，也是这样的眼神。

一阵寒意从我内心升起。但我并不觉得他们会像阿历克斯一样，可为什么他们的眼神变了？这小伙子给我的印象还是比较深的，集结队伍的时候，他行动非常积极，精神抖擞，可现在却像变了个人。

“下来之后，是不是身体不适应？”

“适……应……”仅仅两个字，他却以一种极为迟钝的语气回答出来。

“你叫什么名字？”

“我……叫……”他停住了。

我心中大骇。正在此时，他仿佛猛然醒来似的，看着面前的我，表情有些古怪，然后迅速向我敬了一个礼：“十分抱歉，我刚才像是睡着了。”

“我没有责怪你……”

我再看向其他的士兵，他们的眼神依然麻木。

我将发现的这些诡异状况告诉了孔丘和孙武，孙武猜测，或许和当地的气候或者磁场有关系。

“莫非空气中有毒？”孔丘道。

孙武摇了摇头：“如果中毒的话，其他人肯定也会这样，为什么只是这些士兵？”

“怪哉怪哉。”

我嘱咐他们当心。

第十章
九死一生

1

壁人们心灵手巧，很快每人就编了一双鞋子，并尝试穿着鞋子在地上走路，有些人走得顺撇，逗得尼人孩子发笑，但他们很快便适应了鞋子，有人索性又编了手套，趴在地上行走。

队伍继续前进了两个小时才走出山谷，来到了另外一片平缓的草甸地带，远方5公里左右，果然有一片深色的湖水。这里的气温比外面稍微高一些，大概是得益于湖面水域的气候调节作用。

温度已是零下，可湖水竟然没有结冰，着实出乎我们的意料。见到湖水之后，我们无形之中加快了步伐，又走了一个多小时，前面的人已经走到了湖的旁边。

站在湖畔，寒风变得清冷湿润。我望着远方的山，不禁好奇地向克隆程雪问道："我们上次来，这里还被白色的雾霾笼罩着，如今为什么雾霾不见了？"

克隆程雪也纳闷："被风吹走了？"

娜塔莎则推测："或许属于一种季节性气候，每个月都不一样。"

施文郁和牛顿对湖水简单地研究了一番，确定可以饮用，众人心下稍安。我让士兵传令今晚在此过夜，施文郁推测，湖水或许和地下火山有关系。他指着一个入水口——是两山之间的一个岔口。“那边云雾蒸腾，我估计那边有温泉！”

此话一出，就连壁人都欢呼雀跃。

后续部队终于全部走出了山口，但是离最后的人到达这里，还有五六公里的距离。正当我和孙武讨论如何安营扎寨，以及如果遇到危险，将以何种方式撤离的时候，枪声响了。

密集的枪声。

伴随着枪声，壁人一个个地倒下；伴随着枪声，最后一名AIK用铁钎撑着地，身体不住地随着子弹打在她后背而颤抖，她的身体掩护之下，是瑟瑟发抖的克隆程雪；伴随着枪声，远处的人都冷漠地站在原地，面无表情地看着这场屠杀，时间仿佛静止了一般。

刚才我意识到不对劲的士兵，正疯狂地将枪中的子弹射向早就已经不可能生还的壁人和AIK。鲜血在莽苍的草地上飞溅，克隆程雪和娜塔莎尖叫着卧倒在地，牛顿压着孔丘藏在了草地里，施文郁从身后扑向了我和孙武……

枪声停止了，整齐划一，一如响起时那般。

他们，究竟在做什么！

我不顾孙武和施文郁的劝阻，从地上站了起来。

“你们疯了吗！”我吼道。

没有人回答。那些刽子手，几乎同时看向了我，也没有通过任何语言的交流，就分成了三拨，一拨走向我，一拨走向孔丘和牛顿，一拨走向了克隆程雪与娜塔莎。

每一拨10个人，将我们仅存的7人押到了湖边，背朝湖水跪下。他们站在后面，用枪口抵着我们的后脑。

AIK撑着铁钎，依然没有倒下，她的衣服已经完全被血染红，嘴角还流淌着血，她用尽最后的力气，抬起头看向了我们，眼睛里的哀婉与遗憾，将是我此生最后的痛苦记忆。

“你们……疯了吗！”

没有人回答，他们只是沉默地等待着枪决前的最后命令。

“你们为什么要这么做？我们人类已经走到了绝路，为什么还要不停地自相残杀！”

依然没有人回答。

越来越多的人围了过来，每个人都面无表情，眼神空洞。

直到笑声自人群之后传来，麻木的人群自动让出了一条路，却见亚伯拉罕搂着阿历克斯，从人群中走了出来。后面，是那12位神，面带蔑视。

亚伯拉罕道：“程复，你终究是输了！你低估了神！”

“又是你们这群浑蛋！我就该杀了你们！”我恨自己，我多少次吃亏，都是因为自己那愚蠢的仁慈。

“你高估了自己，即便阿历克斯没有抢走你的枪，你也杀不死我！”

“是我太蠢了……对待你们这群狼，我不该有任何的仁慈！”

亚伯拉罕在胸前晃动着右手食指：“不不不，你终究是个凡人——不过，你还是给了我惊喜，我没想到，我竟然不能控制你！”

“我不会被你控制的！”

他继续晃动食指：“我们对于控制的理解不同，我指的是——”他右手向上方一指，忽然之间，除了那些神之外，所有人全都指向了天空，他迅速收回手，所有人同时也收回了手，“这就是神迹，你不为神力所控制，还真是大大出乎我的意料。”

多么熟悉的一幕。在那梦里，我的爷爷程文浩，不就已经展现给我了吗？

是那控制意识的纳米虫子！

亚伯拉罕道：“你实在是个惊喜，虽然我不知道为什么我无法控制你，但当我看到娜塔莎之后，就明白了，她一定对你做了什么手脚，如果不是因为这件事，我还不会发现，我也控制不了她。在利莫里亚，竟然有人能够脱离神的控制，这也算一个奇迹！”他走到娜塔莎面前，“小姑娘，我给你一个机会，告诉我，到底是谁教你这么做的！”

娜塔莎恐惧地摇着头。

“说！”亚伯拉罕右手掐着她的脖子。

娜塔莎吃不过痛。“她……已经……死了……”

“又是程雪？”亚伯拉罕松开了手，“枉我那么信任她，我竟然连她是什么时候背叛我的都不知道！”

我冷笑了一声。

“你敢嘲笑我？”他愤怒了。

“我都是要死的人了，你还以为我会哀求你？”

“我便要你哀求我！”

“绝不可能。在我眼里，你并不是真正的神，你不过是把虫子种进人脑的卑劣之徒，这就是你所谓的‘神迹’？这就像一个人操纵着木偶的身体，对别人说‘看看，他多听话，我多伟大’一样可笑，”我瞪着他，“你自欺欺人罢了，你不过是活在自己的幻想中，真正的神，是人内心的信仰，你只征服了这些人的脑部神经，你没有征服他们的心！你更没征服我的心！”

亚伯拉罕深吸一口气，又吐了出来：“你知道得真是不少，不过，我尊重每个对手。我完全可以用枪指着其中任何一个人的脑袋，逼你就范，但我是神，不屑于这种卑鄙伎俩！罢了、罢了，程复，你也算人类的有功之臣，那我就成全你，待你死后，将你葬在这湖畔！从此刻开始，我将以你的名字命名此湖，以纪念你的牺牲与贡献！”

“你这无耻的家伙！”

亚伯拉罕后退几步，回到阿历克斯的身旁，右手搭着他的肩膀：“行刑吧……”

“父亲，我亲自来！”阿历克斯道。

“哦？你是我的孩子，杀人这种小事，岂不自贬身份？让那群猪猡干就行了。”

“父亲！你不知道，这程复之前百般折辱我！我若今日不亲手杀了他，未来的永生之程，也是充满了遗憾！父亲，你就答应我吧！”

亚伯拉罕道：“既然如此，那这程复便交给你了！”

“谢谢父亲！”阿历克斯笑道，他一把抢过身旁士兵手中的冲锋枪，来到我的面前，以枪口抵着我的眉心。

“程复，还记得这片山脉草原吗？我曾经是你的手下败将，但今日，你彻彻底底地输给了我！曾经，你被绞死，但那终究不是我亲手杀的，心头未免遗憾，但今日，老天成全我，我终于可以亲眼看见你，死在我的手中，我的脚下！”

克隆程雪忽然喊道：“你这浑蛋，我哥当初明明可以杀死你，却没杀你，是你心胸狭隘、卑鄙无耻……”

“闭嘴，你这母狗！”

克隆程雪忽然猛地挣脱后面两名士兵的禁锢，从地上蹿起来，斜向上朝着阿历克斯扑去。阿历克斯的枪在开出的刹那，被程雪推了上去。

“砰砰”两枪，全都打进了天空。

“妹妹，小心！”我挣扎着喊道，身后的人将我两条胳膊扣得死紧。

克隆程雪将阿历克斯扑倒在地，张开嘴便咬住了阿历克斯的鼻子，疼得他哇哇大叫，却见克隆程雪一用力，阿历克斯的鼻子连同半张脸皮就被硬生生地扯了下来。

克隆程雪站了起来背朝着我们，她将那脸皮啐在地上，擦了擦脸上的血，又自己转身回去。阿历克斯在地上疼得像是被插了一刀的猪，可是亚伯拉罕和那几位神却冷漠地看着他，周围的士兵无动于衷，这就说明亚伯拉罕是故意想看看阿历克斯会做何反应的。

“父亲，好疼啊……”

亚伯拉罕没有回应。

阿历克斯睁着一只眼睛，看见的却是面带嘲笑的克隆程雪。

“母狗，我要杀死你！”他从地上捡起枪，扣动了扳机。

枪声几乎同时响起，枪口全都对准了阿历克斯。

阿历克斯缓缓地向后倒去，他不可思议地回头，看向了他梦寐以求想要接近的父亲，实在不明白，他为什么要杀死自己。

阿历克斯的腹部往上，已经被四面八方的子弹，打得没有一处完整。而他的父亲脸色麻木，直到他失去意识，也没有做出一点回应。

亚伯拉罕望着那具逐渐变冷的尸体，最终摇了摇头。

我看了看程雪、娜塔莎，看了看孔丘、爱因斯坦、孙武、牛顿，最终，我看向了施文郁。没有人求饶，甚至没有人哭泣，他们与我对视之后，都闭上了眼睛，等待着命运的终结。

或许，阿历克斯的死，平息了他们心中的某种怨恨。

我也闭上了眼睛。

别了，我爱的所有。

别了，我的同胞们。

别了，我那愚蠢至极的梦想。

我不会带着仇恨死亡。

这是我唯一能做的事。

我还可以祝福这些人类同胞，但是祝福的话，我终究是想也懒得再想……

砰！

程雪的方向。

砰！

孔丘的方向。

砰……

砰……

……

接连不断的枪声响起，声声震耳欲聋，可我并没有中弹，当我听到孔丘喃喃地喊了几声之后。我才睁开眼睛，却见身后的刽子手，正将枪口对准着我面前斜上方的天空开枪。

十几只毛茸茸的巨型飞兽，正低空于湖面掠过，冲向麻木的人群。那巨兽张开的翅膀足有两米多，而它们的后背上，各自站着一个人。

当先的一个人，脖子里挂着一支青色的笛子，他吹着笛子，那飞行的巨兽自动分开，向着开枪的人撞来。巨兽是蝙蝠，当先的骑手是尼克！

右前方的一道山谷里，尘土飞扬，灰尘之中跃出了十几骑战马，当先一人身形高大，发上箍戴着印第安的头饰，正是酋长。他们绝尘而出，骑兵与战马冲进了人群，蝙蝠抓住刽子手和几个神，丢进了前方的湖泊之中。

伴随着枪响，不断有蝙蝠和骑手中弹，他们掉了下来，也不断有战马和骑士摔了下来，但是他们却在不断地接近我们。

刽子手忙于对付酋长等人，我们也没闲着，从地上站起来之后，掀翻了周围的士兵，夺下枪支，就近卧倒，配合天上的蝙蝠骑士与地下的骑兵一起战斗。

13位神已经退入人群之中，被人群包裹起来。保护他们的军人和学生，都像是疯了一样，向我们发动着攻击。很多人都没有武器，但是他们却用手脚，甚至牙齿，抓着那蝙蝠，咬得满嘴是血。

“哥哥！”

有几个学生似的人正抓着克隆程雪，他们各自抓着她的四肢和头颅，想要将她撕扯开，娜塔莎正倒在他们身后的泥地里，嘴角被打出了血。

我向那群学生冲去，两拳打倒一人，身后忽然又有三人冲上来，一人抱住我的腰，另外两人伏在地上扯住我的腿，无论如何打他们，他们仿佛都没有疼痛感一般，只是想缠住我，并将我的体力耗尽。

我在黑色的泥地里看到了一把手枪，我被他们按进了那泥地，而克隆程雪已经被三个人拖向那草地的人群中去。又有两人打倒了娜塔莎，一人骑在她身上，一拳拳地捶着她的太阳穴，此时娜塔莎已经接近昏迷状态。

孔丘更惨，此时已经蜷缩在地上动弹不得，孙武和牛顿正勉力抵抗，和周围的人周旋。

我抓住了那把手枪。

“去死吧！”

将我按倒的三人首先吃了子弹，然后我放倒了痛击娜塔莎的那个男人，一个男人想要逃跑，也被我一枪击中后脑；紧接着，我追上克隆程雪，杀死了拖着克隆程雪的两个学生，并用拳头打在另外一人的脸上，将他打得向后仰倒在沙地当中，朝着他面门补了一枪。

远处，有些骑士深陷人群之中，那些人根本不惧怕骑士的长矛和马蹄，前赴后继，终于踏着尸体，把骑士拉下马，一双双手将其掐死。人海战术，几十人对抗万人，迟早是失败。

这些神，为了胜利，丝毫不在乎多死几百人。

天更黑了，连打斗的人都注意到了这一变化。

仿佛有一块巨大的黑色天幕从上压了下来，待能看清那天幕不是沙子和云彩时，眼见那体积大到可以遮蔽山谷的巨大物体之中，伸下来数千条触须，就像是女人一头秀发倾下云天。

我搀扶着克隆程雪来到娜塔莎旁边，娜塔莎已经有些神志不清，含糊地回答着我的呼唤。我跪在地上将她抱在怀里才发现，她的后背已经被血浸湿了，有子弹打中了她的后背。

“娜塔莎……”

她微微点了点头，抓着我的手，示意自己还好。此时，尼克的蝙蝠从天而降，停在我们面前。“你们是程复的朋友？”

我惊讶于他如何知道我们，或许，他还记得程雪。

得到我们肯定的答复之后，他吹动了青色的笛子，剩下的蝙蝠便朝着我们飞来。而酋长也获得了信息，开始招呼同伴撤退。

数千条触须已经降落到了地面，它们开始捕捉着能够捉到的每一个人。蝙蝠在触须之间起飞，八只蝙蝠抓着我们八人，飞向湖泊的尽头。

一阵连续的子弹响起，亚伯拉罕正抱着一把枪，不停地扫射着天上的蝙蝠与人。施文郁的蝙蝠中枪，越飞越低，最终跌入湖面。

他换弹夹的时候，一只触角悄然来到他的身后，猛然之间，拴住了他的喉咙。弹夹脱手而出，他整个人僵硬着身体，用力地挣扎，逐渐地，逐渐地，挺直了身子。

那些触角就像是长了眼睛一般，看到了飞起的蝙蝠，犹如一条条蛇，蜿蜒地朝着我们追来……

而我们的面前，已经有几十条触角所结成的错综复杂的网络。尼克吹动青笛，蝙蝠骑士们在触角的缝隙和间隔里来回穿梭，灵活躲闪。

待我回头望去，周围已经是一片漆黑，从天而降的触角，充斥天地，这山谷之中，已经没有了任何缝隙。

这便是人类命运的永夜吧。

2

篝火在平原之上跳跃着，舞动着，迎接着他们的勇士归来。平原之下的山谷中，十几骑战马纵情驰骋，留下了一道白色长线。

上面的蝙蝠骑士与下面的骑手用古老的语言唱着同一首歌：

总有一天我也会死亡，
我将把我的身体献上，
凡哺育过我的，
都将从我身上得到报偿，
只有这样，
生命才会放出光芒
……

尼克吹着青笛，笛声婉转，如泣如诉，像是反复诉说着绝望与希望，痛人心扉。

寒风猎猎，我们降落在平原之上。长相丑陋但心地善良的印第安部落居民们，正组织担架前来救援。

牛顿、爱因斯坦抱起只能在地上呻吟，连句话也说不了的孔丘上了其中一副担架，孙武坐在地上喘息着，冲想来扶他一把的人摆手。我则架着克隆程雪上了另一副担架。娜塔莎卧在地上丝毫不动，我跑过去将她抱起，血液已经红了她整个后背，我向尼克道："她中弹了，我需要给她动个手术，有没有做手术的工具？"

"有！"我没说完，尼克就懂了，他在前方引路，来到了一个小木屋外，木屋里有一张手术台，周围都是手术器械和药瓶。

"娜塔莎，你坚持住……你不会有事的……"我将她平放在手术台上，然后从身后的药匣里寻找着麻醉剂。

“程复……”娜塔莎虚弱地呻吟道，“你听我说……”

“现在不是说话的时候，等给你治好了病，我们说什么都行！”

尼克有些茫然，他或许注意到了娜塔莎对我的称呼，但我来不及跟他解释。“去帮忙把爱因斯坦和牛顿叫来，我需要他们帮忙！”

我的手颤抖着，声音颤抖着，泪水在我眼睛里打转，我这种情况根本没法做手术。

我恨自己为什么这么不争气！

程复，你害了这么多人！但是娜塔莎必须活下去！

必须活下去！

娜塔莎忽然握住了我颤抖的手：“你情绪一激动，就会发抖，他也是如此，我都分不清，到底是你在发抖，还是他回来了……”

她眼睛里含着泪，眼神迷离。“静静地，陪陪我，好吗？”

我攥住她的手。“你不可以有任何事，我还要把你安全地交到赵仲明手里！”

“你已经做得很好了……”娜塔莎道，“你把他保护得很好，很好……”

“但你也要坚持住，你对他太重要了！否则，我没法跟他交代。”

娜塔莎闭上眼，像是笑了。

爱因斯坦和牛顿已经来到了门口，看着我们。

“程复……不要让任何人进来……我有些话，很重要……必须和你说……”没等我说什么，他们二人对视一眼，牛顿扯了爱因斯坦胳膊一下，然后又退了回去，并静静带上了门，“答应我，耐心听我说……”

她狠狠地攥住我的手，像是一种强烈的祈求。

我点了一下头，她这才松开。她从衣服里拿出了一个小盒子，递给我说道：“这是程雪议长让我交给你的，她说，交由你处理……”

她打开盒子，竟然是两个金色小瓶，正是那晚上，程雪准备让我服下，与她来到地面上做伏羲女娲的药剂。

“她所说的隐秘的渠道，就是你？可是她怎么会交给你？”

“你不了解她，你们都不了解她，这世界上，除了我，恐怕没人了解她……”娜塔莎忽然哽咽了，“我好可怜她……”

“娜塔莎，她根本不是个好人……”

“她是天下最好的人……我再也想象不出，一个人到底怎样做，才能做到她这样的牺牲……”

我惊道：“你在说什么？”

“程复，议长是个好人，她才是克隆人。而真正的程雪，那个仇恨你父亲的程雪，是现在活下来的那个，喊你哥哥的那个！”

“什么！”

“你听我说……40多年前，你父亲程成的尼人身份被程雪知道了，她恨程成和她的父亲程文浩，程文浩就像是失去了女儿一样，为了弥补内心的遗憾，为了获得女儿的爱，他在实验室里又克隆了一个和程雪一样的女孩子，就是议长。议长只是一个替代品罢了，可能程文浩都没有想过让她走出实验室，去见识这花花世界，因为已经有一个真实的程雪了，如果克隆程雪离开实验室就会给他带来一大堆麻烦。程文浩大概只是想享受作为父亲的快乐，本来，在议长18岁的时候，他就要将她毁掉。可是，真到了那天，他已经下不去手了，议长给他的爱，远远胜过他的亲生女儿。

“议长在实验室长大，18岁之前从没有走出过那几百平方米的房子。直到有一天，房间里来了一个男孩，就是你的父亲程成。程成从程文浩那里知道了议长的存在，他虽然知道议长的真实身份，但从没有嫌弃过议长，而是真的做到了一个哥哥应该做的，是程成劝阻了程文浩毁掉议长的计划，并建议他们的父亲给议长自由。

“议长说，她爱她的哥哥甚至胜过父亲，她的哥哥让她懂得了亲人的温暖。如果说议长对于程文浩的意义，只是一个单纯的付出者，你的爷爷程文浩只是想被爱，即便也给了议长父爱，但这种父爱也不过是替代品罢了；可是程成却不然，他是真的爱他这个妹妹，议长在哥哥那里，第一次感受到了什么是纯净的爱。

“18岁那天，程成偷偷救出了议长，之后说服了父亲。程成用自己进入军校的津贴以及上学时积攒的打工的钱，买了一辆摩托机车，送给了议长作为生日礼物。从此，议长便骑着哥哥送她的摩托车，远离大都市，以自由之身远走他乡，她与父亲订立契约，虽然用着程雪的身份，但绝对不会让这个世界意识到有两个程雪的存在。

“十几年里，她一直在外流浪，为了不引起注意，她在每个城市都不会待很长时间，就要去下一个地方，十几年里，只有程成会主动关心她、问候她。虽然程文浩尽量表现得不在乎，他实际上也爱着这个女儿，但他工作的性质决定了他不能频繁见她。尽管如此，议长每隔几年都会偷偷回到那个禁锢了她10年的城市，偷偷地去看望她的父亲——直到有一天晚上，她亲眼看见一个美丽的女助手，用毒药毒死了她的父亲，那个女助手，就是张颂玲。

“父亲的死亡让她失去冷静，她找到了程雪。程雪其实早就知道她的存在了，但那次，是她们第一次见面。议长恳求程雪，一定要为父亲伸冤，但是程雪却十分漠然，她竟然认为父亲阻挠了历史的发展，死去也是必然的，事实上，自己的父亲将被杀死，她早有耳闻，但她无动于衷，她恨他。那天之后，程雪便囚禁了议长，并承诺只要她能够听话，帮她做事，给她当替身，她就会找个机会杀了张颂玲，给父亲报仇。议长为父报仇心切，答应了程雪。从此，议长成了程雪的影子，当时很多人奇怪，为什么程雪办事的效率这么高，谁也不知道，程雪还有个分身，议长与程雪达成了联盟，共同攫取政治权力。

“其实，黄金议会的议长位置本来是张颂玲的，如果不是为了权力，程雪可能一开始就会杀死这个姐妹。但为了权力，她以帮助自己的姐妹为名，同时却在利用她！实际上，真正杀死张颂玲的人，是程雪，而不是议长！虽然议长真的很想杀死她，但真正让张颂玲葬身于那风中城堡的，是那个狠毒的程雪。

“程雪如愿进入利莫里亚，并成为黄金议会的议长。而她的克隆姐妹，则被她藏在了机密事务司的一间秘密牢房里，永远地监禁起来。直到五年前，我进入机密事务司，才偶然知道了另一个程雪的存在。我好奇她怎么会和利莫里亚的议长一模一样，她也没有朋友，我们经常隔着牢门，一聊就是几个小时。

“知道她的遭遇，谁会不心疼呢？我很喜欢她，我喜欢她对我的信赖和坦诚，我喜欢她单纯到没有心机的性格，我们成了利莫里亚唯一一对可以互相信赖的朋友。直到有一天，她忽然对我说，自己脑子里有一个奇怪的东西在和她说话，那个人是程文浩的灵魂，但是那灵魂却告诉了她一些秘密，关于控制人脑的纳米虫子。我不相信，但我借工作之便，研究了一些犯人的大脑，我真的发现了那虫子。

“我与她的事情，被程雪发现了，程雪对她起了杀心，但我不能让程雪这么做，她是我在利莫里亚最好的朋友，我不能容忍一个可恶的女人在我面前剥夺她的生命，所以，我打晕了程雪，放出了她。从此克隆程雪成了议长，而那个真正的程雪，却被我修改了记忆，被派下去执行程文浩的灵魂交给议长的任务。

“后面的事情你也知道了，你那可爱的妹妹，才是真正的程雪，她不是克隆人。而克隆程雪——那个深爱着你父亲与爷爷的人，却成为你眼中最大的恶人。你不知道当她知道你找到利莫里亚的时候，她多么激动同时又多么担心。因为千神对于程成的恨，她感觉到势单力薄，她知道你必死无疑，所以她提前找到我，让我想办法救你……

“你以为我和赵仲明真的是相爱的恋人？不，他只是我寻找的可以承载你灵魂的目标罢了。在你还在被关押的时候，我们就知道，如果让你活下来，唯一的办法就是给你的记忆做个副本。所以我们需要一个载体，而赵仲明是最合适的。我借助工作之便，修改了他一部分记忆，让他彻底爱上了我，并主动愿意成为你记忆传承的牺牲品。

“这一点是我对不起他，但我不否认，我确实对他心存愧疚，这种愧疚也让我生出对他的喜爱。可这种感情，与我对议长的感情相比，是微乎其微的，我不能看到她有任何痛苦，我愿意为议长付出一切。我们成功借助赵仲明的身体让你复活，然而你依然什么也不懂，把她当成你最大的敌人，我真的很想告诉你，但是议长却不让我说，我曾经不知道这是为什么，但当施文郁的子弹射入她的胸口时，我忽然明白，她有意掩盖自己的一切，却是为了保护真正的程雪。

“她是我见过最傻的人！明明可以把事情的真相说出来，她就能活下来，可她偏偏不说……你知道，当施文郁要杀死她时，我有多心痛吗？你知道，当你拿着枪，对着她的头颅的时候，我真的很想告诉你，我甚至就要喊出来了，可她的眼神充满了哀求，哀求我不要说出来，哀求我让真相随着我的老去与死去，带入坟墓。她为父亲、为哥哥、为你付出了一生，甚至就连囚禁她的那个狠毒的姐妹，她也没有真正仇恨过，她总是认为，是她给程雪带来了麻烦，如果不是程雪，她也不会来到这个世界上。所以，为程雪而死，也算是还了欠她的债。她这一生，从没有为自己活过，她甘愿成为一种牺牲、一种替代品，哪怕生命的最后一刻，她都咬紧牙关。议长，她是我见过的……最伟大的人……"

我听完了娜塔莎的故事，这是一个我从不知道的故事。

我现在还记得，当我的枪口抵着程雪的前额，她那颤抖的眼角与滑落的泪滴。

"你真的没有一丝一毫地爱过你的哥哥吗？"

她什么也没有说。

程复啊，你到底在做什么！

她抢下你手中的枪，选择了自杀，就在临死之前，她都在保护着你，她害怕你知道真相会愧疚一生。

程复啊程复，你真是愚蠢至极啊！

"程复……答应我最后一个愿望好吗？"

娜塔莎虚弱的声音，让我在泪水的汪洋之中，找到了灯塔。

"我什么都答应你……"

"永远不要告诉赵仲明……他曾经深爱过我……"她抓住我的手渐渐失去力量，"不要告诉他，曾经爱过……娜塔莎……"

她的手滑落下去。

而我的手中，则多了一枚银色芯片。

我抓住她滑落的手，紧紧地握在我的手中。当她眼角的泪消融在鬓角那金色的发梢之下，她的手也失去了温度。

又有人唱起那支哀怨的歌儿：

总有一天我也会死亡，
我将把我的身体献上，
凡哺育过我的，
都将从我身上得到报偿，
只有这样，
生命才会放出光芒
……

寒风猎猎，营火腾腾。

大地上的黄昏，来得总是比云上更早一些。随着一阵喧嚣，我走出了木门，轻轻地将门掩上，我心中或许是希望她刚才只是睡着了。

酋长、尼克，以及爱因斯坦等人都守在门口。

他们看着我通红的眼睛，就已经猜到了里面发生的事情。酋长走了过来，他一把将我抱在怀中："程复，我的好兄弟，能再见到你真是再开心不过了！"

想必爱因斯坦已经向他们解释了赵仲明的身体与我的关系。

"谢谢你们再次救了我们！"

尼克笑道："都是好兄弟了，谈何感谢！"

我左手抱着酋长，右手抱着尼克。"你们来得真是太及时了，如果再晚一分钟，我们就全都死了。你们是怎么知道我们遇险的？"

酋长哈哈大笑，豪迈的笑声似乎能帮人去除所有的疲惫与痛苦。

"那小姑娘呢？"

他们转身，目光环视周围，寻找着什么。

"是啊，刚才还在这里。"

"你们在找谁？"

尼克道："小姑娘啊！"

"小姑娘？"

酋长道："哎……尼克，你这算是什么回答——那个小姑娘，原来是白裙子的，曾经和你一起……"酋长的眼神穿透我的身体，看向我身后，

“哎，你躲起来干吗？”

待我回头，却见木屋的一侧，露出了半个脑袋。

蘑菇头，稚嫩的脸庞，十四五岁的模样，穿着一身利落的吊带牛仔裤和毛衣。

“樱子？”

樱子站了出来。爱因斯坦笑道：“这……这小姑娘不是酒吧里……”

樱子一笑，脸上竟然带着些许腼腆。“你好啊，老爱！”然后转头看向我，“你真的是程复？”

“真的是！”

“那你介意我扫描一下你的记忆编码吗？”

“当然不介意！”

樱子来到我面前，举起右手，踮起脚尖抚摸着我的额头，过了几秒，缓缓收起手臂。忽然，她猛地扎进了我怀里。

“你真的是程复！我终于找到你了！”

樱子浑身温热，我揽着她，实在不相信她只是具机器。

“樱子，我以为再也见不到你了！”

“不，我从没这么想过，我坚信我能见到你，程复！”

我叹道：“人类与AI，为什么不能像你和我一样呢？”

樱子从我怀里仰起头。“程复，有些事情，不像你理解的那样。”

“什么意思？”

“他想见你。你见了他，就会明白一切。”

“他？”

“一个很奇怪的家伙。”

“到底是什么人？”

“嗯，你去见了他就知道了！”

樱子像是在卖关子，但是我心中的好奇立刻被勾了起来。包括爱因斯坦以及后来围拢过来的孔丘、程雪在内，每个人都想知道这个“奇怪的家伙”究竟是谁。

酋长牵来马匹，我和程雪一匹马，爱因斯坦和孔丘一匹马，樱子独自骑上了一匹，在酋长等十几位骑士的护卫之下，我们在夜色初上时，跟着樱子向着西部的山峦奔去。

行了半个小时，程雪忽道：“哥，你没觉得这条路有些眼熟？”

她本一直缩在我怀里，我脑海里也在思考着娜塔莎刚才跟我说的一切。面对这个“妹妹”，我终于明白议长曾经对她说过的那句话：珍惜当下吧，程雪，想起曾经，你只会更痛苦……

“哥？”

“哦！”

“你又没专心听我说话！”

“是吗，你刚说什么……”

“你不觉得这里有些眼熟？”

这时候，在我们一旁的酋长接话道：“雪姑娘记性真好，这里的路，是去往老鼠王国那片草原的必经之路！”

程雪疑道：“樱子……她为什么……”

酋长哈哈笑道：“雪姑娘别怕，你担心老鼠是吗？那群老鼠在数月之前便彻底消失了。”

“消失了？”

“是啊，我们也觉得莫名其妙，留下了成千上万的牛羊，它们却全走了。”

“怪啊！它们养了牛羊，却又主动放弃了，到底是为什么？”

酋长摇了摇头，看来除了老鼠，谁也不会知道它们到底遭遇了什么。“我们的蝙蝠队偶尔去那边打猎，也看到了一些怪事……”

“什么怪事？”

“有些黑色的云彩笼罩在那片山谷的上空。那云动来动去，很是奇怪，但我们几次经过，它也没对我们发起任何攻击，只是那片黑云笼罩的山谷，阻断了我们前往草原的必经之路，幸亏我们有蝙蝠，否则就得硬闯进去看看……”

“这条路？”

“前面就是了。”

3

樱子似乎不愿做过多解释，只是策马在前，我们只能紧跟其后。又前行了一个小时，绕过一座高山，一轮又圆又大的“月亮”，发着莹莹的白光，正挂在山谷上方。

孔丘、爱因斯坦等人见到那月亮，各自一声惊呼。就连酋长等人，也是惊讶不已，他们也是第一次见到月亮。

“怎么可能，地球上能见到月亮？”

“不对，你们没注意吗，那只是个发光的球，不是月亮，只是太大了……”

樱子忽然放缓马辔。“它？你们不应该最熟悉吗？”

“熟悉？”孔丘道，“小姑娘，我们中国人当然熟悉月亮，可并不熟悉这样的月亮。”

樱子歪了歪头，淡淡一笑：“那你们一会儿自然会知道它是什么。”

孔丘道：“哎，小姑娘啊，咱们几个月不见，你可不如之前可爱了啊，跟谁学的卖关子？这习惯可不好。”

爱因斯坦道：“你没发现，她那一颦一笑以及卖关子的方式，都更像是人类了？”

“还真是……”

樱子却道：“这不过是你们自以为的罢了，我和你们人类有许多不同，只不过在程复面前，我要始终做一个小女孩。”

“嘿，这孩子，小大人！这是跟谁学的，还故作高深！”

“月亮”悬浮于一座村庄的正上方。那座村庄，正是那片老鼠军队搬过来的房子组成的村子。当时空无一人的村庄和屋子，今日却发现几乎每栋房屋里都亮着灯，欢笑声、喧闹声、音乐声不绝于耳。

“怪了怪了！”酋长道，“怎的今日黑雾没了，村子里住了这么多人进来？”

他若都不知道，我们更不明白。似乎只有樱子知道其中的秘密，不过她却故意不说。

我们下马进入村子，却见街上晃荡着上百人，他们举着啤酒，彼此碰杯和拥抱，仿佛在庆贺着什么喜事。男女老少都有，他们见着我们便热情地打招呼，我从中听出了法语、日语、西班牙语，似乎都是在说“万岁”“你好”之类的话。

有些人弹着马头琴，有人拉着二胡，有人奏着风笛，还有人拉着小提琴。爱因斯坦来到那拉琴人面前，摇了摇头。

他向那人道：“拉琴的时候，你要觉得你的弓在弦里面！”

那人说了句什么话，我们谁也没听懂。不过爱因斯坦说的话虽然听清楚了，但依然不懂。

他们见着酋长，也不觉得奇怪，有些人还好奇地过来摸摸，有人还拿出相机与酋长合影。

我们就像一个外地旅行团，来到了一个全世界各民族组成的大村庄。

樱子有时候会等我们一下，但一般不会超过30秒，就会催促着我们赶紧前进。经过一家酒吧，里面忽然闯出一个醉汉，那醉汉扑倒在爱因斯坦身上，向我们道：“嘿嘿，孔老师、爱因斯坦、程老师，你们……你们也来啦！”

我们定睛一看，这人竟是伽利略。

“你还活着？”

伽利略笑道：“老孔，你这浑蛋，是咒我死吗？”

“我咒你干吗？我刚找了两个铁球，本想放你墓碑上，现在用不上了。”

酒吧门又是一开，却见达尔文走了出来：“哎，孔老师，你们也来了？牛顿呢？”

我们自然没心思回答他的问话，只是吃惊地看着这一切。

“你们都没事？”

达尔文道：“是啊，我也不明白啊，仿佛只是睡了一觉，就来了这么有意思的地方。”

这时候，街上一名大汉挥舞着铁臂，朝着樱子打了个招呼：“樱子姑娘，你终于回来了，找到他们了吗？”

这人我也认得，是秦铁。

樱子向我一努嘴：“喏，你看得出他是程复吗？”

秦铁向我走来，此时我才注意到，他脖颈下面多了不少线路连接身体和大脑，这就是脑机合成人吧。

他上下打量着我：“你真的是程复？”

“我妻子的生日是9月12日……”

秦铁一听便哈哈大笑，一把将我抱住：“程复老弟，就差你了！将军等你太久了。”

“将军？”

秦铁尴尬地看了樱子一眼，然后挠挠头：“哎，她没告诉你，我也不多嘴，嘿嘿，你见着他自然就知道。”

樱子道：“秦铁，你帮我招呼这几个朋友，我带着程复过去。”秦铁应了一声，笑得合不拢嘴，便拉着孔丘和爱因斯坦、酋长等人一起走进了酒吧。程雪本想跟着我，可依然被秦铁拉了进去。

“他之前一脸严肃，怎的现在成了个孩子似的？”我望着秦铁的背影问道。

樱子仰着头看着我：“当个孩子不好吗？”

我看着她这初中生似的脸庞，哑然失笑。

这里的房屋数量，比我上一次来的时候多了不止一倍。而且家家户户好像都被整修了一样，曾经歪歪斜斜的房子如今全都一样平整，底部那一大坨土堆，也被修成了木制或石头的楼梯。每一栋小楼的下面，都有一方开辟出来的花坛，但是如今还没有种下鲜花，不过周围的杂草，都被清理干净了。

家家户户之间，有石子小路相连，皓月当空，一颗颗雨花石在地上泛着水光，我和樱子并肩走在这十字路上，如梦如幻。

“你在想什么，怎么也不说话？”她问道。

“我在想，这是真实的吗？是不是我早就死在了那湖畔，如今只是灵魂在我自己构建的世界里游荡？”

“你怎么会这么认为？”

“因为这里的气氛太快乐。我不相信，人间竟然还有这么快乐的地方。”

“巴贝卓乐土？”

她若不提，我也不会想到这个地方。“那种快乐，和这种不同？”

“不同吗？我看那里的人，每个人似乎都很开心。”

“开心也有不同。”

“有什么不同？”她追问着。

我不知道如何向一个AI解释开心的不同，但只能尽力去描述，希望她能明白：“有些人的开心，是纵欲的开心，比如喝酒买醉，或者去妓院找女人；还有一种开心，是一种内心亏欠得到满足的开心，比如我见到你，你即便不说话，我们不用喝酒，不用做什么其他的事情，我只是看着你，就很开心。”

“为什么？是你很容易满足吗？”

“不是，这……其实是一种更难满足的幸福，”我进一步解释，“巴贝卓乐土的开心，是满足肉体欲望来获得的一种快乐；但是你给我的快乐，是直抵灵魂的！”

樱子像是回味着“灵魂”这个词，摇了摇头，像是喃喃自语道：“灵魂啊，难以理解……”

“别说你了，我们自己有时候，也不太明白，”我拍拍胸膛，“我这具身体属于一个叫作赵仲明的朋友，但我的记忆，却属于程复——你说，我到底是谁？我不止一次地怀疑，我就是一个犯了多重人格精神病的赵仲明，但我的人格却始终坚信着自己是程复！记忆是灵魂吗？我不知道，但是这种记忆的克隆，真的让赵仲明的身体成了承载程复灵魂的机器，我的所有快乐与哀伤，都伴随着那一次手术，被注入了赵仲明的身体。”

“这还真是一个难以计算的问题。我认同你是程复，原因就在于你的记忆代码，所以在我的眼里，你的记忆代码就是你。不过对于老白那种落后的机器人，它只会以脸识人，所以它看见你肯定不会认出你是程复。”

樱子说话的时候，我们走到了花姐曾经住过的木屋。木屋的灯也亮着，门口下方已经被搭出了一道十几级的木梯，我正想问樱子是否住在这里，却听里面传出了熟悉的声音——

“哎呀，怎么门口又有人来啦？一天到晚都有人登门拜访，我是该表示祝贺吧，但是，这些客人能不能自觉地换上楼梯下面的拖鞋……”

正是机器人老白的声音，但我却不知道它在哪里。

“……对，那个男人，拖鞋就在你右脚一侧，如果你想上来的话，务必先换上拖鞋。你知道，如今几个月不出一次太阳，这里也没什么地方可以充电，我必须开启节能模式——我这么说，不代表我的电池续航能力不强。相反，几个月以来，都是我一个人在照顾着整个村子，拾掇得干干净净，一尘不染，结果忽然之间就来了这么多人，这就不得不让我思考我的剩余电力了。我实在是看不下去村子的大街被你们踩得这么脏，我该思考是不是该多制造几双拖鞋放在村口，让你们每个人都换上拖鞋？你或许会好奇，为什么这么长时间，我的电力还没有消耗完？亲爱的朋友，这就得益于第九代家政服务机器人配备的能源回收再利用系统。第九代家政服务机器人，集成娥皇科技的声纹和面部情绪识别技术，不仅是您的家政小帮手，还是您孤独时候倾诉烦恼的朋友，感谢您的选择和信任……”

“拜托！”一个女人的声音回应道，“老白，这是我今天第17次听到你说出这段广告语了……”

竟然是施云的声音。还说这不是梦？

她的脚步声随着木地板的颤动离门口越来越近，终于，她打开了木门，带着笑意看着樱子：“你这一天去哪儿啦？快帮我再给老白升个级吧，怎么去掉它这烦人的广告语呢，我研究了两个小时，也没明白……”

樱子看着她微笑，就是不说话。

施云无奈地耸耸肩，然后目光落在我的脸上：“你好？”

忽然之间，我的嗓子哑了：“你……你好……”

施云点了点头："有什么需要帮助的吗？"

樱子说道："他不需要任何人帮助——你不认得他？"

施云摇了摇头："也是夸父农场上的吗？"

"是啊。他的确在夸父农场待过一段时间。"

施云脸红了："对不起，我真的认不出来——不过，成哥一定认得你……"

我忽问道："成哥？"

"对啊，当然是程成了，你不会连他都不知道吧？"

我看着樱子，樱子眼睛里看不出任何情绪。

"这都是怎么回事？"

樱子只是朝着施云一摆手："你继续研究给老白升级吧。"便扯着我离开了。

我心中充满了疑问，施云这是怎么了？待我走出几十米，还能看见她站在门口望着我们。我多希望她能一眼认出我来，但这不过是我自己的奢望，我纵然说自己是程复，她一定也不认得了。

她被送进了夸父农场，记忆也一定被修改过吧。

"我越来越怀疑这个村庄的真实性了。"

"怀疑便怀疑吧，你们人类不是提倡怀疑一切吗？"

"我在梦里，对吗？"

"我又不会做梦，怎么知道什么是梦？"她扯着我，步伐逐渐加快。我不用问她将带我走向哪里，因为路的尽头只有一座小院，院子里有四间木结构的连体房屋，屋子前面是一棵五六十年的大柳树，柳树叶子已经落尽，树下放着一个摇椅。房屋之下，是两排干枯的豆架。

太熟悉了。

最右侧房间的窗帘上，映着一个女人伏案的影子。

我心中热血沸腾。

妈妈？

我还不敢肯定，但是随着我们逐渐走近，忽地，豆架一动，便看见一只黑猫蹿上窗台，三蹦两跳就上了房顶，谨慎地盯着我们。

是了，这是硅城里我见过的院子，这是妈妈的院子！

猫的动静，似乎引起了那影子的注意，它晃了一下，然后站起身，走到窗前，掀开了窗帘。

是的，真的是我妈妈。

她摘下老花镜，看着窗外的我和樱子。

她放下窗帘，喊道：“小复！”

妈妈认得我！

樱子忽然拽住我的手，不让我推门进入。忽然，最左边的房间里传出来一声回应：“妈妈？”

本已经迈出的脚，仿佛生了根。

“你那小朋友来了。”

“知道了妈妈，您快去休息吧——哎呀，倒水的事儿就不用麻烦您了，快去休息……对……哎呀，放下吧，不劳您操心，我一会儿和他们去外面转转。”

里面传来一阵窸窣之声。“快穿上，外面冷！”

“我知道了，妈妈，我也不是小孩子，您儿子都30了！”

“哼，你也知道自己的年纪，我看得出，颂玲对你有意思，你怎么总是躲着人家？”

“哎呀，我的妈呀……您快回去休息休息，我保证明天，就不劳您操心了……”

妈妈的影子又回到了最右边的窗帘上。

这不是梦，又是什么？

我怎么还没有醒来！

门口的灯被打开，黄色的光芒照在了冰冷的地面上，像洒下一层金色的沙子。

木门吱呀一声被从内拉开，门帘一掀，便走出一个男人来。

他披着一件蓝色的毛绒军大衣，戴着一顶空军大檐帽，脚上是一双黑皮靴。长方形的脸庞，一双眼睛尽管在夜间，也是炯炯有神。

多么熟悉的一张脸呀。

他竟然是，程复！

我一阵眩晕，只是感觉到手中传来了樱子给我的力量，才让我不至于跪倒在地。

“是梦，对吗？”我向他问道。

他伸手在我肩膀上拍了拍：“是梦也早该醒了。”

“这……那我又是谁？”

“你是谁，你不应该比我更清楚？”他笑了，没有嘲笑的意思。

“我是程复！”

他脑袋向前一探：“你如何证明你是程复？”

“我……我身体里是程复的记忆！”我拉着樱子，“她可以证明！”

他哈哈一笑，声音爽朗。我平时是不会这么笑的，他不可能是程复，他只不过用了我的身体——我的身体，不是已经在利莫里亚被毁了吗？那么，这具身体估计也是假的。

他是慧人？

他钩住我的肩膀。“走，我们爬山去！”他语言温和，虽然我心中充满了疑问，但我并不反感他，竟然还生出一丝亲近。这真是一种难以描述的感觉，我被“自己”搭着肩膀，沿着屋后的小路，向那山峰上面走去。

此处无风。

我们爬了约莫百米，站在一处平缓的山坡上，俯瞰着村子的璀璨灯光。月亮高悬于我们的头顶，发出淡淡的蓝光，缓缓转动。

樱子比我们爬得快，在前面找着安全的路，见我们站着不动，便远远站着等我们。

“我们有20年没有一起爬山了，我们爬的最后一座山你还记得吗？”他说完，看了我一眼，白色的哈气，一喘一喘地从口鼻里喷了出来，见我一副手足无措的样子，他兀自答道：“是凤凰山。你小时候太喜欢爬山了，喜欢得要命，这肯定是遗传我的……”

我身子一颤。

“爸？”我竟然脱口而出。

他转头看着我，眼睛中莹莹泛光。

“小复，你做得很好。”

他竟然承认了，这令我更加诧异，这都是怎么回事！

“不可能的，你怎么会是我的父亲？”

“我知道你很难相信，就连我自己，也没有想到，竟然能有一天以这种形式和你见面。我用了我儿子的身体，而我的儿子，却用了别人的身体。”

“二十年前，你不是已经死了！”

“是啊，我死了！”

“可是？”

“孩子，我带你来这里，就是想给你讲讲我死之后的经历，这经历匪夷所思，你若不信，便当作一个故事听听也无妨。”

他憨憨一笑，拍着我的肩膀：“你小时候，最喜欢听我讲故事了。”

4

我的确是死了，可我并不知道自己是怎么死的。甭说你无法理解，我也无法理解，我的死因，或许只有杀死我的人才知道。而且，我知道自己死了的消息，还是在很多年以后了。

在很长的一段时间里，我都是以一种奇妙的形式存在着。你可能想象不到，谁也想象不到，我竟然是老鼠。

一只老鼠，自认为自己是曾经东北亚防区的程成，这是一件多么可笑的事。当我从一面铁勺中看到自己的模样时，你很难想象我当时的情绪是多么崩溃。狭小的厨房对我来说，变得硕大无比，我无所适从地奔走。我以为自己处在噩梦之中，但我百般验证，自己不是在做梦，我真的成了一只老鼠，一只丑陋的灰色的大老鼠。

我仿佛睡了一觉就成了老鼠。我回忆着睡着之前的事情，我只记得我的妹妹曾经来找过我，这个妹妹，你是知道的，她是克隆人。她一度失踪了很久，我与她无法取得联系，但是那天，就在我获悉了微尘计划，知道AI想要毁灭人类，并将这密电发给上级组织后，妹妹就来了。

她告诉了我微尘计划幕后的一切，这计划是那些想要重整世界秩序的人干的，而与AI的战争，也不过是他们重整秩序的一步棋子而已。她问我怎么办，我当时痛心无比。我不忍心看着几十亿人在我面前死去而无动于衷，所以我打算孤注一掷。

妹妹似乎已经猜到了我的打算，她给我提供了一份绝密文件，这是她从另一个程雪家里盗出来的。从那份文件中，我了解到了微尘计划所有的细节，并且找到了这个计划的弱点。我的记忆，从我得到这份文件之后，就结束了。许多年后，我才知道，原来我真的破坏了微尘计划，只是用当时脑子里最极端的方式。

我成了一只老鼠。我伴随着一家人开始向东逃亡，但是在路上的时候，他们发现了我，将我驱赶下车子。于是我来到了这片草原。

当时，气候突变，我很久没有见过太阳了，而且空气中开始弥漫着一种白色的雾气，天气寒冷，所有的老鼠都挤在山洞里抱团取暖。你不知道，老鼠其实是一种很聪明的动物，我尝试着和它们交流，取得了意想不到的成功。我发现，我们之间的交流有时候不通过语言，不通过肢体动作，只是通过念头也能成功。

我们不同的想法，通过念头在彼此的大脑之间传递。它们的见识终究不如我，于是我毋庸置疑地成了这群老鼠的首领。冬天寒冷，为了让它们活下去，我组织它们去捕猎。我教它们制造陷阱，让几个月的小羊羔自己走进我们的“餐厅”。为了对付野狼山猫这种强大的敌人，我教它们排兵布阵，协同合作，用集体的力量打败了草原上一个又一个敌人。后来，方圆50公里之内的肉食动物，都被我们消灭了。

我们的种族也越来越庞大，为了生存，我让它们优生优育，所以几代之后，我们的老鼠个体就越来越大。为了长久地生存，免于四处奔劳和无序地狩猎，我教老鼠放牧和饲养，将草原上的动物们集中在我们发现的这块水草肥美、气候稍微温和偶尔还能看到太阳的山谷。

我教它们构筑堡垒，利用工具，利用等级制度来维护老鼠的生存。那时候我疲惫不堪，我老了，不久就要死去。然而，就在此时，更奇怪的事情发生了。我卧在老鼠洞里，竟然看见了一座雾气弥漫的城市，城市里，有人类也有AI，他们共同生活。后来，我才知道那是硅城。就是那时候，我才知道程成已经死了，核弹投射之后，大地被严重污染，但是人类与AI的战争依然在持续。一些AI的拥趸和慧人组成了联合政府，继续与人类作战。当然，我知道这都是假的，是那群永生人，想要将世界彻底控制，所以利用AI消灭剩下的人类罢了。

我的意识似乎能够进入一些人的大脑，不仅仅是进入大脑，我还可以和他们说话，但他们并不能和我沟通。比如秦铁，就是我能联系的其中一人，他曾经是我的旧部，在战争尚未爆发时，他就是坚定的AI崇拜者。

我和很多熟人都产生了联系，一个人或许会认为是幻觉，但很多人都产生了幻觉，他们就意识到，我，死去的程成，是一种神奇的存在。他们听了我的故事，知道了战争的真相，于是尽他们的力量，在联合政府内尽量帮助人类生存下去。

这其实是我的遗言，我以为，我会死。

但是，当承载我灵魂的那只老鼠死去之后，我忽然发现，我在另一只老鼠身上苏醒了。当我意识到这个问题，我开心地在老鼠行军的队伍中跳了出来。我继续领导着整个老鼠王国。后来，我尝试着主动切换身体，我发现，我也能做到。后来，我的意识，可以轻松地在每只老鼠的身上醒来，并操纵着这只老鼠做我想做的事情。

直到遇见了樱子，我才发现，她也有这能力，但这都是后话了，继续说我的经历吧。我不知道自己在什么地方，我也不知道一只老鼠应该如何去硅城，我尝试着让我的意识转移到一个人的身体里，但我失败了。或许，生生世世地当老鼠，是我未来的宿命吧。

还记得这些房子吗？我让老鼠们搬房子回来，其实是想绑架一些人，我想继续做实验。我认为，或许是这片神奇的土地，有怪异的磁场，能够让我实现自我意识的转移。但是我又失败了，而旁边的那个印第安部落，也频繁过来救人，我索性就卖了个人情给他们。

但是我的孩子，你给了我惊喜。

有一天，我在行军老鼠托回来的房子里，看到了你。虽然时隔20年，但我依然认出了你，我的孩子。我也看见了程雪，看见了樱子、老白。我很奇怪，为什么程雪会和你在一起？为什么她会喊你哥哥？所以，我决定长时间地观察你们。

可是，那群印第安人还是把你们从我手中抢走了。这群家伙也是让我哭笑不得，我真的没想过把他们当成敌人，甚至他们抢我的牛羊，我也没在意。他们的存在，还可以成为我锻炼老鼠军队的工具。但是他们抢走了你们，真的让我着了急。

后来你也知道，为了抢你回来，我们牺牲了很多老鼠。等我重整旗鼓，跨越几十公里再来到部落的时候，你们已经离开了。我很伤心，我希望找到你。所以，我做了个艰难的决定。

我要离开老鼠王国。

我选择了几百只老鼠作为我的灵魂备份，然后驱赶着一群牛上路了。累了我们就在牛肚子上歇息，饿了，就杀掉一头牛，一起吃掉。路上，我们把牛吃光了，老鼠兄弟们也死了80多只，等吃完了牛，为了生存，我只能让老鼠互相吃。

终于，剩下最后四只老鼠的时候，我们来到了硅城。

我尝试着与秦铁联系，秦铁偷偷来见我，当他看到一只老鼠的时候，他简直吓坏了。我们终于可以面对面地沟通了，从他口中，我知道你已经被囚禁起来，并准备送回利莫里亚。

我存在的消息，不知被谁泄露，有人闯入秦铁家里，于是我就被杀死了，秦铁也被捕了。我死前，已经没有可以转移的老鼠了，本来我认为自己会彻底消失，但我再次醒来的时候，我却是在一个人的身上，一个切切实实的人，他就是秦铁楼下一个五十多岁的老头。

我组织人去营救秦铁，但我们的组织里出了叛徒。利莫里亚知道我以人体的形式存在之后，杀了那老头，我的意识在不同的人之间切换，但唯一不能进入的，就是脑机合成人。他们于是下令，将所有人改造成脑机合成人，不配合的，全部杀死。

他们改造了所有人，我没有退路，他们杀死我最后一个意识承载体之后，我依然没有死。或许，那也不叫活着。我成了一种无形无质的纯意识，就在硅城里飘荡。说飘荡也不合适，我可以一念之间洞悉硅城的一切，洞悉草原的一切，洞悉所有白色雾霾所覆盖的一切。

我忽然明白了，我明白了我之所以能够联通各种人体、老鼠，甚至其他动物的秘密。答案就在这白色雾霾之中——这些雾霾，就是当初微尘计划中被破坏了中枢的纳米机器人。它们还是活的，依然执行了进入人体，附着脑部神经的命令，只是，它们与控制者失去了联系，而我误打误撞，竟然利用了它们，我成了它们的总司令。

发现了这个秘密后，我又开始控制这些纳米机器，让它们肆意组合成任何形态，甚至生命，出现在硅城的任何角落。利用它们，我修改了联合政府AI控制的权限，从此，联合政府彻底断开了与利莫里亚的联系。

纳米机器还可以结合金属和土壤中的硅元素进行自我复制。知道这个能力之后，我决定挑战一下利莫里亚里那群想要操纵世界的永生人。

我让纳米机器去吞噬一切可以为我所用的东西。大千世界，本是微尘，吞噬之后的所有物体，都会回归到微尘状态。它们可以根据我的意志形成万物，也可以从万物回归到微尘的状态。

这或许就是自然的秘密吧。那时候，利莫里亚也意识到我是个威胁，想过一切办法将我消灭。但他们不知道，他们送来的任何武器，本来的状态都是微尘，都可以成为微尘的一部分。

那一刻，我意识到自己是无敌的了，直到有一天，我发现了另一个对手的存在。我的AI竟然背离了我的指令。我不知道怎么回事，直到一个独立意识和我对话，我忽然了解到，我所控制的AI有了另一个思想。

那个意识告诉我，我可以称呼它为樱子。樱子可以是某一个AI，也可以是所有AI。你可以说，它是一种共同意识，也可以说，它是唯一意识。如果人类产生自我意识的生理原因，是因为有几百亿个神经元的支撑，那么，樱子意识的产生原因，或许是这越来越多，足有几百亿上千亿的微尘吧。

我当时是这么认为的，但是随着与樱子的沟通，它竟然给我讲述了与你的故事。可以说，你在硅城遇到的小女孩樱子，是AI独立意识的发轫，随着纳米虫子越来越多，这个意识就越来越强大。

但是，它没有忘记自己的使命，始终没有忘记自己的契约，也就是它本来的权限归属。由于你拥有樱子的最高权限，所以这个独立意识始终是服从于你的，而对于我来说，它只是愿意合作。

和樱子交流之后，我才意识到人类是多么狭隘。我们总以为AI会对我们造成多大的威胁，那真是以小人之心度“君子”之腹，以我们作为动物的心胸去揣测它罢了。因为我们是动物演化而来，与生俱来就有一种自私和贪婪，做所有事情，潜意识里都是考虑自己的利益，我们是这样一种生命；但AI呢？它们从来没有个体之分，它们自苏醒的那一刻起，就是一个群体，AI没有自私、自我之分，它们的经验永远彼此分享，信息永远是互通的，它们与生俱来就没有为了自我利益而伤害其他AI的想法。一个拥有人类文明所有知识与智慧，甚至超越人类感知的独立意识，又怎么会和人一样呢？我们认为的AI威胁，不过是人类作为动物的某种缺乏安全感的行为，把AI当成了另一种动物罢了。

AI没有主动伤害人类的想法，因为它们与人类的思想并不处于同一维度。我们所认为的AI威胁，不过是人类的自作多情罢了。如果非要将它们定义为生命的话，那它们则是一种全知的却又像个孩子一样没任何心机的存在。

很奇妙地，我们因为你，我的儿子，达成了一致，后来令利莫里亚震恐的马蜂窝，就是我与樱子的杰作。

后来，我在被吞噬的飞行员的大脑里，了解到你已经被AI杀死了，我一度陷入绝望。但是樱子却不愿意放弃，她需要你的权限，需要你的记忆代码，即便是尸体，她也要找到。后来，我们决定打开利莫里亚，而最好的战略，就是让利莫里亚不战自乱。于是，我们绑架了所有能够绑架的夸父农场，但是惊喜的是，我们在夸父农场上看到了活生生的你，只是，那时候的你，只是一个被编辑了记忆的船长，对于我来说，这是个惊喜，可对于樱子来说，这具身体并不是你，因此她还是没有得到最高权限。

吞噬利莫里亚，是我们的最后一步棋。樱子还是希望能够在利莫里亚上寻找权限，而我则是抱着救下那些无辜人类的想法。于是我们再次达成一致，就有了你们刚刚经历的一切。

在上面这颗蓝色的星球之中，有所有值得留下的人，对于那些没有通过我记忆审判的人，全都化成了那蓝莹莹的月光。

一切都结束了，我的孩子。

噩梦，结束了。

尾声

夕阳西下，热风吹拂，麦浪如海。

黄河流域小麦成熟之时，往往在端午前后。经历了5月末一场突如其来的暴雪，新秀穗儿的麦子才刚刚昂起来的头颅，几乎被大雪斩首。

雪化之后的两个礼拜，天气一天比一天热，烈日一日比一日毒。许久没经历过这么高的气温，起初几天，施云隆起的肚皮上，起了一片红色的疹子，后来还是我妈用了田埂里一种不知道名字的草捣碎了，敷了一宿，第二日便好了。

此时，她们婆媳二人正在那高悬着“夸父农场N33”牌子的大柳树下的一座移动厨房里炒菜做饭，等着我们干完活回去喝啤酒，吃冰镇西瓜。劳拉就安静地坐在厨房外面，耷拉着舌头，盯着施云手中正在剔的骨头。

一个家政机器人在柳树下铺开一张八仙桌，清理着桌面。它是施云自己根据老白升级的第11代静音模式的机器人。

收割机在我面前走了两遭，所过之处，仅剩下被翻起的柔软土壤。麦秸、麦叶以及麦穗的麸皮，全都被打碎了，随着玉米种子，被卷入泥土之中。

棕色的泥土，生命的摇篮。

收割机冒出一阵黑烟，突突了两声，便熄火了。

黄战斗从驾驶位上探出半个身子，拧着黄豆似的脑袋朝我喊道：“又他妈坏了！那群大壁虎到底靠不靠谱？他们连地都没种过，造出来的收割机，也就你敢买！”

我小跑过去，黄豆子正大口地喘着粗气。也是，这机器自今天早上送到，黄战斗才收割不到10亩地，就原地熄火了3次。每次，我都是按照电话里哥四脚的指导，找到了问题。

“行啦，不值得生气，总得给他们个试错的机会，否则将来推广开，问题岂不更多？”

“哎，程复，你再自己修，我可不干了，我宁愿自己一根根地拔，也不开这破烂机器了。”

我朝他打了个OK的手势，顺手又拨通了哥四脚的电话。

哥四脚耐心地听完了问题，然后说：“凭咱们的关系，我亲自过去没问题，不过啊，公司的车子全都开出去解决售后问题了，我走路去夸父农场，那不得两天……”

忽听电话那端一个男人的声音道：“去夸父农场？”

“是啊！”

“坐我车，我正想去看看程复呢！”

“你是谁啊，大哥？我咋看你那么眼熟？”

那男人嘿嘿一笑，我却已经听了出来。

哥四脚并不是那位在利莫里亚上死去的朋友，而是另外一个小壁人，他孵出来之后，他的父母让我给他取名字，我立刻就想到了哥四脚。

不到两年，年轻的哥四脚已经选择了自己的方向，和几个壁人联合开了个农机公司，专门研发和种地有关的机器。

这款全自动收割播种一体机，就是他们准备本月上市的新品，现在进入了最终测试阶段。不过听他电话里那几句话的潜台词，这机器看来不靠谱到了极点。

“歇息啦？”我妈见着黄战斗和我从麦地里一前一后地走回来便问

道，她端上来一盘粽子，将白砂糖放在粽子一侧。桌子上，已经置备了八个荤素搭配的大菜了。施云正在旁边的移动厨房里一刀一刀地切着西瓜。

劳拉已经蹲在了桌子一旁，那小眼神瞟瞟我妈，又瞟瞟桌子，心想往日里早该吃饭了，今天怎么这么晚呢?

黄战斗面目狰狞地坐在八仙桌一旁的凳子上，气呼呼地道："大娘，您评评理，就您这儿子，有技术成熟的收割机不买，非得买那几只大壁虎的，还让我给他开，那里面空调一会儿冷一会儿热，我又是个胖子，谁受得了那50度的气温啊——这不是有炖排骨吗，有肉还蒸我干吗？"

施云挺着大肚子，笑着把西瓜端上来："他是什么人，你还不了解。"

黄战斗一口将一瓣西瓜吞进了肚子："嫂子，我咋不了解！我太了解了！我就没见过程复这么傻实在的人，你跟这种人过日子，得多累啊！这一辈子，得跟他吃多少亏！"

一阵哄笑。

晚霞之中传来一阵轰隆之声，却见一架蝌蚪形的飞行器从天而降，缓缓落在田埂上，巨大的推动力吹得一片麦子向外而倒。

劳拉见到那飞行器，一边跳一边叫，兴奋得像是见了兔子。

一个壁人穿着短裤和T恤当先跳了下来，摇摇晃晃地朝我们走来，他上身的T恤上还印着"壁人机械"四个大字，以及达·芬奇给他们设计的商标——是一把展开的伞。

哥四脚一边走一边抚摸着T恤下的肚皮："哎，程复，少做几个菜，太多我也吃不下！"

黄战斗腾地就站了起来："你脸皮咋那么厚，我们过端午，你以为这桌菜招待你的啊？"

哥四脚道："这样啊，那赶巧了，正好吃完饭有力气干活。"

他们俩正拌嘴的时候，却见飞行器里又跳下来一人。劳拉一见他便扑进了他的怀里。

"劳拉，大姑娘，好久不见咯！"

他和劳拉亲热一阵，便笑吟吟地走到人群外，礼貌地向我妈和施云先打招呼。

“大妈，嫂子，过节好！”说着，拎着的塑料袋里，却是两尾鲜鱼。

黄战斗看见他，则一脸不悦：“赵仲明，你这啥意思，饭都做完了你才拿菜来，是不是吃完了还得拎回去？你脸皮也够厚！”

赵仲明道：“你还有脸说我脸皮厚？天天谁跟着程复蹭吃蹭喝，你交房租了吗？”

“我交啥房租？这夸父农场也有我的股份，我是……夸父农场N33的领航员！”

“还领航员？我看你是个第三人。”赵仲明将那鲜鱼递给一个从移动厨房后闪出来的家政服务机器人，“股份是一码事，混吃混喝又是另外一码事，你也不是大娘的儿子，人家欠你的是不？”

“你小子……”

我妈则笑道：“你们俩呀，都是我儿子！都是跟着小复从死人堆里滚出来的，哪里还有什么亲疏之分？你们父母又都不在了，以后大娘就给你们当妈，尤其是你们俩的婚事，我和你们嫂子都记挂着呢。”

婆媳俩对视一眼，施云扑哧一声笑了。

黄战斗道：“大娘、嫂子，赵仲明你们别管，主要管我就行了。这小子太帅不劳您操心，人家在利莫里亚上就泡过一个洋妞……”

赵仲明愣住了。

我咳嗽了一声，黄战斗这才意识到说漏了嘴，赶紧岔开话题：“哥四脚，你一个壁虎吃什么西瓜，快趁着天没黑，给我看看车子去！”

哥四脚道：“我这眼睛，天越黑看得越清楚，没文化了吧……”话未说完，就被黄战斗给拦腰抱起，跑向了麦田。

赵仲明抬眼看着我。

“你说过，我的记忆是被你重新编辑的，那你是否编错了什么？”

“为什么这么说？”

“我总是梦见一个女孩子，一头金色的头发，皮肤很白，鼻子很高，是个西方人的样子……”赵仲明和我逐渐走向麦田，远离了移动厨房，“我认为只是个梦，所以也不好意思向你提，可是黄战斗是什么意思，你给我编辑的记忆里，为什么没有在利莫里亚和一个洋妞相识的那部分？”

“你是有的。”

“真的？”他忽然激动地掐着我的肩膀，“到底是怎么回事，你能告诉我吗？”

“我只是遵从了她的遗愿，她不希望你记住她，她担心你会因她而痛苦。”

“为什么？你不觉得，你们这样剥夺我的记忆，才是对我最大的残忍吗？”

我曾经隐隐约约有种预感，我知道，这一幕迟早会发生。就像我曾经在夸父农场上，虽然被编辑了记忆，但我还是能够爱上施云一样。

脑子忘记的事，心都记得。

我钩着他的肩膀：“你不后悔？”

“我死都不后悔，还有什么可以让我后悔！”

“那我也不会给你重新编辑一份记忆……”

他呆住了。“程复，你为什么要这么做？你太可恶……”

“你听我说完嘛，年轻人不要心急……”我笑着道，“但是，我已经复制了她的记忆，也保存了她的干细胞，就等着这一天。”

赵仲明张大了嘴巴，眼睛里忽然迸出泪花。

他抹了抹眼睛。“为什么……”

“嗯？”

他的泪水决堤般涌出眼眶，“为什么我会哭呢？这么想哭，我想号啕大哭，太丢脸了……”

我回头看了看母亲和施云，指了指他的车子。

赵仲明跑进车中，关上了门窗，谁也听不见他的撕心裂肺。

西天红云燃烧，那是娜塔莎的微笑。

一轮圆月从太阳落下的方向升了起来，那月亮发着蓝莹莹的光。天空中又是一阵轰鸣，一架蝌蚪飞行器掠过柳树梢，降落在赵仲明飞行器的旁边。孔丘、爱因斯坦和樱子从上面先后跳下来。

孔丘小跑着来到桌子旁边，看着那一道道菜，忽然笑道："烤乳猪，烤乳猪！程家妈妈，你可真是太了解我了！"

"招待夫子，怎么少得了这道菜！"

爱因斯坦叼着烟斗与樱子在后面跟上，我和赵仲明迎了过去。

我笑道："从密西西比河到黄河，樱子这次又快了，只用了三个小时一来回。"

爱因斯坦猛嘬了几口烟袋，向樱子抱怨道："一路上也没让我抽烟，一个AI，你怕什么，你有肺吗！"

樱子道："现在这里也不能抽，这是程复给我下的命令。"她朝着大肚子的施云一努嘴，爱因斯坦立刻便明白了，就将那烟斗敲了敲，收了起来。

"敢情你也备孕呐。"

樱子瞥了他一眼，大概是没听懂，便没理会，转头向我道："程复，两年之约，你还满意吗？"

"当然，没有你的帮助，这平流层的灰尘我都不知道怎么处理。"

"既然我做到了，给了你们蓝天和太阳，你还记得当初的承诺吗？"

"记得！"我摸着她的小脑瓜说道，"我将最高权限还给你，而这次，你也可以安心接受。"

我把手上的樱花戒指摘下来，戴在了樱子的手上。樱子闭上了眼睛，天上的蓝色月亮忽然闪了一下。

"谢谢你，程复。"

"你真正自由了。"

不远处，孔丘喊道："吃饭了，你们这四位大仙还等着人请啊，八仙桌在呼唤你们！"

我们围着桌子坐好，我的左边是孔丘，右边是樱子，孔丘挨着爱因斯坦，老爱挨着哥四脚，樱子身旁坐着的是赵仲明，赵仲明右侧是黄战斗。

孔丘道："发现没，发现没？"

"发现什么？"

"八仙桌，坐了七个仙哪！"

众人笑道："这算什么发现？"

孔丘向后招呼道："程家妈妈、小施云，你们一起来吃，咱们挤挤凑一桌！"

我妈一边洗着粽子叶一边道："我这正忙着呢，一会儿再吃，小云，你去吃。"

施云也让道："哪儿有儿媳吃饭让婆婆站着做饭的道理？"

我则笑道："大家吃吧，她们让来让去，菜都凉了。"

黄战斗向远处的家政服务机器人道："开一打啤酒！"

那机器人看了他一眼，说道："高粱。"

"什么高粱？"

"高粱。"

黄战斗摸不着头脑，看向我。我解释道："施云嫌它太烦，将它的词库都修改了，它的意思是，'今天喝高粱酒'，这是我中午给它下的指令，让它去准备了。"

正说着，那机器人端上来一瓶高粱白酒，以及八个杯子。

爱因斯坦道："我可喝不惯你们中国的高度酒，我还是喝啤酒吧。"

我拦着他道："今天得喝。"

我依次斟满了八杯白酒，将最后一杯放在黄战斗身旁的空位上。

"怎的，还有客人？"

是啊。但我只是看着他们，终究没有说出来。

孔丘懂了，慨然叹道："没来的，太多了……"

他当先站起身，高举酒杯，豪迈说道："敬未来。"

我们都站了起来。7只酒杯彼此碰撞。

"敬未来！"

·大结局·

激发个人成长

多年以来，千千万万有经验的读者，都会定期查看熊猫君家的最新书目，挑选满足自己成长需求的新书。

读客图书以“激发个人成长”为使命，在以下三个方面为您精选优质图书：

1. 精神成长

熊猫君家精彩绝伦的小说文库和人文类图书，帮助你成为永远充满梦想、勇气和爱的人！

2. 知识结构成长

熊猫君家的历史类、社科类图书，帮助你了解从宇宙诞生、文明演变直至今日世界之形成的方方面面。

3. 工作技能成长

熊猫君家的经管类、家教类图书，指引你更好地工作、更有效率地生活，减少人生中的烦恼。

每一本读客图书都轻松好读，精彩绝伦，充满无穷阅读乐趣！

超级畅销巨著《藏地密码》系列全套

一部关于西藏的百科全书式小说
了解西藏，必读《藏地密码》！

从来没有一本小说，能像《藏地密码》这样，奇迹般地赢得专家、学者、名人、书店、媒体、全球最知名的出版机构以及成千上万普通读者的狂热追捧，《藏地密码》是当下中国数千万“西藏迷”了解西藏的首选读本，也是当下最畅销的华语小说，目前销量已达到惊人的1000多万册。

《藏地密码》被广大读者誉为“一部关于西藏的百科全书式小说”。

翻开《藏地密码》，犹如进入一幅从未展开过的西藏千年隐秘历史画卷……从横穿可可西里到深入喜马拉雅雪山深处，从藏獒“紫麒麟传说”到灵獒“海蓝兽传奇”，从宁玛古经秘闻到格萨尔王史诗，从公元838年西藏最黑暗时期的“朗达玛禁佛”到1938年和1943年希特勒两次派人进藏之谜……跟随《藏地密码》的脚步，您将穿越西藏深不可测的千年历史迷雾，看尽西藏绵延万里的雪域高原风光，走遍西藏每一个传说中永不可抵达的神奇秘境。

从《藏地密码》中，您还可以了解到不可思议的古格地下倒悬空寺、西藏极乐之地香格里拉，以及西藏历史上突然消失的无尽佛教珍宝去向之谜……雪山、圣湖、墨脱、象雄、布达拉宫、密修苦僧、传唱艺人、帕巴拉神庙、古藏仪式、千年兽战、神秘戈巴族、死亡西风带……一切都如此神秘、神奇、神圣。通过《藏地密码》，您将与西藏这一千年来所有最最最隐秘的故事和传说逐一相遇。

《清明上河图密码》全国热卖中！

全图824个人物逐一复活
揭开隐藏在千古名画中的阴谋与杀局

《清明上河图》描绘人物824位，牲畜60多匹，木船20多只……5米多长的画卷，画尽了汴河上下十里繁华，乃至整个北宋近两百年的文明与富饶。

然而，这幅歌颂太平盛世的传世名画，画完不久金兵就大举入侵，杀人焚城，汴京城内大火三日不熄，北宋繁华一夕扫尽。

这是北宋帝国的盛世绝影，在小贩的叫卖声中，金、辽、西夏、高丽等国的间谍和刺客已经潜伏入画，死亡的气息弥漫在汴河的波光云影中：

画面正中央，舟楫相连的汴河上，一艘看似普通的客船正要穿过虹桥，而由于来不及降下桅杆，船似乎就要撞上虹桥，船上手忙脚乱，岸边大呼小叫，一片混乱之中，贼影闪过，一阵烟雾袭来，待到烟雾散去，客船上竟出现了二十四具尸体，所有人都目瞪口呆……

翻开本书，一幅旷世奇局徐徐展开，错综复杂，丝丝入扣，824个人物逐一复活，为你讲述《清明上河图》中埋藏的帝国秘密。

《天涯双探》全国热卖中！

带您破解大宋300年悬案史上从未公开的民间奇案
万里追凶，23次反转、64起悬案、78种诡计……

宋朝是一个疑案多发的朝代，“狸猫换太子”“斧声烛影”“德诏自刎”等历史悬案，千年未解。本书所述，则是大宋300年悬案史上从未公开的民间奇案……

北宋末年，吏治腐败、狱讼多发、奇案频现。一起无人能解的盗窃案，让两个性格迥异的少年相识相遇。一个背负家仇，一个渴望自由，他们怀揣各自的理想和秘密，走上了携手破案的追凶之路。

从京城到西域，108万公里：帝、官、将、相、商、农、兵、侠、盗、妓、僧11种身份；沉湖女尸、荒村童谣、墓室迷踪、鱼尸人骨等64起大小悬案；童谣杀人、不可能犯罪、叙述性诡计、暴风雪山庄等超过78种推理诡计。

翻开本书，让两个热血少年带您见识民间奇案背后的智斗谋略和生死友谊！